地势坤，君子以厚德载物。

不烦恼

我的人生哲学

王蒙——著

北京联合出版公司
Beijing United Publishing Co.,Ltd.

图书在版编目（CIP）数据

不烦恼：我的人生哲学 / 王蒙著.—北京：北京联合出版公司，2018.10

ISBN 978-7-5596-2582-3

Ⅰ. ①不… Ⅱ. ①王… Ⅲ. ①随笔—作品集—中国—当代 Ⅳ. ①I267.1

中国版本图书馆CIP数据核字（2018）第222976号

不烦恼：我的人生哲学

作　　者：王　蒙

责任编辑：肖　桓

北京联合出版公司出版

（北京市西城区德外大街83号楼9层　　100088）

三河市文通印刷包装有限公司印刷　　新华书店经销

字数：220千字　　700毫米×980毫米　1/16　　印张：18.5

2018年10月第1版　　2018年10月第1次印刷

ISBN 978-7-5596-2582-3

定价：48.00元

如发现图书质量问题，可联系调换。质量投诉电话：010-82069336

目录

三、
人生之化境

四、
人际二十一条

五、我的无为观

六、什么是价值

十一、享受老年

十二、人生漫笔

做一次明朗的航行（代 序）

人生好像一只船，世界好像大海。人自身好像是驾船的舵手，历史的倾斜与时代的选择好像时而变化着走向的水流与或大或小的风。

人生又像是一条水流，历史就像是融合了许多许多水流的大江。你无法离开大江，但你又发现大江里布满了礁石，江上或有狂风，江水流着流着会出现急剧的转弯、急剧的下降和攀升，以及歧路和迷宫。

人生又像是一条长路，也许在它快要结束的时候你又发现它其实是那么短。你莫知就里地被抛在了路上。你不可能停下来。于是你蹒跚地走着，你渴望走上坦途，走上峰巅，走进乐园，走进快乐、成功、幸福或者至少是平安的驿站直到理想的家园。然而，你也许终其一生没有得到一天心安。

人与人的命运是怎样的不同啊！这里所说的命运，既包括主观条件即你作为一个单独的个体的一切特点一切认识和态度，也包含生存环境，即你所处的时间与空间的坐标，你的有时无可避免有时则十分偶然的际遇。正像俗话所说的那样，人的能力有大小，人的遭际有偶然即凭运气的可能，人的地位有高低，人的财富有多少，人的寿命有长短，人的体格有强弱，人的社会环境与自然环境有优劣、美丑、公正与极不公正之分。人比人气死人，人比人该有多少不平、多少愤懑、多少怨毒和痛苦！

痛苦也罢，怨毒也罢，只要还活着，谁不希望自己的命运能更好些，更更好些呢？谁不愿意知道并且实行自己对自己命运的积极影响，乃至把命运之舵掌握在自己的手里呢？

有时你又觉得人生像是一个摸彩的游戏，别人常常是幸运者，他们摸到了天生超常的禀赋与资质、优越的家庭背景、天上掉下来的机会以及来自四面八方的援助之手，而你摸到的可能只是才质平庸或怀才不遇、零起点、误解、冤屈、来自四面八方的嫉妒、打击乃至于阴谋和陷害。

作为一个年近七旬的写过点文字也见过点世面的正在老去的人，我能给你们一点忠告、一点经验、一点建议吗？

也许谈不上什么经验和忠告，但我至少可以抱一点希望、一点意愿，我希望有更多的人能生活得明朗一些。明朗，这是什么意思呢？就是说成就有大小，际遇有顺逆，但能不能生活得更坦然、更清爽、更光明、更健康也更快乐一点？只要一点。

作为写过小说也写过诗的人，我知道各种对于愤怒、忧愁、痛苦、矛盾、疯狂乃至自毁自弃自戕自尽的宣扬与赞美。我熟知“先天下之忧而忧，后天下之乐而乐”“愤怒出诗人”“知识分子的使命是批判”“智慧的痛苦”“痛苦使人升华”“我以我血荐轩辕”“生老病死”“我不入地狱谁入地狱”“地狱未空誓不成佛”以及“文章憎命达”“从来才命两相妨”之类的名言。我无意提倡乃至教授廉价的近于白痴式的奉命快乐。我所说的快乐、健康、坦然、清爽与光明，不是简单地做到如老子所说的“复归于婴儿”，而是另一种超越，另一种飞跃，另一种人生境界：是承担一切忧患与痛苦之后的清明；是历尽至少是遭遇一切坎坷和艰险的踏实；是不仅仅能够咀嚼而且能够消化的对于一切人生苦难的承受与面对一切人生困厄的自信；是把一切责任一切使命一切批判和奋斗视为日常生活的平常平淡平凡；是九死而未悔、百折而不挠的视死如归，赴难如归，水里火里如履平地；是背得起十字架也放得下自怨自艾自恋自怜的怪圈的大气；是不单单拥有智慧的煎熬和困惑的痛苦，而且拥有智慧的澄澈与分明的欢喜，从而是更包容更深了一层的智慧；是大雅若俗大洋若土大不凡如常人，从而与一切浮躁，与一切大言哄哄乃至欺世盗名，与一切神经兮兮的自私、小气的装腔作势脱离开来。

驾驶着你的人生之船，做一次明朗的航行吧。

驾驶着你的人生之船，使你的航行更加明朗一些吧。

让智慧和光明、让光明的智慧与智慧的光明永远陪伴着人的生活吧。

永远与智慧和光明为伍，永远与愚昧和阴暗脱离，这是可能的吗？

这就是本书所要讨论的。

2002年8月于北戴河

一、生存与学习

人生最重要的是什么？一个是生存，一个是学习。没有生存之虞的人生是没有代表性的人生，因而我们不能笼统地咒骂人欲横流。牺牲有时是必要的，但生存的权利是第一位的人权，是不可剥夺的。我们必须珍惜个体的生命价值，但生存并不是简单地活着。你所做的事在决定着自己生存的价值和质量，而这里学习是最重要的。本章结合自身的经历来谈学习对于人的生存、对于生活的重要性；人应该怎样在学习中来通达人生享受人生；我在新疆十六年的苦难经历。

One

“生命如屋”

编辑小姐要我写一本类似人生感悟的书，我想到的第一个问题是：对于我来说，人生最重要的是什么？那构成了我人生的主要内容的活动是什么？

当然，谈人生首先要谈人的维持生存，一切为维持生存而做的劳动、工作、奋斗都是正当的，是不应该回避和无视的。相反，一个人从来不为生存而操心操劳，从生下来就是吃着现成饭，穿着现成衣，住着现成房，然后吃饱了喝足了为人生的终极意义而发表高论——这样的高论恐怕是靠不住的，至少是极特殊的没有多少普遍意义的。因为他或她的这种生活方式是不那么自然的，它没有代表性，没有或较少有参考价值。他可能成为天才，成为一代宗师，成为怪异，成为聊备一格的或一鸣惊人的风景；也可能或者说是更可能成为不可救药的空谈家，成为自大狂，成为准精神疾患者。

我自一九五八年多次下乡劳动，这样的劳动给我最大的感悟就是要关注生存问题，要关注粮食、蔬菜、居室、穿衣、燃料、工具、医药、交通、照明、取暖、婚姻、生育、丧葬、环境等诸种问题。世界上的大多数人首先关注的正是自己的与亲人的、同乡的、同胞的生存问题，愈是发达国家的人愈是如此。在一个相对安定的社会里，一个普通人最关心的是取得一份好的工作，是购买属于自己的房屋和汽车，是财产保险和医疗保险，是人身安全和人身自由。在美国，有的人从年轻时劳动到死甚至还没有缴够分期付款的房款，就是说他们倾其一生为自己的生存而奋斗，这很正常也很正当。我看过一个美国电影，影片的名字叫《生命如屋》（*Life as a House*）。讲的是一个癌症患者在他生命的最后四个月以疯狂的热情拆毁和重建了他的房子，临终遗言说，他的生命已保存在他的屋中。

就是说，不要轻信那些漠视人的生存问题，捏着鼻子蔑称之为“形而下”的纨绔子弟的牛皮大言。一切不关心人们的生存条件生存质量的理论，都有几分云端空论、大而无当的可疑之处。

就是说，你为生存而从事的工作、劳动、事由，你为之花去的每一天每一月每一年，是值得的、甜蜜的与健康的，至少是正当正常正派的。你的快乐虽然不仅限于生存本身，但也就在生存中而不是在生存以外。宋儒主张存天理灭人欲，而且人欲要彻底地灭，这是混账至极的学说。天理就在人欲中，人欲并不限于极度地消费，也表现为贡献与节制自身。人欲中既有生理的欲望也有精神的高层次的欲望。印度圣雄甘地提倡的简朴的生活与高深的思维，不能说就不是人的欲望。人欲中有着理性与自我调节自我控制的因素。至少人欲可以升华为理性和智慧。人欲可能有恶性泛滥的危险，它需要调节、引导、控制，但这种引导和控制并不视人欲为敌。很简单，没有自我调节与控制，人类就不能很好地生存；而没有生存的欲望，没有改善生存的欲望，也就发展不起理性和智慧。毕竟人的欲望不仅是肠胃与生殖器直到四肢的欲望，也包含了大脑和心灵的欲望。

笼统地咒骂人欲横流，在中国这样一个发展中国家，一个初级阶段的社会主义国家，一个解决温饱问题才不久，或者一部分人尚没有解决温饱问题的地方，给人一种宋儒或者邪教教主的感觉。而只限于感官欲望的满足，又未免给人以停留在动物阶段的感觉。

珍惜个体的生存权利与生命价值

这样，你就会与多数普通人找到共同语言，你就不会轻率地否定旁人抹杀旁人，你就不会动辄暴露自己的虚妄狂躁凶恶愚蠢的人性恶，你就会调准自己在人群中的位置，你就会踏踏实实地生活在地面上。

这样，你还会具备一个远远不够却是起码的符合健全理性的是非标准。你可能仍然掌握不了真理，但你至少不会轻易上当，因为你懂得了一点点常识：有利于改善人的生存境遇的一切思想理论见解有可能是正确的，虽然未必是足够的即理想的。而一切从总体上就不叫人生存，不叫人好好地活着，剥夺人的生存权利生存质量的胡说八道却令人不屑一顾，不论他打出什么样的伟大旗号。这当然并不是排斥在特殊情势下个体为了集体为了国家民族所做出的牺牲，这些牺牲也应该是明明白白的，他们是为了群体的生存而不是为了灭亡而做出的，不是为了牺牲而牺牲，不是为了炫耀、不是为了教义、不是为了冲动而牺牲，更不能强迫旁人为了一己认定的价值而牺牲。多数情况下，或者一般情况下，好的理念是和生存一致而不是相悖的。

例如一些邪教，不是把注意力放在怎样好好地活上，而是放在为教主为教义而死而自戕自毁上，甚至自己死了还不成，还要毁灭多少生命来证明或逼近某个邪教的预言，这种敌视生命蔑视人类的生存权利的所谓的信仰无论如何不是个好信仰。

例如，当一个人为的灾难终于过去，人们不敢去谴责灾难的制造者，不去认真地汲取历史教训避免类似的灾难再次发生，而是群起责问幸存者：你为什么活下来了？活下来成为一些人永远的耻辱，成为叫他们抬不起头来的一个主要原因。这样的质问也许义正词严，然而毕竟只有自身活着的人才可能发出这种谴责，这使我们不能不对之进行分析和掂量。因为生存权毕竟是第一位的人权，而一般情况下，活着的人责备另一个人的活着，似乎不必那么高高在上。我们不妨回忆一下《智取威虎山》里的一个情节，座山雕最最不能容忍被俘过的手下，因此栾平不敢说出他被“共军”杨子荣审讯过的事实，终于被我侦察员杨子荣处决。在苏联作家柯切托夫的长篇小说《叶尔绍夫兄弟》中也有一个人物，因了被俘而不是战死而永远抬不起头来，甚至他的情人也因此宁愿长期住在集体宿舍也不想与他结婚。这样的事例是不是代表一种正确的思路，值得我们画一个问号。至于英勇就义、慷慨赴死，古今中外这样的英烈都是有的，他们在特殊情况与不可避免的情况下做出的英勇表现，当然永远是我们的榜样。而如果在个体的生存的牺牲与叛变之间做出选择，应当是前者，这也毫无疑问。特别是以出卖自己的灵魂、信念、组织、同志和朋友为代价的苟活，我们并不怀疑它的可耻。

我的人生主线

生存是不能漠视的首要问题，却又是最初步的问题。如今，在一个基本上满足了温饱要求的国家，这又是一个不成问题的问题。所以，人不可能也不应该只满足于活着与为活着而活着。那么紧接着的一个问题是：生存下来以后，这一辈子你主要做了些什么？活着，总要干点事。往往不仅是你的活，而更重要的是你所干的事决定了你的价值，也决定了你的活的质量。人们要问的是，你是怎么活下来的？就是说，在你存活之际，你主要从事了些什么活动呢？

以我为例，我很容易回答为：写作。也可以回答：革命工作。但有没有比它们更一贯更从未停止过中断过的活动呢？有没有伴我一生，成为贯穿我的生活的自始至终的内容，成为我一生的一条主线的东西呢？

有，那就是学习。不受任何条件的限制，从不停歇，从来没有被怀疑过其价值和意义，从来都给我以鼓舞和力量，给我以尊严和自信，给我以快乐和满足，从来都给我以无尽的益处的行为，就是两个字——学习。

学习最明朗，学习最坦然，学习最快乐，学习最健康，学习最清爽，学习最充实。特别是在逆境中，在几乎是什么事都做不成的条件下，学习是我的性命所系，是我能够战胜一切风浪而不被风浪吞噬的救生圈。学习是我的依托，学习是我的火把，学习是我的营养钵也是我的抗体。学习使我不悲观、不绝望、不疯狂、不灰溜溜也不堕落，而且不虚度年华（这一点最难）、不哭天抹泪、不怨天尤人、不无可奈何、不无所事事，多半不会为人所制。

不会被人剥夺的事情就是学习，就是学习学习再学习。

我为什么没有自杀?

某种情况下，我甚至要说，恰恰是在身处逆境之时，学习的条件最好，心最专，效果最好。顺境时人容易浮躁，周围常常会有各种朋友、跟随者、慕名者、请教者；顺境时你常常忙于说话、写字、发表意见、教授旁人、好为人师；顺境时常常自我感觉良好，志得意满，看到的是旁人的失缺；顺境时你必须满足社会与众人对你的期待，你必须花费大量时间去做旁人要你做的事情，比如出席某些活动、仪式，而目的仅仅是为了表示你确已出席。而逆境时、被晾到一边时、“不可接触”时、“不准革命”时，正是不受干扰地求学的良机、深思的良机、总结经验教训的良机，是严格地清醒地审视自己反省自身解剖自身的良机，是补充自己、壮大自身、使自身成长、使自身更新的良机，是学大知识、获大本领、得大彻大悟的最好契机。

比如“文化大革命”中，我身在新疆维吾尔民族聚居的农村，又处在极“左”的狂热之时，由于我在当时被错误地列入另册，不能写作，不能在任何单位上班工作，也不能正常参加社会活动……当然无法有任何作为，甚至看来似乎也没有办法光明正大地学习。我便把主要精力放在与农村干部群众一起学习毛主席著作上。怎么样学习毛主席著作呢？学维吾尔文版的。我用维吾尔语背诵下了老三篇，背诵下了一大批毛主席语录。一次我大声朗读《纪念白求恩》，房东老大娘甚至以为是广播电台的播音，这说明我读得是怎样的字正腔圆一丝不苟。

有些外国朋友不理解我怎么可能在那种条件下在新疆一口气生活了十六年，没有发疯也没有自杀。他们询问我在新疆十六年做了些什么，言外之意是那么长的时间，你的生活将会是怎样的空虚和痛苦。我半开玩笑地回答说：“我是读维吾尔语的博士后啊，两年预科，五年本科，三年硕士研究生，三年博士研究生，再有三年博士后，不是整整十六年吗？”

任何表述都不是面面俱到的，我无意用这样的说法来掩盖我与很多同命运的其中有不少是优秀的人士在那个年代的经历的悲剧性，也无意提倡阿Q式的精神胜利法。然而我以为确有真正的精神真正的胜利，不是仅仅用一种类似儿子打老子的谵语欺骗与麻醉自己，而是善于在一切逆境中学习，通过学习发展和壮大自己，憧憬着准备着未来，为最后的不仅是精神的而且是全面的胜利打下基础。这样的学习同时也是对于制造苦难、制造不义、嫉贤妒能、动不动欲置人于死地的坏人的最好回答。

至于为什么没有疯狂也没有自杀，当然还因为我的“不可救药的乐观主义”，我对于生活对于人众（例如维吾尔族农民）的爱，还由于正是我自己从童年和少年开始就选择了革命，包括革命的曲折和艰难，是我自己选择的，它并不完全是外来的与异己的强加的灾难，这样思考就会舒服一点，我的心理承受能力就会强一些。有一些激烈的批评者总是责备我没有像他们希望的那样采取对历史和现状无情的决绝态度，对不起了，道不同不相为谋，我的起点、出发点、思考的角度就是有所不同，我不打算迎合。我也不喜欢那些欺世盗名的大言。

多几种生存与创造的“武器”

从这里便要说到学习语言的问题。谈到学习，没有比学习语言更重要的了。多学一种语言，不仅是多打开一扇窗子，多一座获取知识的桥梁，而且是多一个世界，多一个头脑，多一重生命。

至少在我们国家，有一种或多种拒绝学习语言的理论或说辞。年轻的时候，我的一位极好学的朋友曾经对我讲述了他不学习外语的“理由”，他说学外语太费时间，而他太忙碌；他说时代的发展趋势是翻译愈来愈发达和及时，因此他不如坐待翻译的帮助，而把宝贵的时间用到别处去。

然而，他应该明白通过翻译交流和学习与直接从原文交流和学习感觉是完全不一样的，效果也是完全不一样的。思想、感情、人类的一切知性悟性感性活动直至神经反射都与语言密不可分，思想的最最精微的部分、感情的最最深邃的部分、学理的最最精彩的部分与顿悟的最最奥秘的部分都与原文紧密联系在一起。让我们举一个最浅显的例子，不要说中文译西文或西文译中文了，让我们试着把老子的《道德经》译成白话文吧，让我们试着把唐诗宋词译成当代粤语吧，它能够传达出多少原文的神韵与精微？

再有大量事例已经证明，翻译是带着理解和解释的翻译，而愈是要害问题上，翻译愈是受自己即翻译者本人的历史、地域、处境、知识结构乃至个性的限制，愈是重要的命题和精彩的作品愈是要不断地翻译，不断地修正翻译，不断地在理解上从而在翻译上出新。一个确实希望有所作为、有所发现发明创造的学人，哪有只满足于让翻译牵着鼻子走的道理？

有一种故意夸大其词的听起来很吓人也很荒谬的说法，但也并非完全是无稽之谈，说是中国近代史上的一切问题其实都是来自翻译，例如我们把“democracy”译作民主，把“dictatorship”译成专政，这都不甚对。人们望本国之文而生发外来词之意，这就产生了无数麻烦。再如众所周知的列宁的名著《党的组织和党的文学》，近二十余年来则译为《党的组织和党的出版物》，并从而在解释上有宽与严乃至极“左”与非极“左”的区别。对于不懂原文的人来说，只能任翻译、任懂该种语言的人牵着鼻子走。一个希望学习追求真理的人，一个希望有所贡献有所创造的人，能够允许自己始终处在这样被动的局面吗？

还有一种最最奇怪最最愚昧的说法，似乎不学外语是爱国的表现。他们说：“我是中国人，学外语做什么？”瞧，积极学外语的人有不想再做中国人之嫌呢。“文革”当中倒是有这样的以无知为荣的事儿，谁如果是“老粗”，没上过几年学，那反而是政治上可靠的标志。真是可耻呀！难道祖国希望她的儿女们是封闭和无知的吗？这样的胡说八道我连评论他们的兴趣都没有了。

有人说自己的中文太好了，或者太热爱母语中文了，所以不想学或学也学不好外语，这也是荒谬的。外语与母语不是互相排斥而是互相促进相得益彰的。只有比较过母语与外语的人才能真正认识自身的母语的全部特点，才能从比较中得到启示得到联想，从而大大扩张与深化对于母语以及外语的理解与感受。

母语好比是家乡、家园，外语好比是世界。走向世界才能更好地了解家乡、热爱家乡，建设更美好的家园。走向世界与热爱家乡不是矛盾的，而是互补的。

类似的理论我也不止听一个懂某一门外语而口语不好的人讲过："我们是中国人嘛，我们讲英语就是带中国味儿的嘛，非学得那么像外国人干什么？"甚至还有人堂而皇之地写文章，说是将来中国国际地位高了，大家就可以堂而皇之地讲洋泾浜式英语，全世界就会风行洋泾浜式英语。天啊，幸亏中国现在还不是头号大国，已经开始计划用洋泾浜式英语一统天下了，是不是还要用大清国的朝仪或者"文革"中的早请示晚汇报一统天下呢？学语言就要尽量学好，口语和文字都要学。你的语言学得愈好就愈有利于交流，有利于真正地弘扬中华民族悠久的文明传统，有利于消除外部世界对中国的偏见与误解，有利于消除国人对于外部世界的偏见与误解，有利于博采众长为壮大与发展自身而用，至少也有利于树立改革开放的优美形象。当然，如果您限于先天后天条件实在学不好外语，那也没有什么了不起，凑凑合合也照样革命、照样建设社会主义、照样做官、照样评职称拿学位——不行委托外语好的哥们儿替你写几页英语论文稿前言或简介就是了，但是请不要制造愚蠢的不学与学不好外语有理论啦。

为了寻找人生的"登机通道"

有一种理论也极有趣，就是说自己老了，没法学了。一位比我年轻得多的至今还不足四十岁的作家见我也能不无结巴地与说英语的同行用英语瞎白话一气，便叹息道：“老王，你的战略部署是正确的，应该学习英语！”我说：“太好了，快快学吧。”他回答：“我老了。”

然而我开始认真学英语的时候比他现今的岁数还大得多。是的，我在一九四五年至一九四八年上初中时学过英语，每周五节课，每节五十分钟（新中国成立后上课时间每节改为四十五分钟）。新中国成立后不再学英语了，我早早中断上学参加了工作，倒是随着广播学过一点俄语。这样到了一九八〇年我四十六岁第一次去美国时，我的英语只停留在二十六个字母与good bye与thank you上。至今我还记得一九八〇年八月底自旧金山转飞机去中西部爱荷华的情景。我在旧金山机场办了登机手续，拿到了登机牌，却不知道走哪个登机通道。送我上飞机的是我国驻旧金山总领馆的一位侨务领事，她不认识英语，与我同行的一位老诗人与他的妻子也不懂英语，机场上再也找不到懂英语的人了……当时可难死我们了。于是我下定了决心，要学一点英语，至少是为了在机场能找到自己的登机通道。

我当时已经是四十六岁了，我觉得为时未晚，我给自己规定的硬指标是每天背三十个单词。学习使我觉得自己年轻，学习使我觉得自己仍然在进步，在不断充实。学习使我感受到了自己的潜力、生命力。学习使我的生活增加了新的意义，每一天每一小时都不会白过。学习使我摆脱了由于一人孤身海外而有的孤独感。学习使我摆脱了不少低级趣味和无聊纠纷。不是说我有多么崇高，而是我实在没有工夫搞那些没有出息的事儿。

还有人说自己笨，学也学不成。如果你确实下了功夫，没有学得太好，谁也不会责备你。问题在于，努力学习并且学有成绩的人常常被夸奖为聪明，而不肯学习不肯下功夫读书的人却正是自命的笨人。难道我们不知道“笨鸟先飞”的俗语吗？既然笨，为什么不多下点功夫，早下点功夫，先飞多飞一番？请问，到底是不学习而变得比别人笨，还是笨了才不学习呢？到底是学习使人聪明了，还是聪明使人爱学习了呢？这里至少有个良性循环和恶性循环的区别吧！

学习使我增加了自信，不要惊慌，不要自卑。叽里呱啦的洋话也都是人学的，他会的，我都能学会，他不会的，例如对于中国社会的了解，对于中国现代当代历史变革的第一手体验，在中国政坛文坛乡村边疆求生活的经验……我也了解。学习使我在任何境遇下都能把握住人生的进取可能。你可以不准我写作，不准我吃肉，不准我出头露面，不准我参加许多重要的活动，然而你无法禁止我学习。即使你没收了我的书（极而言之，这种事并未发生过），我仍然能念念有词地默诵默背默想，默默地坚持学习。

多一种享受，多一种人生

原来在新疆学维吾尔语的经验大大有利于我的英语学习。

第一，我去掉了汉语所造成的思维定式，认为不同的发音不同的词汇不同的语法是很自然的事情，是天经地义的事情。你可以这样说，你认为这样说很合理，他却完全可以换另外的说法，同样也很有道理。你有你的表达方式表达强项，他也有他的表达方式表达强项。在学习一种新语言的时候，你必须克服母语的先入为主所造成的对别种语言的异物拒斥心理。

第二，我增强了对于语言学习的自信。最初学维吾尔语时我最怕的就是自己的发音不正确语法不正确，别人听不懂，后来我发现，恰恰是你的怯懦、你的欲言又止、你的吞吞吐吐、你的含糊其词，你的十分理亏的样子成为你与旁人交流的障碍，而那些本地的老新疆人，不论什么民族，也不论他们的发音如何奇特、语法如何不通，他们的自信心十足的话语，毫无问题地被接受着被理解着。有了这个经验，我学到了一点英语就可以到处使用而毫不怯场了。还有，任何不同的语言之间，都有某些可以互相启发互相借鉴的东西。语言这个东西是很奇怪的，其相互不同之多正如相互可交流性之多。例如，英语与维吾尔语同样用一些词根相同的拉丁词。再如，英语中的“台风”“洪水”（更精确地说是“泛滥”）都与中文有关。

第三，语言与思维的关系是最精微的部分，你从对于一种语言的学习中，可以摸出一点其他民族的思维特点与长短来，这种学问是从旁处得不到的。

语言是知识、工具、桥梁，当然这些说法都是对的，然而语言与学习语言带给我们的不仅是交流的工具、沟通的便利和一些有关我们的世界及我们以外的异民族异国土的奇妙知识、间接见闻，它还带给我们一个更加开阔的心胸，更加开放的头脑，对于新鲜事物的兴趣，更多的比较鉴别的可能与比较鉴别的思考习惯，这里还包括了一种对于世界的多样性、文化的多样性的了解与爱惜，一种对于“己所不欲，勿施于人”“己欲立而立人，己欲达而达人”的恕道的深刻理解，一种“海纳百川，有容乃大”的气魄。与此同时，就会克服和改变那种小农经济的鼠目寸光，那种“非我族类，其心必异”的排外心理与“美国的月亮也比中国的圆”的媚外心理，抱残守缺的保守心理或者夜郎自大的荒唐与封闭，还有人云亦云的盲目性与非此即彼的简单化。

学习语言是一种享受，享受大千世界的丰富多彩，享受人类文化的全部瑰丽与相互作用，享受学而时习之的不尽乐趣，享受多种多样而不是单一的、相互区别甚大而不是大同小异的不止一种的人生。

二、我是学生

我已到了古稀之年，但仍旧愿意自称“我是学生”。这绝不仅仅令人感动，这是追求一种学也无涯、思也无涯的人生真谛，一种洞悉宇宙无止境的人生境界。不过，本章讲述的并非只是读书。因为最好的老师是生活，最好的课堂是实践；学习是涵盖一切的，生活即学习，学习即生活，学习即性格；学习是人的第一特点第一长处第一智慧第一本源；学习是一种建设一种节操一种免疫功能；学习是人生的智慧之灯。

学习是我的骨头

学习是我的骨头，学习是我的肉（材料与构成），学习是我的精气神，学习是我的追求、使命、奋斗。学习也是我的快乐、游戏、智力体操。学习是我的支撑，学习是永远不可战胜的堡垒，学习是我的永远的主动性积极性，学习是我的立于不败之地的保证。

学习是我的英勇和不露声色地对于邪恶的抵抗。正如思想是不受剥夺的，学习也是不受剥夺的。学习使我坚强如钢刀枪不入。你可以诬陷我剥夺我控制我的人身，你无法限制我在闭目养神的时候背诵唐诗宋词英语十四行诗，你无法不准我随时复习外语单词，你无法阻止我思考回忆分析观察谛听，甚至谛听一个蠢货怎么样自以为是胡说八道横行霸道滔滔不绝。这也是一种对于人性的探索和追问，是一种人生经验的体察，是一种学习。当一个家伙对你说不准学习的时候，这已经提供给你一个难得的人性恶的教材，这已经提供给你一个难得的人间喜剧，这已经解答了你长久以来未能解答的关于人可以有多么蠢多么坏和蠢人与坏人一旦暂时掌权会有怎么样的滑稽表演的问题。当然，你也应该尽量去理解这个坏人和蠢人的心理与动机，看看他究竟为什么那样自以为是、那样自鸣得意，从他身上得到借鉴、得到警惕、得到教训，见到坏人不要只考虑他的坏，也要反问自己，换一种条件下自己会不会也做同样的或类似的坏事蠢事？还有自己有没有失误疏漏，给了他或她可乘之机？

学习又是我与客观世界的和解、协调和沟通，通过学习，我发现了和珍视着现实条件具有的每一丝可能性，调动和利用一切积极因素，对这个世界有了更好的理解，像斯宾诺莎说的，不哭、不笑，而要理解。在一切条件下使自己生活得充实、向上、有意义，并从而摆脱虚度年华的失望、痛苦和嗟叹。

所以学习使我乐观，学习使我总是有所收获，学习使我总是不至于悲观失望，学习使我谦虚，使我勇于并且惯于时时反省自查自律，叫作“学而后知不足”。如果自以为完美无缺，那就杜绝了学习的必要与可能。学习使我不至于先入为主、自吹自擂、关在小屋里称王称雄。学习还表示了我对于人类知性、对于智慧、对于文化文明与科学、对于活生生的生活的尊重和向往。截至今日，我们的知识是很有限的，我们的理性常常陷于困境，我们的自以为是的智慧时而误导乃至自欺欺人，我们的生活里还充满着不尽如人意的方面。然而我们不能因此而摒弃文明、摒弃理性、摒弃人生，而是要尽其所能地从人类已有的文明中，从人类与自身的已有的智慧中，从各种活生生的人生图景、人生故事、人生经验中寻找接近真理、接近美善的前景。

例如医学，当然目前的医学远非完美无缺，更非万能，但是我找不到比利用现有的医学更好的治疗疾病的方法。说什么对医生的话不可全信也不可不信，这样说易如反掌，但是信什么不信什么？随机吗？撞大运吗？不信医生的而信你的不可全信说吗？算了吧，比起听你的信口胡言，我宁愿听医生的话。科学也是如此，在一个愚昧和迷信还在泛滥的国家，批判科学的不足恃，又是由一些本身的科学知识未必比科盲好太多的人文知识分子来批，我总觉得矫情。根据我自己的经验，至少我本人，以现代的科学医学发展水准衡量，仍然大体属于医盲科盲的群体，我宁愿对科学采取敬畏的态度。

学习又使我超越、超脱。学习使我遇事不仅仅关注一时一地的得失成败，而是把它作为一个学习的契机，学习的漫长过程的一个环节，每事问（包括自问），每事学，于是得到了一种登高望远气度从容的感受，得到了一种曲曲折折地走向光明的欢喜。

学习促使人采取一个更健康的态度和方略。批判是健康的批判，不是大言欺世。痛苦是有为的痛苦，不是类似吸毒的反应。鼓舞是健康的鼓舞，不是牛皮山响。成功是清醒的成功，不是范进中举。人生是明朗的人生，是明朗的航行，不是酸溜溜、阴森森、嘀嘀咕咕、磨磨叽叽的阴沟里的蠕动。学习使我得到智慧得到光明，如果没有一下子得到，那至少也是围绕着靠近着感受着智慧和光明。

我是学生

贾平凹有一个有名的说法，叫作“我是农民”，他谈得很真实、很切要，也很准确。

自从贾氏持此说以来，我一直考虑我能说自己是什么呢。我祖辈生活在河北省农村，一九五八年后我前后在农村劳动了八年以上。我自己身上可能也有农民的某些习性存留，例如出门在外，总是怕误了车船航班；特别爱惜粮食，宁可吃坏了肠胃也不愿意抛弃剩饭剩菜。但是我毕竟出生在大城市，成长在大城市，工作在大城市，不好说自己也就是农民，其实说是农民显得质朴，而且对一些事可以少负点责任。

我是市民？不对，我从少年时代就参加革命工作了，我几乎可以说是从来没有过过一般市民的日常生活。

有一阵子我甚至考虑干脆承认我是干部，我从一九四九年三月十四岁半开始就取得了干部身份，担任过大大小小的职务，甚至在新疆农村劳动锻炼期间还当过人民公社的副大队长，至今仍然具有国家干部的身份。说我是干部没有任何问题，虽然现时某些文艺人不太喜欢“干部”这个词，但是我必须老老实实地承认我是干部。我有一种干部的心理和习惯，好处是考虑大局，坏处是好为人师与多管闲事。而且我当干部不是为了糊口，不是为了升官，不是为了特权，而是为了革命的理想，为了人民，为了解民于倒悬。

我有一位朋友，同行，一次他得到一个机会在有领导同志参加的会议上发言，他征求我对于发言内容的意见，我建议他为青年讲几句话，他认真考虑了我的建议，过了几个小时后，他极认真地带几分尴尬地对我说，他不想讲这方面的问题，他说：“讲了这个，让他们年轻的上来好顶掉我呀？我不干。”

我欣赏他的诚实，但是他的说法仍然使我吃了一惊，我从来没有朝这方面想过。我根本不可能有这种思路，更不可能讲出这种对于一个干部乃至知识分子来说是太厚颜的话语。经过一次次政治运动，经过“文革”，人们变得多么赤裸裸，多么缺乏起码的矜持与高雅了呀。我不敢说我是多么无私多么雷锋，我只想说毕竟我当了那么多年干部，我已经习惯于不是从个人出发考虑问题与表述思想意见。就是说我绝对不敢也不可能明目张胆地拿自私当道理。作为一个当过干部的人，我无法离开事业，离开哪怕只是一个界别一个单位一个地区的利益来考虑来讲述自己个人的私利。在我的少年时代，那种对于党员、干部的严格要求与教育，毕竟给我留下了深深的烙印，我称之为“童子功”。与完全与之无缘的人，或是一个在风气不好的情况下“跑官”的蝇营狗苟者就是有所不同。

然而仍是不对了，回想自我一九四八年（新中国成立以前）入党并作为参加革命工作起始时间计算，半个多世纪以来，具体任职的时间约十二年，其余的四十二年，或上学（两年），或体力劳动（十三年），或“专业创作”（十二年），或“退居二线”（十三年），或接受审查（两年），很难说干部的生涯贯穿着我的平生。

我从十九岁秋季开始写《青春万岁》的第一稿，至今已经过去了四十八年了，也许可以说我是一个写作人吧。然而，四十八年中有二十余年我不但没有写作的可能，也没有写作的哪怕是以后写作的心态，而只有以后不写作的心态。再说，如果说是写作人，贾平凹也是一样的。这里说的“我是”什么什么，不是指写作，而是指社会身份、“前写作”的身份，何况我历来认定写作是人类的业余活动，这里所讨论的正是一个写作人的社会身份、本来角色。

我恍然大悟：我的最大特点，我的贯穿平生的身份不是别的而是学生。我是学生。虽然我的正式学历只有高中一年级肄业，然而我从来没有停止过学习。我读书，我补充各方面的知识，我更注意从生活中学，每个人都是我的老师，每个地方都是我的课堂，每个时间都是我的学期。我的干部登记表上填写的个人出身恰恰正是“学生”二字。

当我想清楚了我是学生以后，我是何等快乐啊！这不但是一种身份，也是我的世界观、人生观、性格与情感的一部分，非常重要的有机组成部分。我把人生当作一个学习的过程，它不是空虚的颓废的幻灭的无意义的，而是有为的、有关注有兴趣有成就有意义的。作为学生，应该是日有长进、为学日益的。它不是自命精英和自我膨胀的，不是高高在上的救世主式的，不是超人式的霸主式的，而是宁可低调的。我愿意从学生做起，从学习思考实验考察判断做起。它绝对不是独断与专横、顺我者昌逆我者亡的，而是如切如磋、如琢如磨、春风化雨、惠我良多的。它不是自我作古、数典忘祖的，因而也不是爆炸式的骂倒一切与充满敌意的，而是尊重历史、尊重前贤、尊重不同的学问与思路，接受一切合理的新旧成果，与对同行对大众充满友善的。它是建设性的文化品格的体现，它是力求接受、学到、发明和发现新知识新观点新角度的。它尊重理性，尊重智慧，尊重生活，尊重实践，尊重文明。它的前提是珍惜与尊重，而不是抛弃与压倒。它认定人人可以学习，人人有学习的权利与可能，而同时任何人也不可能终结真理、垄断真理。它既不承认活人会成为万能的上帝、唯一的教主，也不轻易认定与自己门派不同的其他各方是邪恶是异教徒是魔鬼。它是民主与平等待人的，它又应该是不知疲倦为何物，不知自满自足为何物，不知老之将至的。

抱歉，这些我并没有完全做到，虽不能至，心向往之。我远远算不上一个合格的学生，但是至少我知道了，做一个学生是多么好！

人生的“第一智慧”与“第一本源”

我愿意特别强调和讨论学习的绝对性。学习对于我来说是一个绝对的概念。为什么说是绝对的呢？因为第一，它是无条件的，什么条件下都能够学习。有书可以学习，没有书照样要学习。身体好的时候要学习，躺在病榻上也要学习。一切体验经验都是学习。新体验新经验当然是学习，老体验的重复也是一种学习，温故而知新，所有的“故”里都有你未曾发现的新天地新可能新感觉，因为你并不可能两次踏入同一股水流里。

第二，学习是自始至终的，全天候的，是与生俱始、与生俱终的。每个人每天的学习时间是二十四小时，每周的学习日是七天，没有假期没有休止，甚至睡眠中你仍然在记忆仍然在温习仍然在琢磨仍然在酝酿仍然在苦恼。你的所有的梦境与无梦，香甜的与苦涩的、安稳的与辗转反侧的、满足的与痛苦的睡眠经验都是人生体验的一部分，都能给你以人生的启示，都要求你更清明、更开阔、更高尚、更纯熟、更身心健康，都要求你有更高的人生境界，而这样的境界并不是不经学习就可以一蹴而就的。

第三，学习是一个人的真正看家本领，是人的第一特点第一长处第一智慧第一本源，其他一切都是学习的结果学习的恩泽。一个人正如一个群体，归根结底要有实力，而实力的绝大部分来自学习。本领需要学习，道德修养也需要学习；知识需要学习，机智与灵活反应也需要学习；做贡献做牺牲需要学习，享受生活提高自己的生活质量也需要学习。健康的身心同样是学会了健康的生活方式特别是健康的心理活动模式的结果，也是学习的结果。学习的绝对性与学习的第一性是分不开的。

第四，学习是永远没有完结之日的，一切学习一切教益，都有自己的时间、地点、课题的针对性、具体性、生命力与局限性。一切知识与判断，都不是永远的与无条件的。人的一切经历，一方面是真实的与清晰的——我并不主张人生如梦——因此是可以确定地把握的；另一方面却又是一时一地一事的，它未必能够代表一切时一切地一切事，而且它是或快或慢正在成为过去成为往事。人不可能两次踏入同一股水流中。就是说，你永远会面临新问题，永远不会有百分之百的现成答案。你的判断与知识都是由于其具体性而获得了生命力，却也是由于其具体性而并非长命百岁、一劳永逸。当代西哲主张科学的特点在于它是可以被证伪的，而不在于它是被证实的。这个见解确实很高明。因为一切科学法则都是通过多次实验、测试，即用归纳法概括出来的，而即使是一百万次的实验与测试都得到了同样的结果，从理论上说，也并不能排除在第一百万零一次实验或测试中发现新的情况新的数据即证伪原来的结论的可能性。这正是科学的特质。而例如一些神学命题，则是既无法证明也无法证伪的，所以不属于科学范畴。这样一个思路，可以启发我们去体认科学与真理的一个特点、一个品格：寻找与正视已有的一切的不足，寻求对已有的结论的突破，致力于自我批评方能自我完善，永远处于学习的过程中，而绝对不认为真理可以够用可以终结。这将大大开拓我们的视野，突破我们的自满自足与抱残守缺，引导我们进入一个求学求知的新境界。

最后，学习是涵盖一切的。生活即学习，学习即生活。学习即性格，性格的自我认知发扬发挥与自我控制自我完善都是学习。学习即成就，成就即学习，使学到的东西化为成就至少是帮助自己取得成就，这本身就是一个极好的学习或曰实习；取得了初步的成就并认识仍然存在的不足，以取得下一个更大的成就，当然更是学习。失误后的反省，反省后的弥补的努力，暂时难以弥补状况下的善于等待，最最恶劣情况下的从容镇定，宠辱无惊，这种学习是博士后的研究也未必能够达到的。

尤其重要的是，实践即学习，认识即学习，思想即学习。从认识论的意义来说，一切实践都是认识过程的一个不可或缺的部分，故而即学习。而凡是从认识论的意义上把握自己的社会实践活动的，都是善于学习者、有心者，另一个说法就是思想者。能够从实践中获得知识、获得认识，能够将直观的具体的零碎的活动升华为思想境界，这还不是思想者吗？不要以为只有读了一两本最新译著并作大有思想状的人才有思想，更不要以为只有诞生在某一个特定年代，符合某个生辰八字的人才是思想者。能够从实践中汲取思想、观点、原则和方法的人，难道不是思想者吗？能够从人生的沧桑中获得光明的智慧的人，那才是思想者。至少我们应该同样重视那些有能力把经验与感受概括为升华为思想的人。其实你只要学得稍稍深一点，就会突破死记硬背的层次而进入思想。分析、概括、联想、启发、寻觅、假设都是思想，至少是思想的初步形态。我们有时候称赞一个人有思想，或者说他是有心人，便是指他善于在实践中思考、判断、总结、分析、探索和综合。一个人的思想，是非常值得赞美的东西，是智慧、清明、用心、明晰、深度和实力的保证，是对愚昧、迷信、无知、糊涂、浅薄和无能的消除。学也无涯，思也无涯，乐也无涯。不要以为只有那些转新洋名词和港台泾浜的人，端起精英架子来并且怒气冲冲、怨毒叽叽、一脑门子阴影和别人欠他的账单的人，还有糊涂糨糊的人才是思想者。不要以为思想者都是苦大仇深、腰上别着炸弹、讲几句皮毛常识便壮烈得如同进行了自杀式袭击的人。思想不是少数人的特权，不是作秀。爱学习就是爱思想，善学习就是善思想，爱实践并且聪明地而不是糊涂地实践着的人，都是思想者，至少都有可能向着创造性的有价值的思想迈进。

思想美丽，学习着也是美丽的

有价值的思想是美丽的，学习着是美丽的，思想着是美丽的，认识着的实践是美丽的。提倡学习就是提倡思想、提倡智慧和光明，消除愚昧和黑暗。

再想出一千种词儿也说不完学习的意义、学习的益处、学习的绝对性。

人生还会有许多困惑、许多悖论、许多一时看不清说不明左右为难进退失据之处。有时候一个成熟的人无法但又必须立即做出决定或立即表示臧否。当你面临选择的痛苦的时候，你可以更有把握地去学习，用学习和思想抚慰你的焦虑，缓解你的痛苦，启迪你的智慧，寻找你的答案。学习归根结底是通向真理，通向知识，通向光明，通向正确的抉择。它同时通向快乐，通向胜利，通向精神的家园精神的天国。学学这，再学学那吧；看看这，再看看那吧；听听这，再听听那吧；这么想想，再那么想想吧，勾画出一个又一个的草图，再细细地修改和完成它们吧，你将避免冲动，避免极端，避免刚愎自用，避免出尔反尔，避免无所事事，避免精神空虚，避免消极悲观，更避免暴跳如雷和怨天尤人。在世界还有些混乱，乃至你一时以为是天塌地陷的时候，在你完全不知道自己应该做什么才好的时候，你至少，你完全能够学习，甚至那一切困惑造就的是你学习的迫切、学习的饥渴、学习的针对性与学习的切肤之感。这不正是学习的大好时机、最好时机吗？在你一时受到误解、受到打击、受到歪曲、受到封杀，而你一时又无什么办法可想，无法改变你的处境的时候，安心学习吧，补课吧，学习你在顺利情况下欲学而没有时间学的那些表面的冷门知识吧，这是天赐的强化学习月或强化学习年的开始，你理应得到更多的学分，取得更高的学位。

生活：最好的“词典”与“课本”

读书是学习。学习材料对我是非常重要的。例如学习维吾尔语，我首先依靠的是新中国成立初期新疆省（那时自治区尚未成立）行政干部学校的课本。我从那本课本上学到了字母、发音、书写和一些词一些句子一些对话。另外靠的是《中国语文》杂志二十世纪六十年代的一期，此期上有中国科学院社会科学部民族研究所朱志宁研究员的一篇文章《维吾尔语简介》。后一篇文章我读了不知道有多少遍，学一段，用一段语言，就再从头翻阅一遍朱先生的文章，就获得了新的体会。有时听到维吾尔族农民的一种说法，过去没有听过，便找出朱文查找，果然有，原来如此！多少语法规则、变化规则、发音规则、构词规则、词汇起源……都是从朱先生的文章里学到的啊！朱先生是我至今没有见过面的最大恩师之一。当时林彪讲学“毛著”要“活学活用，急用先学，带着问题学，立竿见影……”，说老实话我倒没有以此法去学习“毛著”，我确实是以此法学习了“朱著”。不是朱德同志的著作，而是朱志宁研究员的“著作”，他的一篇简介，使我终身受用不尽。

是的，学习的方法是书本与实践的结合。我常常从根本上去追溯人类的语言是怎么学的。一个婴儿，不会任何语言，靠的是听，百次千次万次地听，听了之后就去模仿，开始模仿的时候常常出错，又是百次千次万次地实践之后，就会说了。会听在前，其次会说，再次才学文字。就是说，学语言一要多听；二要张口说，要不怕说错；三要重复，没完没了地重复；四要交流，语言的功能在于交流，语言的功能在于生活，一定的语言与一定的生活联系在一起，一定的语言与不同的人的不同与共同的表情神态含意联系在一起。语言孤立地学不过是一堆符号而已，就符号记符号，太无趣了，所以太难了。语言与生活与人联系在一起学，就变得非常生动非常形象非常活灵活现多彩多姿。比如维吾尔族人最常说的一个词“mana”，有的译成“这里”，有的译成“给你”，怎么看也难得要领。而生活中一用就明白了，你到供销社购物，交钱的时候你可以对售货员说“mana”，意思是：“您瞧，钱在这儿呢，给您吧。”售货员找零钱时也可以说“mana”，含意如前。你在公共场合找一个人，旁人帮着你找，终于找到了，便说“mana”，意即“就在这里”，不含“给你”之意。几个人讨论问题，众说纷纭，这时一位德高望重的人物起立发言，几句话说到了要害，说得大家心服口服，于是纷纷赞叹地说：“mana！”意思是：“瞧，这才说到了点子上！”或者反过来，你与配偶吵起来了，愈说愈气，愈说愈离谱，这时对方说：“你给我滚蛋，我再也不要见到你！”于是你大喊“mana”，意即抓住了要点，抓住了对方的要害，对方终于把最最不能说的话说出来了。如此这般，离开了生活，你永远弄不清它的真实含意。

与“mana”相对应的词是“kini”，“kini”像是个疑问代词，你找不着你要找的人时，你可以用“kini”来开始你的询问，即“kini，某某某哪里去了”。会议一开始，无人发言，你也可以大讲“kini”，即“kini，请发言啊”。这里的“kini”有谁即谁发言的意思。你请客吃饭，宾客们坐好了，菜肴也摆好了，主人要说：“kini，请品尝啊。”一伙人下了大田或者工地或者进入了办公室，到了开始工作的时间了，于是队长或者工头或者老板就说：“kini，我们还不（开始）干活吗？”这样，“kini”既有疑问的含意，也有号召的含意。那么“kini”到底怎么讲怎么翻译最合适呢？这是一切字典一切课本都解决不了的。“kini，有条件的，我们不到维吾尔族兄弟姐妹里边去学语言吗？”

英语也是一样。英语不仅是一种达意符号，也是一种情调、一种文化、一种逻辑性、一种生活方式。现在有所谓逆向英语以及疯狂英语的教学，只要把有关的商业性炒作的因素剔除，它所提倡的那种从生活中学、贯耳音、大胆地讲大胆地听大胆地用、错了也不要紧的精神，那种学英语讲英语的自信，那种重视口语的态度，以及那种学一门外语时的如醉如痴如发狂的态度，都是正确的和必要的。

学习语言的过程是一个生活的过程，是一个活灵活现的与不同民族的人交往的过程，是一个文化的过程。你不但学到了语言符号，而且学到了另一族群的心态、生活方式、礼节、风习、思维方式、文化的积淀。用我国文学工作上的一个特殊的词来说，学习语言就是体验生活、深入生活。

把语言学活是一个好的学习方法，这也是一种观念一种精神境界。不仅仅在用中学和在学中用，而且到了一定程度，用就是学，学就是用，善学者是不可能严格区分何者为学何者为用的。我们将儿童学话叫作咿呀学语，其实也可以说那是咿呀用语。做任何事情都抱一个学习的态度，也就是抱一个谨慎负责的态度、动脑筋的态度、精益求精的态度、不断提高的态度，一个津津有味、举一反三、举重若轻、融会贯通的态度。这样，学习态度与工作态度、生活态度，学习精神与工作精神，工具理性与价值理性就高度结合起来了。

学无涯思无涯其乐亦无涯

并非仅仅语言学习是这样，把一门学问看成一群人的生活和劳作的成果，看成一种生活的记录和方式，看成人的智慧、经验、追求、痛苦和快乐的集中体现；把学问的探求与生活的探求结合起来；把学习的过程当作一个生活的过程；把对于工具理性的追求变成对于一种价值的体认；把奋斗、受苦、奉献的过程同时当作一个走近真理、享受世界与人生的全部美丽、探知宇宙与生命的全部奥秘的过程，这时候，你的学习与你的生活工作将是怎样不同啊。这是一条具有普遍性的道理。它大体上同样适合于读一本长篇小说，读一本哲学或史学书，甚至是数学书。它大体上同样适用于科学实验科学研究。

没有比从一本长篇小说里发现自己熟悉的人性的证明更令人激动的了，从爱情故事里联想到自己的或亲朋好友的爱情经验（包括某种情感的萌芽未发展成爱情者）；从荒诞不经的冒险故事里感受到生命的挑战，倾听自己的怦然心跳；从作者的大段抒情里感受到人生的激情和难分难解的悲欢；从作家的思考里联想到自身的处境与自己的答案。这样的读书根本用不着死记硬背与生吞活剥，用不着头悬梁与锥刺股。

同样，从理论的论证里可以找出自己的经历与见闻的脉络，可以拨开思想认识上的迷雾；从一道数学公式里可以设想到先行智者的严密的思维逻辑和追根溯源、反复验证、达到颠扑不破的境地的过程与乐趣。学习是一种发现，学习是一种探秘，学习就如破案，自然界与人生的秘密隐藏得扑朔迷离，就像不容易一时侦破。而当你从自然、历史、社会、人生中发现了它们的隐蔽的真情，从前人的成果中了解了这种真情，你将会像破了一个大案一样充满欣喜，欲罢不能！

我敬重苦学者，我更愿意多讲学习的乐趣，我特别欣赏米卢的对于“快乐足球”的倡导。只有不可救药的杠头（故意钻牛角尖、搅死理、与人抬杠即强词辩论者）才会觉得有必要提醒足球教练和运动员光快乐不行，还得苦练。快乐和苦练是互补的，又分别属于两个不同层次。从总体上说，学习掌握一种本领，从必然王国一步步进入自由王国，收获新思想新知识新境界新觉悟新成绩，当然是最快乐的事，快乐是成功的表现。而在此过程中是要克服许多困难回应许多挑战付出大量心血乃至体力的，这当然又极艰苦。这大致与毛泽东论述战略上藐视战术上重视的道理是有共同之处的。战略上是敢于胜利一定成功的，无须恐惧畏缩；战术上是随时有危险有曲折的，岂可掉以轻心？

学习是一种按部就班的建设，从挖地基做起，直到矗立起一幢幢的高楼大厦，成功了一片又一片风景。学习是一种精神的漫游，它扩大你的精神空间与容积。学习还是一种对于有限的生命的挑战，以有限的生命追求无限的宇宙和时间。不是庄子所说的“殆矣”，而应该是“壮哉”！学习是一种坚持、一种固守、一种节操、一种免疫功能。在学习中绝对不能自欺欺人，不能假冒伪劣，不能装腔作势，不能吹牛冒泡，不能纠合起哄，不能拉帮结伙，也不能奴颜婢膝、奉承讨好、媚俗媚雅。学习者，至高至强至清至明复至艰复至乐也。

在宇宙隧道里前行的智慧之灯

即使是最最抽象的哲学与数学的论述，也体现了智慧的魅力和光辉。智慧有一种自信，有一种雄心，有一种光明，它不承认黑暗，不承认失败，不承认混乱和无序。理性在宇宙的隧道里按部就班地前行，一步一个脚印。理性顽强地伸展着自身，拨开重重迷雾，打破层层坚冰，照亮了这一部分，又照亮那一部分。在哲学原理数学原理后边你会发现怎样的智慧与深沉、勇敢与坚韧，还有是怎样和谐与完满的美！

人生是有许多快乐的，智慧的运用与智慧的胜利，人生之至乐，人性之至喜。当你冥思苦想人生的一个问题、翻译上的一个问题、一道数学证明或作图题，当你做了几十几百次实验都没有取得你坚信必然会取得的那个成果的时候，四顾茫茫，杳无踪迹，上下求索，左右碰壁，奔突疲惫，几近绝望。突然，你好像得到了一点启发，这启发并非直接，这由头并非针对，然而你听到了一声佛音，你看见了一泓水洼，你闻到了一股香气，你打了一个喷嚏，有个影子在你眼前一闪，有块云彩在你头上的天空一现，你忽然明白了，你忽然换了思路，你似乎找到了另一条大路，你才知道，你上来就弄错了，你误导了你自己，你走进了死胡同。“苦海无边，回头是岸”，起死回生，转悲为喜，全在一念，一阵灵光照亮了你的周围，一条明路出现在你的面前，八面来风，春雨滋润，九重宫阙，豁然贯通，一通百通，一顺百顺，天光明艳，智光如电，于是得心应手，俯拾即是，势如破竹，气如长虹，潇洒飞扬，意气风发，浑然一体，无不了悟，这是何等的快乐！

我还要说，智慧是一种美，智慧的品格是清明，是从容，是犀利，是周到，是轻松——举重若轻；又是严肃，是用心，是含蓄，是谦逊，是永远的微笑，是无言的矜持，是君临的自信，是白云的舒适与秋水的澄静，是绝对的不可战胜、不可屈服。学识也是一种美，学识是高山，是大海，是天空和大地，是包容，是鲲鹏和参天的大树，是弥漫无边的风，是青草和花朵，是永远的郁郁葱葱，是永远唱不完的歌。爱惜智慧和学识的美丽吧，虽然愚蠢永远仇视智慧，无知永远仇视有知，不学无术永远仇视学而有识，不明事理永远仇视读书明理。还是让智慧者爱学习者原谅并且帮助那些愚蠢无知而又自以为有两下子的可怜虫多多少少地聪明一些再聪明一些，让仇视智慧的愚人们最终服膺于智慧的光辉之下吧。

三、人生之化境

生命的意义在于一种人生的化境，而进入“化境”，也就进入了一种人生的自由王国。这也许会是很难的，但“一样东西学好了、做好了”，也就入了“化境”。只要肯“琢磨”、肯实践，就能入“化境”。本章还提出了“身外之学”“身同之学”、学习的“有限论”、“学会”不如“会学”、“了悟”等诸多新概念。了解这些新概念的内涵，也许能使读者受用。

Three

“身外之学”与“身同之学”

也许我们可以将学问分为身外之学与身同之学两个部分，或两个步骤、两个阶段。为应试而恶补的东西，考完多半也就忘记了。可以作为谈资的东拉西扯，虽然能够用来炫耀谈主的渊博，却也更凸显了谈主的浅薄。过目成诵是令人羡慕的，例如能够背诵多少多少书，一直到指出哪一页来都能应声而诵。古人更有“倒背如流”者。但这毕竟是小学生的功夫，背得再好也不过一个天才的小学生，或者也可以说背得再好其实也赶不上一台最初等的电脑。所以我一直认为沿这种路子宣扬一个大家的学问是一个误区，是炒作，而不是严肃的评价。再比如说一种技艺，大致上凡接触过认真读过说明书者都是能够掌握的，一个人使用这种技艺时只需照单办理，聚精会神即可不必劳神费心。还有些职业训练，被训练者纯为求职，求职的目的纯为谋生。这些，我笼统称之为身外之学。即不对人产生总体性影响之学，不化为学习者之血肉之精神之学，不带感情不带创造，靠多次不走样的重复，它一般完全可以由电脑完成之。身外之学也很重要很有用，它基本上是靠记忆力和注意力，靠多次练习温习实习。身外之学学多了也会影响自身影响全局，例如因大量背诵而提高了自己的全面记忆能力并旁及理解能力；因经常集中注意力而养成做事一丝不苟的习惯；因认真接受职业训练而养成敬业精神。这里的对两种学问的划分并无轻视身外之学的意思。

而记忆力、理解力、注意力，认真负责的工作精神、敬业精神，这些已经进入了我所谓的身同之学了。

身同之学就是指学习培养的不是一物一事、一桩一门的知识和技巧，而是全面的智力、能力、意志与理念，全面的人品、风度、气质、性格、风格，身体的与精神的全部力量。比如智慧、镇静、从容、远见、坚定、博大、高尚、善良、潇洒、机智、耐心……这些都不是可以临时补充、临时改变、临时完成的。这些就是人，就是人的感觉人的脾性人的神经人的良心良知良能人的本领人的面貌人的蕴藏人的能量人的有别于他人之处。它们与人同在，与身同在，与人共进，与身共进。它们表现在时时事事叫作方方面面上，临万变而善处，临百危而不惧，千头万绪而方寸有定，八方告急而不疲于应付，一帆风顺而不忘乎所以，大获全胜也仍然清醒和平。这说的是一种方法，更是一种智慧，更是一种觉悟、一种品性、一种大道、一种臻于化境的理想。

身同之学云云，肤浅者可以与之语方法，单纯的方法则极可能变为不无狡诈的计谋；智而诈者可以与之语计谋语下棋语桥牌麻将——其实仍不到位；大脑确实发达、心胸确实开阔者可以与之语智慧——真正的智慧对于邪恶是有一点免疫力的，因为邪恶不仅是不善不仁，也是最大的不智；而只有达到一定的思想品德境界的人可以与之语化境。

化境的境界不是靠读一两本书能够达到的，读一辈子书也未必能够达到，如果只读只死记而不消化的话。化境的到达是一个学习的过程，也是实行的过程、琢磨的过程、领悟的过程、反省发展和成熟的过程，更是一个感化、升华、荡涤、温暖与充实的过程。

功夫在书外的“有限论”

毛泽东说过，有些知识分子是“书读得愈多愈蠢”。人们多认为这话反映了毛泽东轻视书本知识的问题，窃以为事情没有那么简单。

毛泽东是何等人物，本人读了那么多书，你去参观中南海他的故居，你会发现，连他睡觉的床上，都有三分之一的地方放满了书，这样的毛泽东，岂有反对人读书之理？直到晚年，他还有一个重要指示，叫作“认真看书学习，弄通马克思主义”。

那么，毛为什么要说一些很极端的话来贬低读书的意义呢？

这又要从毛泽东的思想来研究，他说：“读书是学习，使用也是学习，而且是更重要的学习。”这里透露了毛的思想核心，他强调认识的实践品格，重视实践对于认识的决定作用。反过来说，他看不起乃至于厌恶那种脱离了认识的实践性的死读书、本本主义、教条主义、掉书袋和书呆子。

对此我还有一个联想，斗胆可以说是一点发挥。世界上有一类东西，是可以从书本上学到的，而另一类东西，是从书本上学不到的，或者从书本上学到的只能是相反的东西。那么，如果你只有书本上的知识，只会从书本上得到认识，全不结合实际，岂不是书读得愈多愈蠢？

举例来说，游泳，光从书本上能学得到吗？中国革命应该走什么道路，书本上有现成的答案吗？同样，不论是太极拳还是广播操，从书本上学足以累死人气死人急死人，找个师傅带着练呢，可收事半功倍之效。

再举一个不太高雅的例子。我们从书上到处读到人应该如何奉公守法、大公无私、光明磊落、照章办事等。可有一本书谈如何走后门吗？走后门不好，不应该教，那么请问，谁能说自己从来没有与走后门的现象有涉呢？你不走，你见过别人走没有？你应该采取怎样的对策？走后门是一个值得正视的社会现象乃至文化现象。

即使是为了反对走后门，不也是需要弄清走后门现象的来龙去脉吗？但是偏偏没有这方面的书。此例只是说明，除了书本上的知识，人间还有书本以外的另类知识。如果只有书本上的知识，没有另类知识，你的知识很可能是相当不完全的。

再举一个令人尴尬的例子，有一本书谈国家公务员怎样才能更好地获得升迁的机会的吗？没有的。因为，从性质上说，我们的公务员都是人民的公仆，根本不应该有地位观念升降观念。我们提倡的是做人民的老黄牛，老黄牛怎么会考虑自己的地位职称级别待遇问题呢？尤其是，那些致力于自己的升迁的人的“经验”“办法”，是不足与人语的，是不足为训的，有些是很糟糕的，即使写出来这样的书也是无法出版的，即使出版也只能在一片愤怒的谴责声中夭折而亡的。那么，事实上存不存在一个为升迁而总结经验、为升迁而奋斗的问题呢？有没有公务员或公司的文员在谈论在研究在关心自己的升迁问题呢？我们能不能完成一部“升迁学”，哪怕是不能写成文字因而只能靠心领神会的这样一部书呢？这个问题不言自明，这也属于另类学问，靠读书用处有限。

幼稚的成熟与成熟的老到

我们常常议论到某个人的时候说谁谁比较幼稚、谁谁不够成熟、谁谁比较老到。那么请问，成熟和老到的标准是什么？成熟和幼稚的区别点是什么？很抱歉，我不能不说到一个方面，那就是对于恶的认识与对付恶的本领。很遗憾，人生中社会中还有许多的不善，还有许多的恶，幼稚的人碰到这种不善和恶，会很伤心、很意外、很痛苦、很没辙，甚至会在最初的几次打击后颓然垮台，或者丧失了生活的勇气，或者走向了悲观和颓废，或者随波逐流自己也变成了不善和恶。这种遇恶则全无办法，遇恶则大呼小叫，遇恶则上当受骗，遇恶则精神崩溃，或者铤而走险，变成了一个偏激者、破坏性的愤世嫉俗者甚至冒险者和恐怖者——可以说，这些确是一个人相当幼稚的标志。而一个成熟和老到的人，则会坚定不移而又从容应战巧妙应对，化被动为主动，从恶的挑战中寻找善的契机，化不善的因素为善的因素，至少也会战胜恶转化恶而弘扬善，直到庖丁解牛、游刃有余，直到出淤泥而不染。从来不与恶打交道是不可能的，不在恶面前垮台自杀也不变得那么恶却是必须的与有用的。而我们的文化传统、出版规则，直到政策法令又是偏向于不谈至少是不多谈不深谈人间的恶的——对此，我倒没有太多的异议，因为这里确实有一个现实的考虑，当人们的素质还相当不理想的时候，你谈恶谈得太多也许客观上变成了教唆为恶。

我无意在这里讨论出版的普泛性原则、适应性原则与价值性原则的悖论，我只是说，仅凭书本知识是不够的，人们会由于种种原因而没有把书写全面出全面，你也会因了各种理由而没有读全面。人们有时候会在书中选择甜美，而忽略了苦咸辣涩酸。人们倾向于选择芳香而对腥臭视而不语。人们会接受随大流，而省略了或者干脆是回避了或者干脆是隐瞒了一些不雅的东西或者奥妙的东西或者过于敏感的东西。即使没有任何回避和隐瞒，也没有一本书是专门为你的此时此地而写出来的，相反，那些书是书的作者针对他或她的彼时彼地的情况和问题而写出来的。这样，我们就必须善于实践，善于思索，善于区分，善于分析和总结概括，善于从各种不同的情况不同的成败得失中找出规律找出学问，琢磨出点玩意儿来。甚至学语言这种比较“死”的东西也是这样，从书本上学好发音和口语是很难的，你只有努力去听，一次一次地反复听，听以你要学的那种语言为母语的人是怎样说话怎样发音的，再不断地与自己的说话、自己的说法、自己的发音相比较，才能找到毛病有所改进。阅读对于学语言的意义不仅在于读懂了你正在读的东西，更在于从阅读中学习别人的修辞造句，学习别人的表达方式和表达技巧。同样一句话也许能有几十种直到几百种说法，其中只有一两种对于此时此地此境此人才是最适合的。怎样根据不同的情势、不同的讲话者的身份与不同的对讲者的身份上选好这一种或两种最佳说法，这是任何语言读本上都无法讲清楚的，只有自己通过无数范例包括反面的事例去总结经验，去学得更聪明更能干些。

“学会”不如“会学”

现在让我们总结一下，有哪几类东西难于从书本中学到呢？

首先是操作性强而学理性少的东西，如游泳，如体操，与其靠书本不如靠示范，更要靠自己摸索实践。其次是不那么高雅不那么美妙的东西，举例略。再次是全新的东西，如中国革命、社会主义制度下的市场经济、一国两制、文艺新流派新手法的探索等，都是书本上所没有的。我们还可以说，书本上有的就不再是创造，创造就必须依靠书本的同时离开书本、突破书本，到实践里边去另辟蹊径。

尤其根本的是，学习的目的最终是为了能够解决实际的问题、新问题，能够训练自己得到过人的智慧，达到崇高的境界，做出更大的贡献，取得成功，做出更加完美的表现，享受更加光辉的至少是更加快乐和健康的人生。所有这些都不是单纯靠书本阅读背诵就能够到手的。每个人每时每刻都会碰到自己的独特的境遇与问题，虽然未必是绝无仅有，却也不会是另一个人前一个人例如书的作者的境遇与问题的翻版。只有在生活中实践中善于体察，善于总结，善于反省，善于切磋，从善如流，随时调整，一点即透……才算得上会学习者。

那么为什么毛泽东认定有的人书读多了反而更蠢呢？我想，一是教条主义害人、本本主义害人。如果因为一味读书而丧失了对生活的鲜活的感觉，因为书本已有的论断而束缚住自己的手脚，因了书本而扼杀一切生机活气，那就是蠢而又蠢的人物了。二是如果读书人离开了实际，而是一辈子从书本到书本，从名词到名词，从概念到概念，自我循环，就会变成那种读书而不明理的人，偏执乖张，误人误己，昏天黑地而又不可一世。三是书本上的东西不可能完全正确，书本上的谬误未必比生活中的谬误少，从书本到书本是很难判断正误的，只有倾听实践的声音，才能食书而化。四是书本还会使一些小有记忆力背诵力的人自我膨胀，自命不凡，空论连篇，欺世盗名，大言不惭，成事不足败事有余。特别是在革命和战争的关头，毛泽东对那些本本主义者深恶痛绝，这是完全可以理解的。当然，“书读得愈多愈蠢”这话也像人间一切其他话语特别是著名话语一样，并非无往而不爽。一个认识一旦用语言表述出来，在获得了相对清晰的语言形式之后却容易变得凝固乃至片面。一切人类语言的论述，即使是力求全面的，仍然会有其不全面之处，而任何强调一面一点之论，从它诞生的那一天起就包含着化作谬误的可能。尤其是在革命取得胜利之后，老人家忽视了建设社会主义国家时期掌握知识掌握新高科技的重要性，忽视了一个经济与科技落后的国家学习已有经验和知识、学习先进、迎头赶上的重要性。此话还被一些原本就无知而且专横的人作为打击迫害知识分子的依据，那就完全离了谱了。

最高的诗是数学?

这就是说，重视学习、善于学习的人，不仅善读书，更要善于在生活实践中汲取了悟，既学到书本知识，又学到另类知识，既学到身外之学，又学到身同之学。

那么怎样才能不断地从实践中获得知识和灵感，从实践和实际中学习呢？

首先你得爱学习。世上可有各种不学习的理论，其中被蠢人讲得最多的是学了没用，我学它干什么。有一位朋友，为人很纯朴，到了美国人家组织他参加英语学习班，他便问东道主：“你们明年是否还准备邀请我来？”得到否定的答复，于是认定学英语对他没有意义，便放弃了学习。悲夫！这种急功近利、鼠目寸光、狭隘偏执的人还能学到什么东西呢？还能有多大出息呢？其实各种学问都是有联系的，语言与逻辑与心理学与人文地理自然地理与历史与政治与文艺与人类学与哲学，这种语言和那种语言，自然科学与人文科学与社会科学，都有许多相连通相影响相交流的渠道，甚至退一万步，哪怕只是为了训练思维、增长知识、满足求知欲与好奇心，也要活到老学到老。回想童年时代花的时间一大部分用在做数学题上，这些数学知识此后直接用到的很少，但是数学的学习对于我的思维的训练却是极其有益的。时隔半个多世纪了，有时看到上中学的孙子有数学题做不出来，我仍然喜欢拿到一边去做。与我上数学课的时间已经相隔半个多世纪了，多数情况下我仍能做出来，并从中得到极大的快乐。

我相信，学问从根本上说是相通的，真理有自己的统一的品格，世界的统一性既表现为物质的统一性——例如月球上的物质与地球上的物质是统一的，又表现为事体情理上的统一性。我们当中没有什么人有可能生活在类似“大观园”和“荣国府”的环境中，但是《红楼梦》里的聚散沉浮、兴衰荣辱、亲疏远近、善恶真伪的事体情理对于我们仍然是亲近可触、振聋发聩、感同身受的。再如我们说一个人讲道理，既是为人的特点也是做学问的要求，而不讲道理，既是人格的缺陷又是学问的不足为凭的标志。所以说美德也是统一的，例如实事求是、诚信待人、生气勃勃、宽容耐心，对于差不多所有人来说都是必要的，对于所有行业也都是必要的，对于所有专业修习来说也是必要的。任何一方面的学习，既有实用的意义，又有从根本上提高智力提升境界的作用，所有的学习都通向智慧的海洋、智慧的巅峰，所有的学问当中都包含着一种追求真理、献身人群、正大光明、有所不为的品格，都包含着普遍适用的道理。自古以来，我们的哲人就思索着寻觅着描写着也想象着论证着这样一个无所不包、无所不能、普遍适用的大道，或称之为道，或称之为仁，或称之为理，或称之为绝对理念。也许这种对于道的描写主要只是一种直觉，还谈不上逻辑充分的论证，更谈不上实证，然而这正如对于光明与幸福的向往一样，是人类与生俱来的理性的诉求。

几年前有一位福建的文学评论家说过一句惊人之语，他说："最高的诗是数学。"很多人觉得言之莫名其妙。我却相信他说得极妙，我可以感觉他的论述，却无法充分解释它。我感觉，最高的数学和最高的诗一样，都充满了想象，充满了智慧，充满了创造，充满了章法，充满了和谐也充满了挑战。诗和数学又都充满灵感，充满激情，充满人类的精神力量。那些从诗中体验到数学的诗人是好诗人，那些从数学中体会到诗意的人是好数学家。所有的学问都是一种智慧，更是一种境界；是一种头脑，更是一种心胸；是一种本领，更是一种态度；是一种职业，更是一种使命；是一种日积月累，更是一种人性的升华。让自己的灵魂震响起学习与学问的交响乐的人是幸福的、高尚的与有价值的；而让自己的人生震响起探索性实践的交响乐的，才能学得通、学得明白、学得鲜活，叫作不但读书，而且明理。而把学问学死学呆，实在是不可饶恕的罪过。

人生的艺术化

当我们描绘和称颂一个人的某种技艺、某种活动、某种本事的时候，常常用一个词：艺术。如我们说巴西队的足球是一种艺术，说某个领导人的领导艺术，说一个外交官的应答艺术，乃至于说某个人的做人艺术等。这是什么意思呢？巴西人的足球踢得如同舞蹈，技术的精湛与动作的潇洒与形体的美妙已经融为一体。某个领导人如此善于联系人民群众，善于把自己的党自己的派的政治主张化为人民的要求，善于组织分配力量，叫作善于调动一切积极因素，同时化解和克服一切消极因素，以求最快最好代价最少地达到自己的目标……这样，他的政治活动变成了他的人格魅力，他把政治利害的精明计算、个人的发自内心的真情实感与对人民忠心耿耿的献身精神完美地结合在一起。他的事办得漂亮，话讲得漂亮，人做得漂亮，这不是艺术又是什么呢？外交活动也好，待人处世也好，同样也有着笨拙、生硬、蛮横、捉襟见肘、疲于应付与从容、自然、文明、行云流水、游刃有余之别。

这就是说一样东西学好了、做好了，就入了“化境”。化境是准确的得当的恰到好处的，又是美的漂亮的即叫人看着舒服的。比如干一个体力活，比如割麦子，越是劳动好的老农，割起来越是漂亮；而越是生手，越是撅腚伸脖、咬牙切齿、东倒西歪、丑态毕露。比如做一次演说，声嘶力竭的不会是好演说，急赤白脸不算会说话，咬文嚼字、卖弄吹嘘、装腔作势、摆谱拔份儿的都不能算是会说话，而多数情况下，以实求实、娓娓而谈、不动声色、妙趣横生、浑然天成的话语表达才是最成功的。

就是说入化境的最大特点是身外之学化作身同之学，一切学问知识本领信条化为本能、化为生性、化为本色、化为爱好与习惯、化为快乐与内在要求、化为审美的快乐与满足。于是诚于中而形于外，只听命于内心的诚实，随心所欲不逾矩，庖丁解牛，如入无人之境，治大国如烹小鲜，信手拈来，俯拾即是，百战百胜，左右逢源。于是不露痕迹，不摆花架子，不强求，不咋呼，不闹腾，不热炒推销，不连蒙带唬，更不以势压人，哗众取宠。

所有这些都是单靠书本学不来的，也是单靠经验冒不出来的，只有既汲取前贤的一切成果，又在实践中琢磨领会，有慧根有悟性，肯苦读更肯诚恳做事肯思索肯探寻，才能庶几有几分希望。

佛魔一念间，到不了化境强作化境，没有真诚却又假作潇洒，没有本事却又故作镇静，原委都不清楚却要做出胸有成竹的假象，那就不是化境而是狡猾虚伪，画虎不成反类犬，化境未入反成伪君子。那么怎样区分成熟与狡猾、老练与虚伪呢？这个我们以后还要再谈。

唯“琢磨”方能入化境

化境不是一蹴而就的，然而树立这样的境界目标与没有这样的目标是不一样的。化境是一种主动状态，是一个自由王国，是一种艺术，更是一种大气、一种正道、一种品质。邪恶的人必然是心劳日拙愤愤不平的，他们进不了化境；狭隘的人必然是黏黏糊糊啰里啰唆的，也进不了化境；过分膨胀的人必然是声嘶力竭与焦头烂额的，当然与化境无干。

我们除了读书求知还得爱琢磨。进入化境是一个过程，是一个读书与实践相融合的过程，更是一个不断地反身自问、探索寻觅的过程，也就是一个琢磨的过程。学习中的最大快乐就是从阅读中发现了生活实践的妙谛，闻到了生活实际的气息，从彼时彼地彼人彼问题联系到了此时此地此人此问题，从中有所感悟、有所发现、有所启发、有所长进。实践的最大快乐就是从最日常最实际的经历中发现了验证了补充了发展了书上的知识道理学问命题。通过实践，不但做了事情，也做了学问；不但长了见识，也长了真才实学。

这里最重要的是把一切实践看作对于真理的探索过程。生活无止境，事业无止境，实践无止境，思想无止境。每一次实践、每一个行为、每一项工作都有可能给你提供一点新鲜经验、新问题、新启示。足球比赛当中没有一次进球是重复另一次进球。文章的书写不能容忍重复与抄袭。没有一个病人的疾病和另一个病人完全百分之百一致。那么善于学习的人在日常的一般化的实践中，得到的当然有对于普遍有效的东西的确认和巩固，同时也得到新的哪怕是一丝丝发展，也叫作得到一丝丝独得之秘。

同样，读书的过程也是一个琢磨的过程。看书本上的学问与你的哪一类学问相通，能够回答你的哪一类实际问题，不是直接回答而是间接又间接的启发也罢。

例如，小说特别是长篇小说的结构，没有什么人能够教导你该怎样去写，没有哪部长篇小说一面给你讲它的人物与故事一面告诉你它的结构是如此这般的。因为每一本和另一本另一篇小说的结构是不相同的。

但是如果你要写或者已经在写长篇小说，你总要掌握点什么，总要感觉到一些什么。我还记得我在十九岁那年开始写《青春万岁》时，正为结构的庞杂而找不到解决办法的时候，在一个周日我去当时的中苏友好协会听新唱片音乐会去了。在对交响乐的欣赏中，我突然悟到了长篇小说的结构与交响乐的结构的某些共同之处：主题、副题、发展、再现、变奏、和声、对应、节奏，这些不正如长篇小说的主线、副线、闲笔、呼应、分叉与收拢归结吗？却原来结构不仅要去分析寻找，更要去感觉。从此，我的小说结构开始上路了。

你对周围的一切对象，包括自然现象与社会现象、精神现象，都是有自己的评价、自己的预测的。然而，事实上，这一切对象与现象的发展变化常常不是与你的预测你的评价完全一致的。你在做一件事以前，对目标也是有一定的预测的，然而，世上少有百分之百地实现自己的目标的情势。遇到这种情况，就是学习的好机会了：为什么你错了？至少是不完全对。你听信了某种说法，以为某某人是大智大勇者，事实证明并非如此，事实证明那人比你估计的无用得多，为什么？你用尽全力做一件事情，却没有成功，另一件事你自然而然地一做，就行了，叫作有意栽花花不活，无心插柳柳成荫。那就更要琢磨一下了：为什么？为什么有些时候顺其自然比硬打硬拼效果更好？

人的一生，有多少宝贵良机本来可以使你学到悟到大道大学问，可以使你大大地成长、升华、智慧和光明，而我们又有多少次错过了这样的良机，辜负了这样的天启，与真理、与大道、与智慧和光明失之交臂！

最好的学习是把读书与生活联系起来。高深的理论、玄妙的概念、奇异的想象其实仍然是从生活中升华出来的。而琐碎的日常生活里包含着许多许多深刻的道理、有趣的知识和令人豁然贯通的启发。

“最好的东西是舌头”，最坏的呢？

让我们以相声里关于不会说话的人的故事为例：一个人很不善于说话，一天他请客吃饭，见被邀请的客人还没有来齐，便说：“怎么该来的都没来呀？”一部分已到的客人觉得不对味儿，心想莫非我们是不该来的？他们便不快地走掉了。请客者忙道：“怎么不该走的走啦？”另一些客人听了不快，心想难道我们几个才是该走的吗？好吧，我们走。于是他们也走掉了。请客者更急了，连忙喊道：“我说的不是你们！”最后剩下的几个客人心想，原来说的不是他们，那么说是在轰我们了，于是最后的客人也走掉了。这当然只是一个小笑话，然而它说明了语言表述的困境、逻辑的无能为力（后来走掉的三批客人，其实他们的思维判断并不符合严格的逻辑规则）、不必要的修饰语（该来的、不该走的）与不直截了当的说法（我说的不是你们）的误事。从中我们不但可以考虑怎样说话更能减少副作用、更能被人接受，也还能体会到本本主义、教条主义的荒谬。相声中的主人公固然不会说话，但客人们也太能借题发挥，抓住只言片语乱做文章了。做任何事情，做任何判断，都不能只从一句话一个词出发，不能以话为据，而要以实际情势为据。你如果参加宴会却又不等宴会举行即退席抗议，除了考虑某一句不得体的话语以外，至少应该考虑一下请客者的全部状况与那里的主客关系全貌。话是个有用的东西，话又是个害人的东西。《伊索寓言》里早就说过世界上最好的东西是舌头，最坏的东西还是舌头。我国古人也早就体会到了这一点，所以孔子“述而不作”，老子讲“道可道，非常道”，他们都注意保持潜在言语的活性，禅宗也不用言语，乃至贬低与排斥言语。我们的古人强调“得意而忘言”，强调“言有尽而意无穷”，这也是很深刻很高明的。

琢磨才能如古人所说的读书明理。读书而不明理，就只能一头雾水，“问以经济策，茫如坠烟雾”。明理而不读书，就只能满足于浅俗的小手小脚雕虫小技。把生活当作一部大书读，把一本本的书当作生活的向导和参考、当作谈话和辩驳的对象，那么，学习也罢，生活也罢，一切将变得多么有趣！读书明理，与时俱进，书有尽事有尽而思无穷用无穷，置于明朗之境，立于不败之地，这样离化境也就越来越近了。

了悟：一种“慧根”的超越

琢磨的目的是了悟，了悟是什么东西呢？现在人们愈来愈常说“悟性”一词了，那么悟性又是什么呢？

可以说，悟性指的是一种学习、理解、明白的能力，而这个学习、理解、明白的对象不是课本、不是规章，不表述为语言哪怕不是本国语言而是一门艰深的外语，而表现为一种不言之教，一种隐藏在现象里边的深层的规律，一种既非逻辑推演也非实验证明的概念、要领、经验。没有任何学校给你讲授这门课程，也很难开这门课，它难以教授难以讲解难以传达，它似非而是、羚羊挂角、无迹可求，它既不是靠读书也不是靠苦思，而更多是靠直觉、靠感觉、靠触类旁通、靠想象而得到。踏破铁鞋无觅处，得来全不费功夫。

据说“悟”这个词是随着佛教而传入的。恐怕是这样，佛学的许多观念、说法，不是论证也不是科学实验的产物，它需要的是一种“慧根”、一种悟性，能够超越现实，进入无限和终极，思考一些人的正常头脑很难进入的领域里的关系与对象，其中很多东西确实是一些奇思妙谛，很多并非正面的论述，而是一些比喻、一些象征、一些谜语，而且它们的喻与所喻、能指与所指、谜面与谜底，关系并不是十分确定，有时候是一些机智，是一些文字游戏，是一种风格，乃至是一种强词夺理，最后是一种非逻辑非实证的信仰。

例如那个很有名的六祖慧能的故事，五祖弘忍欲求法嗣了，令徒弟诸僧各出一偈。先上来是上座神秀，说道：“身是菩提树，心如明镜台，时时勤拂拭，莫使有尘埃。”而慧能的偈是：“菩提本非树，明镜亦非台，本来无一物，何处染尘埃？”一比较，慧能的悟性更好，五祖就把衣钵传给了慧能。

其实这更像文字游戏，如果是我与慧能一起作诗作偈语，我就来一个保持沉默，最好是当场入睡，打几声鼾，或学蛙鸣，或学蝲蝲蛄叫，不比慧能更虚无、更后现代、更行为艺术吗？

佛以外的例子：惠施问庄子：“子非鱼，安知鱼之乐？”庄子对曰：“子非我，安知我不知鱼之乐？”其实这是诡辩。惠施完全可以以其人之道还之，只消说：“子非我，安知我不知子不知鱼之乐？”这样，从前有座山，山上有座庙，庙里有个和尚讲故事……就可以一万年地讲下去了。

这里需要的仍然是得意与“忘言”。死抠住慧能的偈语与庄周的答疑本身就自作聪明或干脆五体投地，其实都是足冒傻气。这里更多的是讲他们的一种洒脱、一种风格、一种拈花而笑的姿态。

也许更好的例子是艺术。技巧是可以学的，知识也是可以传授的，然而悟性是无法帮忙的，艺术的感觉是大不相同的。所谓神韵，所谓生气贯注，所谓灵气，所谓新意，所谓魅力，所谓清新，都很难教授或干脆不能教授。至少一个简单的原因，艺术贵在创新，你教给他的，还算新还算创造吗？其次，艺术是非常讲究个人风格、个人独特性的，老师教给你的，只能是原则，只可能带上老师的个人风格，却绝对不可能代你创造你本人的独特性，教授的最好的东西也是好东西，但还不能算你的东西，直到你从创造中悟出了自己的东西，找到了自己的风格特色，才算学到手了学对了。

确实，许多事情只可意会，不可言传，小而至于一个人，你仅凭看他的档案或听他的自述，能了解他吗？有时候经历和性格一致，有时候恰恰不一致；有时候讲的和实际一致，有时候自己也讲不清楚自己。这里还不包括有意无意地隐瞒自己的某些特质的人。靠什么？靠了悟，靠感觉，靠直觉，靠联想。我无意认为档案不重要，自述不可信，我也无意认定任何莫名其妙的感悟都极精彩，感悟也有主观片面肤浅直至歪曲的可能，但是观察、了解、听取、阅读与感悟的手段都可以采用，也都可以参考，更好。

中国语言中除了“悟”以外还有一个“通”字。我们说一个人不明事理就说他“不通”，学习了而且明白了，就说是弄通了。这个字很形象，通畅了，可以交通了，可以交流了，可以走来走去了，当然就健康了。中国医学也是喜欢用这个概念这个理论的，有病了就是哪里哪里不通了，吃了药，扎了针，通了，病就痊愈了。那么通又是什么呢？我的解释，通首先是书本与生活之间的畅通无阻，理论与实践之间、事体与情理之间、读书与明理之间、此事与彼事之间、身外之学与身同之学之间的通畅，这是化境的一个重要标志。

有些属于风格、风度、待人接物、处世、给人的印象问题，也需要好的悟性。同样聪明，有人给人以油滑的印象、刻薄的印象、炫耀自身的印象，有人则只使人感到机智、犀利、敏锐，却不失仁厚大度。同样文雅，有人给人以酸溜溜的印象，有人则很自然。同样满腹经纶，有人更像是囤积居奇或二道贩子，是卖弄学问的奸商，有人则很诚恳、很仁厚，不失本色。还有人虽然捶胸顿足，仍然无人相信。有人步步为营，却仍然破绽百出。有人正言厉色，却仍然让人觉得滑稽可笑。这些都不是语言所能表达传授的，而要靠自己的了悟。

学习也是如此，就一学一，背诵式地学，这是一般的学习；举一反三，由此及彼，在学习中掌握学习与学问的规律，摸住了学习与学问的脾气，于是一通百通，事半功倍，云开雾散，一片天光，明明白白，这叫悟性。谚云："宁可与明白人吵架，不与糊涂人说话。"了悟的目的是明白，好说的，不方便说的；好掌握的，不好拿捏的；能用言语表达的，只能使个眼色做个姿态的；表面的，大面的，深深潜藏的，全能明白，全能透亮，全能了悟于心，和这样的人打架不也是爽气得多吗？

悟性虽然有点玄妙，想来也还是可以培养提高的。好学，深思，琢磨，模仿，学样，敢于实践，善于总结，勇于自省，有事分析，分析不出来就回想全过程，发现最微小的差别，按图索骥，顺藤摸瓜，学得乖一点再乖一点，这么试过了不行再用另外的办法试试，总可以做到由蠢而不太蠢，由蠢十分到蠢六分，一直迫近于明白和了悟。

当然，事情也没有那么简单。问题在于，越是不明白的人越是火冒三丈，越是糊涂的人越是不可一世，越是幼稚的人越是不容分说，他们对于明白人、能够做到了悟的人有一种本能的仇视。

怎么办呢？只好随他去啦。

四、人际二十一条

自市场经济进入中国以来，几乎没有人不去崇拜人际关系，甚至作为一种“学”来教授。不过“人性恶不一定只属于别人”，“人际关系是双向的”，要躲避“同盟”，还有非战车论。那么我自己所奉行的人际准则有哪些呢？最好的人际关系是“忘却”，这又是什么意思？

寻找“教你”的师傅

举一个最最简单的例子，同样一件事，找同样的人去办，有的人去办就办不成，有的人去办就办成了，这从书本上是找不到答案的。你只有善于寻找，善于思索，善于分析，善于体察，你才会渐渐懂得如何办事，如何去接触陌生人，如何赢得旁人的信任和好感，如何去“求人”，如何向人说明自己的需要和来意，如何暗示自己也可以有助于他人，等等。

过去美国有人写过处世奇术之类的书，也译成过中文，但是，第一，美国的处世奇术不一定适合中国；第二，一旦处世有奇术而且能把奇术写出来译出来，这些奇术只能是末流，只能是皮毛，只能是瞎掰，如果不干脆就是骗局的话。

这种人际关系方面的“经验总结”也可能搞得水平极低，搞得很片面直至荒谬。例如有的人求人办事的方法就是送礼，再严重一点就是行贿。很不幸，确实送礼是一个求人的办法，但是我们应该明白，并不是什么事都可以送礼的，并不是什么礼都可以送的，并不是什么人都可以送礼的。送礼与行贿的距离只有一步之遥，而行贿的后果是严重的，非法的行为就是犯罪，而犯罪就要考虑它将受到的惩罚。还有一点，通过送礼来办事，一个可能是根本办不成，一个可能是恶性连锁反应，愈送礼愈“黑”，事情只能往庸俗恶劣方面发展，而很少事情是由于恶劣化而办成功的，即使成功了你也会付出过多的代价。就是说，由于你的过分恶俗的表现，你的形象你的声誉都会受到负面影响，你说的话将会被打许多折扣，与你的交往将会令有一定品位的人感到厌烦，你的一时的“神通广大”的名声通向的是终无大用终无大才相当靠不住不堪重任的结论。当然，我这里说的并不是对一切礼物通通否定。友谊性的、纪念性的、答谢性的、人情味的礼品，是难以否定和取消的。这也是世界的一个特点，好事和俗事，俗事和恶事，恶事和非法犯罪，有时相差不过一点点，分寸之别，性质味道都变了，全凭自己的好自掌握。

“人性恶”不一定只属于别人

从这里铺展开来，我想说说人际关系的事。中国是一个人口大国，中国实行的社会制度是社会主义的，中国比较缺少相互保持距离、各自尊重隐私的传统，中国人的生活可能有许多缺憾，但是有一条，绝不孤独。我们很难设想一个人一生与别人很少往来，我行我素，自行其是地活着。再说，我们的文化传统特别注重人与人的关系，许多道德规范，例如忠，例如孝，例如信，例如义和礼等，都是首先用来规范人际关系的。我们又特别重视情面，熟人好办事是不言自明的道理。现在的人们动辄讲什么关系学，这是事出有因的。

人际关系又是一个人们不太愿意正视的话题，因为这种关系并不就是一起吃吃喝喝，互相照顾一下，熟人好办事之类的，那样的话虽然涉嫌俗气一点，倒也无甚挂碍。人际关系最要命的首先是人际纠纷，开始也许是正常的不同意见，慢慢就变成了个人与个人之间的麻烦，你想不麻烦亦不可能。人与人的矛盾，似乎比老虎与老虎、狼与狼之间的矛盾冲突更多。现在有一个词叫“对立面”，上上下下，左左右右，到处都有人与人相对立的事实。人多了容易相互冲撞，这也是事实。一群退休职工清晨到一起练健身操或健身舞，结果也分成了两派斗了起来，这样的事我也听到过。真是够好斗的呀。在今天的社会上，谁又敢说自己与别人从来没有发生过矛盾呢？

其实很多人最怕人际纠纷，一旦陷入人际纠纷就如陷入烂泥塘大粪池，往往是跳也跳不出来，洗也洗不干净，争也争不明晰，退也无处可退。然而怕并不等于自己就可以不与别人发生关系，不等于自己可以洁身自好，出淤泥而不染。而且更重要的，声称自己多么清高多么纯洁多么高尚多么雅致的人不一定就在人际关系中无懈可击，不一定他或她的人际关系中的问题责任全在别人，不一定他或她就完全没有庸俗和自私，没有嫉妒和自吹自擂，没有多疑和斤斤计较，没有野心乃至于虚伪。就是说，人性恶的东西不一定只属于别人。

确实，人际纠纷问题常常最后成为一笔糊涂账，而且应该知道没有几个有分量有头脑的人物会有兴趣有闲情逸致去听取各方的诉苦——一般这种诉苦充满了添油加醋、借题发挥、避重就轻、强词夺理、任意涂抹，如果不是更坏即歪曲事实、编造谎言、信口开河、颠倒黑白的话。虽然你自己可能觉得满有理，觉得你和你的对手的问题是大非之争，是道德高下之争，是维护天理良心之争，但是人家硬是没有兴趣去听你的申诉，谁也不想过分地介入你与你的对手的纷争，谁都认为进行这种没完没了的争斗是一件穷极无聊的事，这一点你自己应该有清醒的认识。

躲避“同盟”

当然也有相反的例子，有人特别热衷于你和别人的人际纠纷，没有纠纷也要找出裂缝，嗅出敌意来，这样的人是赖人际纠纷为生的一批人，为你打探情况、出谋划策、传递消息、加油鼓劲，直到替你打头阵，冲到前头，以你这一头的敢死队员的姿态向前猛冲猛打……从而得到好处。有了这样的自愿马前卒，还愁人际没有纠纷吗？

所以，最好的选择是避开自愿为你冲锋的人，实在避不开也要心中有数，哼哼哈哈则可，视为亲信则不可。专门招揽这样的人，专门器重这样的人则完蛋了，它证明的不过是你与这类人是一个档次、一丘之貉。

所以，像躲避瘟疫一样地躲避人际纠纷的网罩，躲避与任何人陷入无聊的个人纠纷，躲避与某某陷入结盟，与某某陷入作对才是正确的。为什么连与某某的个人结盟也要躲避呢？原因是：第一，结盟无是非，开始你们可能是由于共同的志趣共同的理念而“结盟”，结来结去，变成了小圈子，变成了“利益集团”，变成了一荣俱荣一损俱损，变成了独夫民贼大哥大邪教主所利用的工具，这样的事实屡见不鲜。第二，由于“结盟”，你能够得到一点好处，变成一股势力，走到哪儿都能闹哄一气，你拉扯着我我拉扯着你，你给我办事我给你办事等，这是完全可能的。但同时，成也萧何，败也萧何，搞拉拉扯扯得便宜的人将来多半会栽在拉拉扯扯上。请想一想，你的那个啦啦队铁哥们儿里头能有几个圣人能有几个雷锋？他们与你结盟其实是为了利用你给自己谋利益，他们吹你其实是为了吹自己，他们捧你其实是为了捧自己。你与他们建立了特殊关系，他们就要求你事事时时为他们办事。你团结住了一小撮，得罪了大多数，他们做了坏事，你得替他们背着，他们挨了骂，你得替他们顶着。

再说，什么叫狐假虎威？一旦你与他们结了盟，他们就会以你的亲信你的同伙你的弟兄的名义到处胡作非为，这一点真是防不胜防。而且他们动不动就会内讧，就会因为利益分配不均而相互咬起来，有多少能人干将毁在了所谓“自己人”手里！还有，愈是“小人”愈容易与各色人等闹矛盾，今天他祸害了张三，明天他埋怨起李四，你怎么办？他们不可能理解你的任何阔大一点的思路，他们的逻辑是我为你两肋插刀，你就得与我同仇敌忾。没有几日，不弄成个小山头小圈子才怪！靠小圈子而闹哄一气者多矣，靠小圈子而成大事而获得真正的成就真正的胜利者未见之也。

在人际关系上搞结盟还因为爱欲生嗔怒、嗔怒变仇恨的事屡见不鲜。为私利而聚在你身边的人愈多，同样为私利（得不到满足）而脱离你而化友为敌而怨你恨你的人就愈多。单纯建立在利害关系上的关系，盟友就是候补对手。此乃至理名言。

记住：人际关系永远是双向的

这样说并不是说你一生没有朋友，没有志同道合的合作者。这样的友人，第一不是绝对的，不是黑社会小集团，不是亡命徒的结合，就是说他不应该具有一种排他性。今天我们意见一致，我们尽量合作，明天意见不一，或者你突然觉得与我一道做事有某种不便之处，自可各行其道，绝不反目成仇。你此一点上与我一致，故能相合相助，这当然好；另一点上与我处境不同角度不同，故而与我不一致，这也是很正常的事。比如你有你的经验，你认定了A先生品质恶劣难以相处，因之你选择了与A远远拉开距离的态度。他或她由于实力不支，由于在A屋檐下不得不低头，由于有求于A，便去向A靠拢讨好他，你怎么办？因此你就认定他或她背叛了与你的友谊了吗？因此你就与他或她绝交了吗？我看大可不必。好的办法，是对此种情势你可以心中有数，可以避免在与他或她的交往合作中过多地谈及A的问题，同时看到人各有情况，人各有志，人各有方法，杀猪捅屁股，各有各的门道，剃头使锥子，一个师傅一个传授，鹰有鹰的道，蛇有蛇的道，你为什么要强求别人与你的选择绝对一致呢？

记住，人际关系永远是双向的、相互的。你要求人家事事跟着你，你就得事事维护人家。让人家为了你的利益而不怕牺牲哪怕是一时放弃自己的利益，那么你就必须有为了人家的利益而不惜得罪你不想得罪的人的思想准备。你不能承担的义务，最好不要要求别人为你而承担；你不想做的牺牲，最好不要动辄让别人为你做出。尤其是一些自作聪明而又极不正派的人，最最感兴趣的就是让别人为自己冲杀，为自己缠住对手不松手，自己隐蔽在背后充好人，其实这都是一厢情愿的鬼算盘，最后赔了夫人又折兵的仍然是自己。再如，你希望一些人对你恭恭敬敬五体投地，那么你对旁人能不能先人后己、吃苦在先享受在后？

人际关系又永远是可变的、不羁的。今天蜜里调油，明天也可能出现裂缝；今天配合默契，明天也可能三心二意。与旁人的关系好固然可喜，出现了裂痕出现了困惑出现了猜疑也不必痛心疾首，更不要急火攻心、气急败坏，而大可付之一笑，视为自然。千里搭长棚，没有不散的筵席，好来好散，君子之交也。

这里说的是不要搞小圈子，借一个词就是说不结盟。其次一个经验是不要投靠。我的态度是：我尊重每一位领导，但是不投靠；我善待每一个朋友，但是不拉帮结派。

在一个人治色彩尚未绝迹的社会里，与领导的关系，给领导的印象至关重要，这是不言而喻的。但是这方面稍稍做得过一点就会成为奴颜婢膝溜须拍马，为正人君子所不齿。这首先是一个形象问题，而一个形象恶劣的人的成功必然为自己的形象所制约，这是其一。其二，投靠者也能给投机取巧者带来某种利益，但也带来了巨大的风险。第一险是站错了队，你不正派而能够投靠成功正说明你所投靠的那位人物也不够正派，至少是不够严格，你与之俱荣的希望也可能最后产生的是与之俱损的结果。所有的不正派的人际关系都可能遭到腹诽、遭到批评、遭到弹劾、遭到查处、遭到恶报。君子坦荡荡，小人长戚戚，这也是一方面。你的不正派的做法必然会付出不轻的代价。其三，你投靠A，他投靠B，于是你成了A的人，他成了B的狗。当权势者变A为B的时候，你的下场如何还用问吗？树倒猢狲散，当A或栽倒或退下以后，你的除了投靠别无长技的处境，还能有什么好结局吗？其四，你把学问精力都用在与别人结党营私或投靠权势上了，你的宝贵时间花在难登大雅之堂上头了，你的心理承受能力支付在处理这些不正派的关系所面临的巨大心理压力上了，你还能有多少真本事，你还能有多少健康和长寿？

让我们讨论一个问题：正常的对于旁人的尊重和善意与不正派的投

靠和拉拢的区别界限何在呢？这里第一是道德原则。你的所有尊重和善意是合乎道德的吗？第二是良知原则。你的哪怕是讨好你的老板你的上司你的部属你的朋友的做法，有没有令你的良知感到不安的东西？第三是合法原则。你对某某人好，你的好有没有与法律准则相违背的东西？第四是公开原则。你与某某关系好，你敢不敢公开承认你们有友好的知己关系？就是说，你的人际关系的各种细节，有没有不可告人之处？第五是尊严原则。你是怎么样来尊重旁人和施惠于旁人的？你是否在人际关系中维护了自己和对方的尊严？你与旁人的关系中有没有有损于自己的人格或他人的人格的行为语言？最后是不苟树敌、不苟斗原则。力图自己有良好的人缘，力图得到更多的人的好感，这是可以理解也可以允许的，但是动不动拿旁人当对立面，动不动人前人后攻击旁人，传播对旁人不利的流言蜚语，乃至动不动打报告写告状信煽动一些人为你冲锋斗争，则是不可取的，应该说那是可恶的下流的与可耻的。种瓜得瓜，种豆得豆，有人与你意见不一致想法不一致，这是很普通很正常的事，不一定就是你的敌手对手，而你如果采取一种恶棍式的至少是杠头式的态度，如果你好斗，动辄气急败坏、每事必争、神经兮兮，你收获的也只能是批评、反感、反击、厌恶、孤立、绝望、天怒人怨而又是怨天尤人，叫作六月的韭菜——臭一街。

我的“非战车论”

我的一个搞语言学的朋友有一句名言：“不把自己轻易地绑到某个

个人的战车上。”世界上有一种最不正派也是最终要倒霉的人，以向某某的对立面宣战来表达自己对于某某的效忠。这样的人不断地向自己的上司或者其他类型的自己要巴结的人，汇报上司等的对立面的情况，表达愤慨，给上司等出谋划策，到处吹嘘他是如何为了上司等的利益而与另一些人战斗的。他们的这种恶劣表演常常能够打中一些昏聩而且境界极低的人物的心，这可以说是一些恶之花，容易取得性恶论唯斗论狼性论者的心，这样的论者会喜欢自己的敌人的敌人，却永远不会有真正的友人。

非战车论对于处理对上的关系尤其重要。有时我们会碰到这种情况，上边的几个领导或几个老板意见不一，对于不正派的人来说，这是大好良机，你正好借此靠一个卖一个亲一个臭一个来给自己寻找进身的机会、立身的位置。但同时，这也是极大的危险，你在几个领导几位老板之间上蹿下跳，挑拨离间，传闲话，弄是非，你难道不想一想你是老几，你有什么本钱，你懂得了多少全局性的事物，你能承担多大的责任？也许上边的几个人过一段时间关系变得协调了，团结一致了，他们最后发现是你在生事；也许你因人际是非而受某一方所信用所欣赏，那么同样，你也会因人事纠纷而受到另外的人的怀疑，受冷淡，直到受排斥。说老实话，那些动辄乐于参与各种人际纠纷的人总给我以“乱臣贼子”的感觉。

这当然不是说你不可以对待一切争议有自己的倾向自己的臧否自己的判断，也不是说你不可以有自己的拥护自己的反对。这一切，就事论事则可，变成个人纠纷则不妙；出于对是非的明辨则可，出于投靠心理则令人作呕了。

我的二十一条人际准则

在人际关系上，我有几条基本准则：

一、不相信那些动辄汇报谁谁谁在骂你的人。

二、不相信那些一见了你就夸奖歌颂个没完没了的人。

三、不讨厌那些曾经公开地与你争论、批评你的人。

四、绝对不布置安排一些人去搜集旁人背后说了你一些什么。

五、绝对不在公开场合，尤其不能在自己的权力影响范围内，即利用自己的权力或者影响召集一些人大谈旁人说了你什么，那样做等于拆自己的台。

六、不回答任何对于你个人的人身攻击，只讨论不仅对于你和你的对手，而且对于更多的人众、对于社会和国家、对于某种学理的建设和艺术的创造确有意义的问题。

七、一般不做自我辩护，但可以澄清一些观点、一些选择、一些是非。

八、一时弄不清或一时背了黑锅也没关系。你还是你，他还是他。一个黑锅也背不起的人只能是弱者。

九、不随便拒绝人，也不随便答应人。不许愿，不吊人家胃口，不在无谓的事情上炫耀自己的实力。

十、不急于表现自己，也不急于纠正旁人，再听一听，再看一看，再琢磨琢磨。

十一、不在背后议论张长李短。

十二、记住，人际关系永远是双向的，学人者人恒学之，助人者人恒助之，敬人者人恒敬之，爱人者人恒爱之。同时，说人者人恒说之，整人者人恒整之，害人者人恒害之，耍人者人恒耍之，虚伪应付人者人恒虚伪应付之。

十三、绝对不接受煽动，不接受挑拨，绝对不因A的煽动而与B为敌，也不因B的煽动而向着A冲去。

十四、在人际关系中永远不考虑从中捞取什么。

十五、永远不要以为任何你接触的人都比你傻比你笨比你容易上套。

十六、对某人某事感到意外时，先从好处想想，可能他做这件事是为了帮助你，至少客观上对你无损，而千万不要立即以敌意设想旁人。

十七、永远不与任何人包括对你最不友好的人纠缠。你搞你的人际纠纷，我忙我的业务工作。你搞纠纷的结果未必能怎样怎样，我搞业务工作的结果很可能有一些成绩。我的一切成绩都是对你的最好回答，更是对友人的最大安慰。

十八、寻找结合点、契合点，而不是只盯着矛盾分歧。永远安然坦然，心平气和，视分歧为平常，视不同意见的人为现实的诤友或候补诤友，而不是小气鬼般地一见到意见不一的人就如坐针毡，脸上红一阵白一阵。

十九、永远不从个人利害的角度谈论与思考问题，永远不“我、我、我”地与人争论，宁可把一切争执学理化，也不要搞狗屎化个人化。

二十、把人际关系的处理当作一个特殊的课程，从中分析和进一步掌握我们的国情、我们的历史、我们的社会结构、我们的哲学传统与时尚思潮、我们的逻辑学科学文明教养心理健康等，这也就是上一条所说的学理化的意思。

二十一、可以用足气力去学习、去工作、去写作、去装修房屋，乃至去旅游、去赛球、去玩儿，但是用在人际关系上，用在回应摩擦上，用在对付攻击上，最多只发三分力，最多发力三十秒钟，然后立即回到专心致志地求学与做事状态，再多花一点时间和气力，都是绝对地浪费精力、浪费时间、浪费生命。

以上二十一条，我自己并没有完全做到，但我确实明白，凡这样做的，效果极佳；凡没有这样做的，都是犯蠢，都是糊涂，都是枉费心机，甚至是丢人现眼。这是丝毫不爽的。类似原则还可以生发出许多许多条，这二十一条不过是抛砖引玉，以为共勉。

最好的人际关系是“忘却”

归根结底，叫作与人为善。是的，我们也会碰到无事生非的人、制造谣言的人、嫉贤妒能的人、偏听偏信的人，以及各种以权谋私、以势压人、阴谋诡计、欺骗虚伪等。也许你确实是与人为善，但是你的善未必能换回来善，须知任何创造性都是——客观上是——对于平庸的挑战；任何机敏和智慧都在反衬着愚蠢和蛮横；任何好心好意都在客观上揭露着为难着心怀叵测；而任何大公无私都好像是故意出小肚鸡肠的人的洋相。你做得越好，就会有人越发痛恨你。这是不能不正视的现实。

人们在碰到不尽如人意的人和事以后常常会感叹世情的险恶、人心的险恶。然而，应该如何对付这种险恶呢？

一种是以痛恨对恶。以为自己与自己的小圈子乃清白的天使，以为周围的一切人是魔鬼和恶棍，于是整天咬牙切齿，苦大仇深，气迷心窍，不可终日。这是不可取的，因为这第一是神经病，第二是以恶对恶，本身就已经恶了，本身就已经与他或她心目中的魔鬼恶棍无大异了、趋同了。

二是以疑对恶。嘀嘀咕咕，遮遮掩掩，患得患失，犹豫不决，生怕吃亏上当，总觉得四面楚歌。结果可能你少吃了两次亏，但更失掉了许多朋友和机会，失掉了大度和信心，失掉了本来有所作为的可能。这是没有出息。

三是以大言对恶。以煽情对恶，以悲情“秀”对恶：言必称险恶，言必骂世人皆恶我独善，世人皆浊我独清；言必横扫千军如卷席；言必爆破多少吨的TNT。目前有一种说法很流行，说是知识分子的使命在于批判。这个提法对于生活在西方发达资本主义国家的知识分子尤为正确，特别因为他们的环境里成为主流的可能是自满自足，是物质享受，是相对或暂时的平稳，是“历史的终结”，乃至是霸权主义。中国的情况需要批判的东西当然也绝对不少，从鸦片战争至今，我们已经用从长矛到坦克的“批判”——马克思所讲的武器的批判批判了一百六十年；从辛亥革命到如今，我们已经用武器批判和以批判作武器革了九十余年的命；从“五四”至今，从党的成立至今，我们批判了八十余年；从一九四九年新中国成立至中共十一届三中全会，我们又“破”字当头，大批判开路，横扫一切，深挖细找，金猴奋起千钧棒，尔曹身与名俱灭，绝不心慈手软地批斗、斗批（改）地超额大轰大嗡地批判了三十年，失去了不知多少机遇。今天，当然还面临着许多问题许多危险许多不义，当然还需要批判批判再批判、斗争斗争再斗争，中国的知识分子仍将珍惜自己的善于斗争勇于斗争勤于斗争的传统，我们也知道面前还有许多邪恶许多斗争的靶子，但是如果以为廉价地表面地骂一骂娘就是承担起了知识分子的使命，那不就太对不起我们这个多灾多难的民族了，也太对不起自己念的那点书了吗？在百废待兴的情势下，我们更需要至少是也需要建设性的努力，需要理性的思考，需要积累和继承一切正面的东西，需要填补大量现代文化的空白，需要把批判与继承、弘扬、保护、建设等肯定性的命题结合起来，难道不是更正确一点吗？而且，建设性的工作从另一面来说也是一种批判，是对于教条主义和僵化不前、对于脱离实际和大言不惭、对于各种乌托邦主义、对于封建主义与空想的全盘西化，也是对于利欲熏心的腐败与社会蛀虫的犯罪的批判，更是对于社会进步的扎实准备。富强、民主、文明不可能建筑在一连串不停歇的痛骂痛斥上，而是建立在应有的物质与精神的积累与长进上。

四是以消极对恶。一辈子唠唠叨叨、神神经经、黏黏糊糊，诉不完的苦，生不完的气，发不完的牢骚，埋怨不完的“客观”，到了生命的最后一息，他或她已经是一事无成地定局了，还在那里怨天尤人呢。呜呼！

那么，我们能不能做到，保持干净更保持稳定，保持操守更保持好心情，保持正义感更保持理性，保持有所不为有所不信更保持与人为善呢？许多时候，绝大多数的人还是好的，至少是正常的。这样说由于过分正常，当也会使得“愤青儿”们暴跳如雷吧？而我始终认为，多数情况下，绝大多数人，他们对待你的态度取决于你对待他们的态度。至于说到他们的毛病，不见得一定比你多，即使是常常不比你少。无论如何，我们可以努力做到使自己变成一个和善的因素、安定的因素、团结的因素、文明的因素，而不是相反。我们可以努力做到心平气和、冷静理智、谦恭有礼、助人为乐，而不是相反，急火攻心、暴躁偏执、盛气凌人、四面树敌。即使一时不太了解的人，只要不是涉嫌刑事犯罪，而你又没有领到刑侦任务，那么还是友好待之为先。对陌生人不可有恶意，不可有敌意，不可以无端怀疑，不可以拒人于千里之外，更不可以出口伤人，随意中伤，到头来只能暴露自己的幼稚与低级。

甚至对那些或某一个对你确实是心怀敌意乃至已经不择手段地搞起你来了的人，你也可以反躬自问，我们自己有什么毛病？有什么使他或她受到伤害的记录？有没有可能消除误解化“敌”为友？还要设身处地想想对方也有情有可原之处。进一步想，对方之所以险恶，不无背景来由。从另一方面想，险恶的心情和弱势的处境很可能有关系。见了草绳当蛇打，只因十年前他或她被蛇咬了个半死。再从自身方面看，嫉恨得如毒如鸩如蛇如蝎，想必是你成绩太大、名声太大、得到的东西太多，至少是比他或她多，难怪了！而对方对你下毒手，正说明了对方的绝望。从远景看，一切个人的嫉恨怨毒，一切鼓噪生事，一切签名告状也好，流言蜚语也好，棍子帽子也好，在一个大气候相对稳定的情势下，作用十分有限，可能起的是反作用。你见怪不怪，其怪自败。大可以正常动作，平稳反应，美好心态，不受干扰，让各种事务按部就班地前进，让你的生活按照既定的轨道前行。或者更简单一点，暂时不予置理就是了。你那么忙，那么有工作有学习有写作有业务有使命感，也有无限的生活乐趣在身，怎么有可能去奉陪那些日暮途穷、再无希望、只剩下了在与假想敌的斗争中讨生活的专业摩擦户呢。

当然，不是说任何人你不理他就没事了，也有没完没了地捣乱的骚扰的。但是我们日常说的“一个巴掌拍不响”，我的经验是至少有七分之六即百分之八十五点七的适用性，即你那个巴掌不动作的话，他也就蔫了。另有百分之十四点三，对他们你只是不理，只是做好好先生是不行的，他逼着你向他露出牙齿，给点教训，给点颜色才罢休。我们不能因为有百分之十四点三的人需要教训便去奉陪那百分之八十五点七的人的纠缠，那太浪费精力了，也不能因为有大多数人可以用不予置理来解决便放松了对于那百分之十四点三的人的回应。

对那百分之十五点七的讨厌者，必要时，看准了，找对了，在最有利的时机，你也可以回击一下。但这绝非常规，偶一为之则可，耽于此道则大谬矣，误了正事矣，误了建设有中国特色的社会主义矣，也误了你的人生的明朗航行——只因跌进了阴沟矣。这类事只能是自卫反击，点到为止，及时撤退，爱好和平。所以有这样的分寸，所以讲究适可而止，固然这与矛盾性质有关，与与人为善的总出发点有关，也与我们对自己的力量的清醒估计有关。不要以为自己能够改变很多人很多事，不要以为自己占了理就能消灭谁，不要以为自己的成绩辉煌就能掩盖住别人的哪怕是小小的恶劣。手大捂不过天来，世界不只你一个人居住。尤其是不要迷信争论与批判的效用，即使是道理如长江之水，气势如泰山之峰，言语如利剑如炸弹，权威如中天白日，你批完了讲完了，他听不进去还是听不进去。多数情况下你个人能够做到的只是说出你的观点，令不那么偏执的人知道世上不仅仅有那么一种观点。反复矫情难有大用，反复争论只能误事。这样，你能够做到达到的都是有限的，你永远不要指望君临一切一派欢呼的那一天，真有那一天也极无聊极靠不住。特别是内部的争论斗争，常常是斗了个够，最后无结果而终。势不两立也可能有一天化干戈为玉帛。非争出个水落石出来不可的结局往往是不了了之，一笔糊涂账。用一位领导的话来说，叫作两人斗了几十年，最后两人死了悼词也都差不多。说来归齐还是要看谁更以大局为重，谁更能团结人。切不可逞一时的意气，摆一副一贯正确的霸王架子，其后果很可能是鸡飞蛋打，一事无成，孤家寡人，向隅而泣。

所以说了这么多，其实最好是从根本上忘记人际关系之说，忘记关系学。就关系求关系，只能走向穷途末路，贻笑大方，小里小气，俗不可耐。而一个人只要专心学习，努力工作，真实诚信，与人为善，平等待人，健康向上，群众关系人际关系自然能好，一时有问题受误解也不过是小小插曲小小过门。关系是副产品，是派生出来的东西，是自然而然的东西。对待关系宁肯失之糊涂失之疏忽，也不要失之精明失之算盘太清太细。

五、我的无为观

“无为”本是道家哲学，尽管我们要“学学老子”，但也要构筑起属于自己的“无为观”。无为不是不做事，而是不做那些无益、无效、无趣、无聊的事，更不是去做蠢事。无为是要理智地把握好“不做什么”。无为是一种效率原则、养生原则、成事原则、快乐原则。无为是一种境界，一种办事原则。无为也是一种豁达、聪明和风格。但无为也有它的“规则”和“底线”，是我们不可忽略的。

“无为”是一种境界

一位编辑要我写下一句有启迪的话。我想到了两个字，只有两个字：无为。

我不是从纯消极的意思上理解这两个字的。无为，不是什么事也不做，而是不做那些愚蠢的、无效的、无益的、无意义的，乃至无趣无聊，而且有害有伤有损有愧的事。人一生要做许多事，人一天也要做许多事，做一点有价值有意义的事并不难，难的是不做那些不该做的事。比如说自己做出点成绩并不难，难的是不忌妒别人的成绩。还比如说不搞（无谓的）争执，还有庸人自扰的得得失失，还有自说自话的自吹自擂，还有咋咋呼呼的装腔作势，还有只能说服自己的自我论证，还有小圈子里的叽叽喳喳，还有连篇累牍的空话虚话，还有不信任人的包办代替其实是包而不办、代而不替。还有许多许多的根本实现不了的一厢情愿及为这种一厢情愿而付出的巨大精力和活动。无为，就是不干这样的事。无为就是力戒虚妄，力戒焦虑，力戒急躁，力戒脱离客观规律、客观实际，也力戒形式主义。无为就是把有限的精力时间节省下来，才可能做一点事，也就是——有为。有所不为才能有所为，无为方可与之语献身。

无为是效率原则、事务原则、节约原则。无为是有为的第一前提条件。无为又是养生原则、快乐原则，只有无为才能不自寻烦恼。无为更是道德原则，道德的要义在于有所不为而不是无所不为，这样，才能使自己脱离开低级趣味，脱离开鸡毛蒜皮，尤其是脱离开蝇营狗苟。

无为是一种境界。无为是一种自卫自尊。无为是一种信心，对自己，对别人，对事业，对历史。无为是一种哲人的喜悦。无为是对于主动的一种保持。无为是一种豁达的耐性。无为是一种聪明。无为是一种清明而沉稳的幽默。无为也是一种风格。

求诸人莫若求诸己

在这里我想从人际纠纷扩展到无为的命题。无为是一种艺术，是一种境界，不限于在人际关系人际纠纷问题上，但我们可以从这个领域说起。

在人际关系上有时我们也会碰到相当令人困惑令人烦恼的麻烦。比如有人嫉妒你的成绩，比如误解你的为人，比如恶人的敌意，比如无知的与幼稚的起哄，还有在我们国家相当发达的流言蜚语，等等。

愈是有不错的记录就愈容易被很多人寄予希望，而期望值愈高也就愈容易达不到要求而令某些人失望。愈是记录好也就愈容易被人众注视追踪，被求全责备，容易被发现缺失。愈是有影响，还愈容易被雄心勃勃的正在破土而出的后辈视为赶超和破除迷信的对象，视为跳高时必须逾越的标杆，视为对手，视为开始新篇章时必须破除的障碍。有理三杆子，无理三杆子，你总会成为被议论被挑剔的人物。所有这些都是人之常情世之常理，不足为奇，不足为病，更不要一碰到这种事就悲壮起来，不要动辄以鲁迅自命，自以为如何地不被理解，如何地需要横站，如何地至死对某些人也不能原谅。这样的悲壮不但不利于身心健康，也不利于客观地公正地对待不同的声音不同的意见，弄不好还有点像闹剧。

这里更更重要的是，愈是自以为是或被认为是成功者，就愈可能犯这样那样的错误，他们容易或比较容易自以为是、自以为洁，比较容易指点江山、挥斥方遒，一件事弄得清明一点竟误以为自己无所不知、什么事都能弄明白，一件事做成了竟误以为自己什么事都能做成，自我封闭地论证得小葱拌豆腐一清二白，便误以为自己已经独得真理之秘而有解谜释惑的伟大使命，关起门来激动了一家伙，便自以为已经崇高伟大了个不亦乐乎。人这一辈子最容易犯的错误有两条，一曰以己贬人，二曰以己度人。第一条就是过高估计了自己，而过低估计了旁人。第二条以为自己的好恶就必然是别人的好恶，自己的标准就是别人的标准。现在主要谈第一个问题，即以己贬人。

包括许多伟人，他们很少有因为过低估计了自己而该胜利没有胜利的，很少有畏缩不前谦让过度的，而多半是习惯了叱咤风云扭转乾坤，却在一些需要谨慎细致地处理、需要循序渐进的事宜上把事情做砸。就是说，叱咤风云易，循序渐进难；开场红火易，结尾周全难。看人毛病易，看己毛病难；有知人之明已属不易，有自知之明则更是难上加难。胳臂肘总是往里拐，自己总是心疼自己，许多情况下人际关系上出了问题，哪怕是被嫉妒被中伤，但毛病有相当程度是出在自己身上，可惜的是少有人能反求诸己也。

“饥饿效应”与“陌生化代价”

在人际关系问题上不要太浪漫主义。人是很有趣的，往往在接触一个人时首先看到的都是他或她的优点，这一点颇像是在餐馆里用餐的经验，开始吃头盘或名冷碟的时候，印象很好，吃头两个主菜时，也是赞不绝口，愈吃愈趋于冷静，吃完了这顿筵席，缺点就都找出来了，于是转喜为怨，转赞美为责备挑剔，转首肯为摇头。这是因为：第一，开始吃的时候你正处于饥饿状态，而饿了吃糠甜如蜜，饱了吃蜜也不甜。第二，你初到一个餐馆，开始举箸时有新鲜感，新盖的茅房三天香，这也可以叫作“陌生化效应”吧。

和人的关系也是有这种饥饿效应或陌生化效应的。交结一个新朋友，彼此有意无意地都要表现出自己的最好方面而克制自己的不良方面，后者例如粗鲁、例如急躁、例如斤斤计较……而一个新朋友就像一个新景点一个新餐馆，乃至一件新衣服一个新政权一样，都会给你的生活带来某种新鲜的体验新鲜的气息，都会满足人们的一种对于新事物新变化的饥渴。结交久了，往往就是好的与不好的方面都显现出来了——当新鲜感逐渐淡漠下来以后，人们将必须面对现实，面对新事物也会褪色也会变旧的事实，面对求新逐变需要付出的种种代价。

坚持浪漫主义的人际关系准则，在小说或者诗歌里可能是很感人的，至少是很有趣的，比如发现某人庸俗时立即与之割席绝交，初见一个人听完一席话便立即拔刀相助或叩头行礼……但在实际生活中这种极端化与绝对化的做法就给人一种不明事理、化解不开的感觉。这也正如鲁迅所说，你演戏的时候可以是关云长或林黛玉，从台上下来以后，你必须卸掉妆变回来成为常人，否则就是矫情欺世了，如果不是精神病的话。

了解了这一点，也许我们再碰到对于新相识的某某某先是印象奇佳，后来不过如此，再往后原来如此，我们对这样一个过程也许应该增加一些承受力。

与其对旁人要求太高，寄予太大的希望，不如这样要求自己与寄希望于自己。与其动辄对旁人失望，不如自责。都是凡人，不必抬得过高，也不必发现什么问题就伤心过度。

“为艺术而艺术”的无事生非

非常遗憾，世界上有许多无所事事而又不甘寂寞的小才子，他们做不成什么正经事情，既弄不成政治又干不好实业，既不会打仗也不会维修电脑，他们写不成什么硬碰硬的正经理论学术著述，也写不成一篇像样的小说或者诗歌或者别的什么，但他们又不安心于务工务农教学生或者搞文印，他们有心充当堂·吉诃德式的英雄却又没有勇气挑战风车，于是他们便热衷于在所谓文人学人圈子里传播流言蜚语、起哄寻事、钩心斗角、唯恐天下不乱。从另一方面来说，这也并非全无道理全无根据。既然文人学人圈子里有是是非非磕磕碰碰，既然有人有兴趣于这些张某长李某短的花边新闻，既然确有些所谓成功者自我感觉过分良好，摆出了不应该摆的花架子，还有既然大狗叫小狗也要叫，包括想做狗但只够做小猫小鼠的小家伙有时也要叫一叫，并通过叫一叫赚几文稿费，这也是他们的人权，那就不妨听这些二三四流角色叫一叫。也有叫对了的时候，也有瞎猫碰上了死耗子的时候，也有抓住一失一得的时候，也有消闲解闷的功能，尤其是，也有市场，甚至比严肃的文学创作拥有更大的市场。写他们的读他们的文字总比聚众赌博斗殴酗酒好。

其实各行各业都有这样的人，大江大河里有虾鳖，深山老林里有虫蚁，各个角落都会有无事生非的人、挑拨是非的人、随风倒瞎起哄的人、浑水摸鱼的人、投机取巧的人、不可理喻的人、膨胀得哪儿也装不下的人。至少是言过其实终无大用的人，夤缘时会跟在强人屁股后头跑的人，嫉贤妒能小肚鸡肠的人，小有所得便热昏发烧的人……没有这些缺陷就像没有人类的另一些美好品质一样，世界将不成为世界。

我甚至于还发现，有的人传播流言挑拨是非并无太大的不良意图，他或她与当事的双方都无仇无冤，与所传播的事情毫无利害或好恶关系，他们津津乐道一些流言，只是一种业余爱好，只是一种缺少谈资的苦闷中的信口开河，只是一种缺乏娱乐活动条件下的代娱乐。我称之为“为艺术而艺术”，不必认真。

就是说，尽管许多人对之嗤之以鼻，你无法灭绝这种现象，只能以平常心面对之。要咬紧牙关，抓住自己真正要做的事情，进行自己的基本建设。你嫉妒我，我做我的工作；你散布我的流言，我还是做我的工作；你忽然大轰大嗡地吹捧我，我还是做我的工作；你弄一批人围攻我，我照样做好我的工作，用工作的实绩回答一切起哄，用坚持不懈的负责的工作回答一切不负责任的中伤，用不予置理回答一切无聊花絮的纠缠，用反求诸己来不断地反思、不断地改进和完善自身。

人比人，气死人？还是学学老子

当然也有另一种情况，你确实才具平平，成就一般，身无长技，又没有好爹娘好社会关系为你铺路搭桥，于是在分房、提级、职称以及各种美差苦差、油水清水、优惠刁难的事情上总是觉得自己吃亏。再和别的你以为是比你还饭桶还一般的人相比，他们可能靠关系靠钻营靠运气硬是比你混得好，于是，人比人气死人的名言就大行其道了。

我们也有这方面的种种说法：马善人骑，人善人欺。越穷越吃亏，越冷越撒尿（读suī）。这里首先是要找对找到找定自己的优势。虽非大才，必有可取。相对而言，你应该发挥自己的长处，切不可离开自己的条件自己的长处而这山望着那山高，总觉得生活在别处。如果你硬是在自己身上一点长处也找不到，恐怕也只好认命服输，北京话叫作认㞞。同时，如果你受到的待遇确实不公，你也可以据理力争、针锋相对，带上点火药味儿。从某种意义上说，相争、力争、争夺、争吵一般是弱者的买卖。你已经自己确认自身是弱者了，那么我没有使你不争、使你无为而无不为、使你与世无争而莫能与你争的办法。老子的无为而治是一种高智商，是一种理想境界即化境，不是所有的人都达得到做得到的。

我无意取消一切斗争，更不必讲那些举国一致的斗争任务。在特别必要的情况下，对那些硬是捣乱不止的人可能需要斗、需要胜、需要给以颜色。那就要抓住要害，高屋建瓴，势如破竹。还要考虑天时地利人和的各方面，要站得高望得远，善于从大局上提出并解决问题，而绝对不是个人间的咬来咬去。同时善于调动各方面的有利因素，认定言教不如身教，言语斗不如拿出实际成绩，自己说不如大家说，斗来斗去仍然是意在建设，重在建设，意在大局，重在大局，永远比对手境界高过八尺八，永远不搞个人的泄愤、表白、发威……

无为的一些规则

好吧，你已经去争了，你已经“为”（做、搞、干、争、斗）了个不亦乐乎了，你已经生过气了闹过情绪了也“战斗”过了，那么：

一、请不要忘记，在这一类事情上，“为”的结果仍然是无为，争的目的不是变成习惯性的好斗好争者，而是解决了一点问题后不必再争再为了。这样，在正经事情上，在事业与其他更有意义的事情上，才会有为。

二、争了一番仍然未能奏效，长叹一声，随他去吧。世上诸事有些是靠争靠为而来的，也有些事由于主客观条件不具备，由于时机尚不成熟，叫作尚非其时，为也白为，争也白争，不如耐心等待。善于等待，也是本事，也是长处，如果你确实没有别的本事别的长处的话。当然等待不等于完全消极坐待，你仍然要做一点积极的有意义的事，至少你应该在等待中加强学习，充实壮大自身，创造更好的主观条件。

三、避免不冷静，避免动三昧真火，避免因为与某些人争斗而影响自己的学习、工作、业务、吃喝、娱乐、睡眠与翩翩潇洒，避免凭冲动而不问后果的轻举妄动。

四、坚信是非自有公论，坚信人各有志、人各有机遇，骑驴看唱本，走着瞧，说到底还是看自己有多大分量。

陷入纠纷是一大悲剧

人的一生一个大悲剧就是事情还没有做成多少，先陷入了人事纠纷，于是左挡右突，于是殚精竭虑，于是钩心斗角，于是纵横捭阖，于是亲亲仇仇，于是拉拉扯扯，于是阴阳怪气，于是见人就诉苦变成了祥林嫂，最后文章也不会写了，书也不会读了，理论也不会分析了，是非也辨别不清楚了，好人坏人全看不出来了——只顾和别人斗了。于是凡是附和自己的声音的都是好人，不管什么投机者骗子都要；凡是有别于自己的意见的都是坏人，什么诤友老友都一概排斥，心胸狭窄，思想偏执，脾气老大，疑神疑鬼，嘀嘀咕咕。于是正经事全耽误了，自己变成了个摩擦家、阴谋家，变成了个“斗争”狂，变成了个小肚鸡肠、不顾大局、以我画线、痰迷心窍的怪物，还自以为自己有多么正确多么伟大呢。

所以，对于人际关系的各种问题可以有所了解有所体察有所分析有所为有所不为，却绝对不可执着迷恋，不可以做人的技巧冲击了做人的根本。一切能够正确地与得体地处理人际关系的做法，与其说是以意为之，不如说是无心得之；与其说是一种学问一种本事，不如说是一种性格一种素养；与其说是战无不胜，不如说是随他去吧，从不求胜，故乃从无失败失望，于是无往而不胜，或曰不战而胜。有心取胜难得胜，无意成功自有功。愈是弄通了人际关系的规律，愈应该懂得关系学的难登大雅之堂，愈应该有自己的主心骨、自己的真正的价值追求。关系好固然好，关系不理想也只好随他去，同时徐图转机。各种关系合则留不合则去，来则你好，去则拜拜，谁身上也少不了一根毫毛。取得了各方面的好感自然值得喜悦，留下了不良影响也只能总结经验以求从头再来，同样不能影响自己的主心骨。你是做事的应该努力专心把事做好，你是做文的应该努力专心把文做好，你是打球的应该努力专心把球打好，你是唱曲的应该努力专心把曲唱好。

以关系立足的人以关系而败，以事业成就立足的人则虽也可能受关系之惠之害于一时，却不可能被关系决定永远。关系是常变的，成就是相对稳定的存在。有些三四流角色唯恐无人问津，不怕胡搅蛮缠，没有办法，我辈只能避之唯恐不及。你搞你的摩擦，我做我的切实的工作；你造你的流言，我做我的切实的工作；你起你的大哄，叫作哗众取宠，我做我的切实的工作；你跳八丈高闹成一团，我做我的切实的工作；你声嘶力竭、大呼小叫、高调入云、危言耸听、装腔作势、连蒙带唬，我还是专心致志地做我的切实的工作，如此积以时日，谁高谁低谁胜谁负，还有怀疑吗？

恋战“扬己”莫若“拿出货色”

当然，我无意在这里提倡打你的左脸的时候干脆也献出你的右脸，我无意提倡唯和论或者什么阶级斗争熄灭论，我也无意回到我们讨论的起点，即人际关系是肮脏的事情，我们应该清高地转过脸去。你应该有所了解，你可以有所武装，有一定的防御能力与防御准备，你用不着怕任何不正派不理性不讲道理的气迷心或者是嫉迷心，你可以进行正当自卫或正当自卫反击，必要时也可给某些欺软怕硬者以留下深刻印象的颜色，尤其，我不反对你顺手一击。就是说，你在做自己的正业的时候、在叙述自己的正业的时候不妨顺手给干扰者一点回敬。其实你的成绩已经是最好的回敬，你回敬某些人时可以不点破他，也可以偶尔点而破之出一出干扰者的洋相。但这些只能偶一为之，只能偶一玩儿之，不可认真，不可恋战，不可与不值得纠缠的人纠缠，不可将抗干扰的正当防卫变成自己的职业正业，更不要把这种事变成趣味爱好，这不是下棋，不是麻将牌，一点也不好玩儿。但也不必认真地悲壮起来，见糟粕而糟粕之，见小气者而促狭之，见恶劣者而恶劣之，点到为止，已经够他或她喝一壶的啦。

也不要动辄在人际矛盾中自比鲁迅，须知鲁迅有鲁迅的环境，那是革命前夜，那是真正需要以阶级斗争为纲的革命高潮时期，那是天下未定、乱世英雄起四方的时期，那是一个悲壮的时代、悲剧的时代、方志敏和瞿秋白、江姐和李大钊的时代。鲁迅大师的所有的大大小小的出击和自卫都是整个革命高潮的一个组成部分，都是方兴未艾之间的惨烈变革的一部分，都是中华民族的英勇悲壮斗争的一部分，都是天翻地覆慨而慷、敢教日月换新天的历史创造的一部分，那可不是耽于人际关系人际争斗的结果，可别闹误会了定错了性，以小人之心度大家之腹。而今天，双方都动辄自比鲁迅，极“左”极右极愤激极自大的人都可能举鲁迅大旗，以及少数人举着鲁迅大旗搞张扬自我剪除异己的私战，则不免更多的是闹剧色彩啦。

在这里，第一，关系学有用，但用处相当有限。一个人的是非功过及成就大小毕竟有一个客观的尺度，自吹自擂也好，贬低旁人也好，炒作推销也好，其作用不可能超出客观的尺度太多。谁都不是傻子，不都是见什么广告就信什么的弱智儿童。能够贬而低之的本身一定就不太高，贬了半天硬是贬不下去，那才见了功夫。过分的关系学炒作学，操作时间一长就会起到反作用。

第二，人的青春有限，最好的时间有限，精力智慧都有限。你把精力都放在搞好关系上了，都放在反击干扰上了，这本身便成了你的事业你的工作的最大干扰了，你还能有多少过人的成绩？永远不要忘记，反击干扰只是手段，不是目的，目的是做出成绩做出建设、拿出成果拿出货色，有成绩没有好评固然可悲，有好评却没有成绩就更可耻可鄙。

第三，在人际关系的合纵连横之中，一个人暴露的往往首先不是自己的对立面的弱点，而是自己的弱点。你的急功近利，你的逐名求利，你的吹嘘炫耀，你的嫉贤妒能，你的圈子山头，什么都表现出来了，自己还没觉察到呢！也许你的关系学操作能损人一分，但很可能同时损己两分；也许你的操作能扬己一分，但同时又抑己两分。这样的事例还少吗？

人生最重要的是知道“不做什么”

一个人做成一件事情有许多条件，良好的人际关系只是条件之一，实力条件更重要。机遇也很重要，就是说客观条件也很重要。还有许多临时的和偶然的因素，再加上主观的努力才能有望。不了解这一切，只是一味地活动操作强求争夺，往往是轻举妄动，枉费心机，揠苗助长，缘木求鱼，心劳日拙，疲于奔命。几十年来，特别是近二三十年来，我算是看够了，有的人整天发布自己即将青云直上的消息，有的人整天出入宅门，有的人整天表白吹嘘，有的人整天骂骂咧咧，意在让人相信全党全民都对不起他。这样的人最后到底做成了什么呢？他们的这种表演，除了臭自己以外，对社会对人类对历史甚至对个人对家庭能够起什么有益的作用呢？

一个人应该知道自己能够做什么、应该做什么、必须做什么，更应该知道不应该做什么、不要做什么、其实做也做不到什么。比如说话，说话很重要，传播思想，确定方向，分配资源，行使权利，多要通过说话进行。但也有另外一面，就是说了许多话用处不大，说了许多狠话不过是打个水漂儿。说到说话，我们曾经是非常重视说话的，所谓一言可以兴邦，一言可以丧邦，够可以的了。以歌颂斯大林著称的苏联作家巴甫连科写过一篇短篇小说，题目就叫《话的力量》。很难找到与“文革”相比的说话高潮。“文革”干脆是一个话语狂欢节，什么好话忠话高谈阔论豪言壮语都说尽了说穿了说透了底了，什么批判的话臭人的话咒骂的话吓死人的话也都说尽了。姚文元就是说后一种话的能手，而林彪比较会说头一种话。曾几何时，姚乎林乎“文革”语言乎已经成了笑柄啦。这就是说，认识到话的重要力量还不够，还要认识到话有时不必多说，说也白说，或者压根就不应该说。例如近二十余年的不争论方针，这就是洞晓了话的无力、话的坏事的那一面而得出的经验总结。琢磨琢磨不争论的原则吧，这不仅对国家政治而且对个人做人都有极大的意义。邓小平同志自称“不争论是我的一个发明”，这可不是一句随便的话，这是中国文化更是总结近百年中国近代史、革命史、中华人民共和国史的结晶之语。

口是厉害的，俗话说众口铄金，然而那说的是众口，一只口就未必有那么大力量。一只口这样说，另几只口很可能是另一样说。众口也得看是真众口还是起哄或被迫的众口。例如“文革”当中，众口齐声打倒刘少奇，众口一声誓死保卫这个誓死保卫那个，收效如何呢？只有真正代表民心的众口才有铄金的力量。再说，众口铄金，这是事物的一方面，并非全部，另一面则是真金不怕火炼，是淘尽黄沙才是金。另一面还有众口的随风倒，还有所谓的“沉默的大多数”。须知世上除了“叱咤则风云变色”以外，也还有“喑呜则山岳崩颓”。

“无为”也是一支歌

借此我想说一个问题，那就是老子讲的“无为而治”。这当然不是绝对的，无为而无不为，无为的目的是有为，而不是睡觉不是长眠不醒。让我们冷眼看看世界，出丑的人往往不是消极退缩的人，而是轻举妄动的人。人出丑与其说是由于无知少知，不如说是由于强不知以为知。危害人群的人与其说是谨小慎微的人，不如说是大言欺世的人。坏人蠢人常常是自我感觉过分良好的人，而不是缺少信心的人。儿童少年，没上过学，智障失语，这都不丢人，而只应得到人们的帮助与同情，原因在于这些人才不会自命不凡，横行霸道。

当然，“无为”云云这话本身就很有争议。人生是复杂的，任何人都可以举出一千个例子来说明中国人的人生态度的主要问题是消极退避而不是相反。那么我们应该提倡的就应该是有为而不是无为。好吧，我也觉得老子的“无为”这个说法有点太艺术太浪漫太哲理，此两个字与其说是科学论断不如说是美的感受，与其说是一种原则不如说是一种感觉，它是一种境界而不是具体规定。然而这两个字又是太精彩了、太传神了、太灵动了，所以我还是愿意就此二字做一点文章——这也是语言悖论的一例吧。正如毛泽东所说的“书读得愈多愈蠢”一样，时髦一点说，这也是深刻的片面之一例。关键在于我们自身的灵气，自身的不教条、不矫情、不可故意抬杠、不可把书读死读呆。

“无为”云云，还有老子的一些其他名言，由于它们的含蓄、神奇、巧妙、哲理性和浪漫性，因而常常引起误解。一种认为老子太消极，其实老子只是比常人俗人深了一两步。更糟糕的是认为老子的“不争，故天下莫能与之争”“无私欤，故能成其私”与“将欲取之，必固与之”……精辟之论是一种阴谋家的学问。其实阴谋不阴谋就看谁用、为什么用、怎样用了，以阴谋境界看无为之论，最多搞几手阴谋还搞得不太像，阴谋家是没有无为而治的这种气魄这种静适这种虚怀若谷与这种海阔天空的。无为是一种境界，高山仰止，景行行止，虽不能至，心向往之。无为是一种艺术、一种圆融贯通、一种天马行空，自由自在，得心应手，了无痕迹。无为是非“常道”的天道，是只可意会不可言传的妙理。无为是一种精神的享受，精神的翱翔，精神的解放，精神的自由舒卷，精神的大写意与现代舞。你可以享受无为，欣赏无为，以无为为契机从必然王国进入自由王国，却难于强求之硬解之操作之扮演之。

无为好像一首歌，每个人都可以唱它，每个人的唱法都有不同。无为又好像一部交响乐，你可以欣赏之、感受之、联想之、琢磨之、赞叹之，却不可自称听明白了全懂了穷尽了，更谈不到会用了管用了。顺便说一下，先秦诸子百家的著作，窃以为应该用一种半审美的心态去阅读体味，否则把《论语》《孟子》当道学（丧失了一切生活气息的教条）读，把老庄当阴谋或消极的装疯卖傻读，甚至连《诗经》都当成君臣教化的东西来解读，岂不只能带来灾难？

那么让我们换一种说法，那就是一个人要有所不为才能有所为，一个事无巨细都上心都操劳的人不会有成绩，一个斤斤计较于蝇头小利的人不会有作为，一个热衷于关系学的人不会有真正的建树，一个拼命做表面文章的人不会有深度，一个孜孜求成的人反而成功不了。一定要放弃许多诱惑，不仅是声色犬马消费享乐的诱惑，而且是小打小闹急功近利窍门捷径事半功倍的做事的诱惑，才能有所为。

有意栽花花不活，无心插柳柳成荫，这除了说明事物发展的偶然性外，也说明太有意为之了，常常举措失当，强求而不得。有意者也，就要看你的意是否符合客观规律了。符合客观规律的努力，愈努力愈有效，而不符合客观规律的努力，愈努力愈糟糕。

太想赢的时候反而会输

有一次我问起十分高龄而且健康的周谷城先生："您的养生之道是什么？"他回答说："说了别人不信，我的养生之道就是'不养生'三个字。我从来不考虑养生不养生的，饮食睡眠活动一切听其自然。"他讲得太好了，对比那些吃补药吃出毛病来的，练气功练得走火入魔的，长跑最后猝死的，还有秦始皇、汉武帝等追求长生不老之药的，贾家宁国府里炼丹服丹最后把自己药死的……他的话就更深刻了。当然我无意否定良好的生活饮食锻炼安排的重要性。

一九九六年我在德国从电视里看当时在英国举行的欧洲杯足球锦标赛半决赛，德国队对英国队。英国队状态极佳，又是在家门口比赛，志在必得；德国队当时也处于高峰时期。两队踢了个平局，加时又是平局，点球大战决胜负。英国队极兴奋，踢进一个点球球员就表露出兴奋若狂不可一世的架势，而德国队显得很冷静，踢进一个点球，竟基本上无反应。后来，英国队输了。我评论说："英国队太想赢了，所以反而输了。"一位德国汉学家朋友说："这是典型的中国式的评论，欧洲人是没办法懂你的逻辑的。"

然而我们周围到处是这样的事例，那些孜孜以求官的人，能做多大的官？那些孜孜以求名的人，能出多大的名？那些自命精英的人，能有多少货色？那些唯恐别人反对自己的人，能没有人反对吗？那些事事唯恐吃亏的人，又能占多少便宜？那些装腔作势的家伙，因其装与作不是更像一个小丑而不是大师吗？吹吹打打的炒作广告，不是更泄露出货色没有底气吗？还有的人整天表白论证自己一贯是正确的，甚至利用手中的权力叫自己的下属表态确认与拥戴自己的正确性，他们的样子像是正确性与真理性的垄断者吗？甚至还有人专门弄一批人搜集对自己的不满言论，然后大呼小叫地闹腾，这种可笑的做法除了自己传播对自己极不利的各种说法以外，能有什么正面的效果吗？其实绝大多数人对一个人不会有特殊的兴趣，不会有多少成见，也不会有多少专案组式的调查。你是交通警，人家开车自然要听你的指挥，谁管你道德品质觉悟如何！你是开车的，我是交通警，则我要求你遵守交通规则，同样这与对你的印象无关。没完没了地捶胸顿足地折腾自己表白自己吹嘘自己，除了丢人现眼，你能做成什么呢？机关算尽太聪明，反误了卿卿性命，中国人这方面的经验多着呢。求事业，求道德，求本领，求学习，则人际关系良好；求山头，求蝇营狗苟，求私利，则人际关系完蛋。世间诸事多为双向，没有单方面的取得，也少有单方面的付出。希望从与旁人的相处中得到一切好处的人更应该想想自己可以为旁人做些什么。

集中时间和精力也是一种天才

人们对天才有许多定义，有的说天才即勤奋，有的说天才是三分运气七分汗水，都言之有理。但如果是我，如果浅薄如我都能有机会谈天才的定义问题，我要说，天才即集中时间、集中精力。具有正常智商的人，如能集中自己的时间与精力，全力做好一两件事，而且是长期坚持不懈，一般都能做出不俗的成绩，都能表现出相当的才具来。其实人与人的先天的差别很可能并不像想象的那么大，人的能力其实是一个常数，大区别大变数在于你把时间、精力集中到了什么地方，看你的精神走了哪一“经”。集中毕生精力打桥牌、下围棋、养蛐蛐、养蝎子、做泥人儿、捏面人儿、雕虫雕龙，都能创造成绩，都能当大师。可惜，多少人把自己的宝贵光阴宝贵青春宝贵精力用在无聊无益无意义无格调的事物上了！有的一辈子争名夺利，有的一辈子钩心斗角，有的一辈子家庭纠纷，有的一辈子吃喝玩乐、男男女女，有的一辈子计较得失，有的一辈子牢骚满腹，有的一辈子干什么事都是五分钟热度，有的一辈子总在改换门庭……还能有多少时间集中精力工作学习奋斗？

而所谓天才，常常在非专长方面的表现像是傻子。我很喜欢牛顿拿怀表当鸡蛋煮了，以及他要为两只猫挖两个洞——他竟然不懂大猫虽然进出不了小洞，小猫却可以与大猫共享一个大洞的道理。这就对了，有所为有所不为，才能有为；有所知有所不知，才能有知；有所长有所短，才能有长。任何正常的人只要肯集中时间精力做好一两件事，都能显现出过人的才智，都可能叩响天才的大门。

守住人生的底线

老子讲的无为实在是深刻极了美妙极了，那是因为人的各种各样的轻举妄为、胡作非为、无效劳动搬起石头砸自己的脚的自讨苦吃的为太多太多了。也许我们不能要求每个人都有大贡献大创造大德行大智慧，但是我们至少可以尽量少做那种连常识都违背了的坏事与蠢事。

第一，不要反科学、反常识、违反客观规律地一厢情愿地为，即蛮干地“为”。如企图用群众运动来破百米短跑的世界纪录。

第二，不要为了表白自身的需要而乱为。我写过一篇微型小说，说是一个老人病了，他的几个孩子纷纷为了表达孝心而找一些江湖术士给老爷子治病，结果把老爷子吓跑了，即此意。

第三，不要过度地为。为办成一件事也许你需要找十五个人帮忙，但如果你找了一千五百人呢？只能引起大反感、大麻烦，反而办不成了。

第四，不要斤斤计较地为，不要得不偿失地为。你为了一点蝇头小利而大动干戈，徒徒贻笑大方，至于造成的后遗症更是不堪设想。

第五，不要为那些丢人现眼的事，如钻营、吹嘘、卖弄、装疯卖傻……

第六，不要张张扬扬、咋咋呼呼地为。如一般写作人都是愿意自己的东西发在大报大刊上，更愿意发在头版头条上。但我对自己的探索性的东西，都特意寻找小报小刊来发，并特别关照不得发头条。我对于获得三等奖或不获奖也特别心安理得，无他，有利于平衡，有利于你过得好别人也能好好过也。

第七，可以树立远大目标，以求自己有所作为，但也可以调整与修改目标，不“为”那种已经被多次证明“为”也“为”不成的事。如发明永动机之类。

其他属于“无为”范畴里的注意事项还多着呢，如不投机取巧，不感情用事，不忽冷忽热，不滥发脾气，不标榜自己，不整人害人，不算计得过于精明，不预报自己即将取得惊人成就。总之，也许我们无法为众人设计规定出谁谁应该为什么做什么的蓝图，因为各种人条件、处境、志趣、价值选择是太不同了，正常情况下应该允许这种不同这种多样性。我们不可能建议人人成为炸碉堡的烈士，就像不能建议人人成为赚大钱的企业家；我们无法建议人人都去搞发明创造，就像无法建议人人都去当一辈子老黄牛。但是我们至少可以建议他们不要去做什么，不要去做蠢事坏事，不要去做愚而诈的事，不要去做逞一己之私愤而置后果于不顾的不负责任的事，等等。

人生苦短，百年一瞬，我们无法要求大家都有一样的成就，却可以希望人人都不把生命和精力、把有限的时间用在最最不应该有的行为上。没有这些本应该没有的行为，没有这些劣迹和笑柄，没有这些罪过和低级下作，即使你的成就极有限，起码你还是正直地正确地正常地从而是心安理得地度过了一生。你回忆起自己的一切的时候至少不必那样惭愧那样羞耻那样懊悔。一个人的一生，应该从正面要求自己达到这个、做到那个、得到这个、感到那个等。同时，也许更重要的是设定反面的界限，即不可这样，不得那样；摆脱这样，脱离那样。如此这般，也许你的人生反而更清晰更明朗了，你将得到更多的光明与智慧，离开黑暗与愚蠢的苦海。那有多么好！

有一种人“生下来就过时”？

第一个人出来了，他说：“啊，我真痛苦！我为人类的愚蠢而痛苦，为体制的缺陷而痛苦，为民族的痼疾而痛苦，为许多痴男怨女而痛苦，为所有的冤枉致死的人而痛苦……”

第二个人出来了，他说：“啊，我真快乐！我为男男女女、国国家家、吃吃喝喝、忙忙碌碌而满意而幸福而大喜……”

第三个人出来了，他说：“我真伟大！我是英雄！我要挽狂澜于既倒，我要为人类而燃烧，我要为你们钉到十字架上，我要用我的光辉照亮黑暗。如果现在没有光，我就是光；如果现在没有热，我就是热；如果现在没有粮食，我就是粮食；如果现在没有雨露，我就是甘霖！”

第四个人出来了，他说：“我是浑蛋，我是白痴，我是毛毛虫，我是土鳖……”

第五个人整天憋气，他说：“我是炸弹，我是利刃，我是毒药，我是狼，我是蛇，我是蝎子……”

第六个人一出来就向大家鼓掌，于是大家又向他鼓掌，于是他再向大家鼓掌，于是大家再向他鼓掌，后来大家都累了、打盹儿了，他也不知道到什么地方去了。

第七个人一出来就喊：“我是好人，我是好人，我是好人……”

第八个人没有说明他是什么不是什么，他只是做他能够做和必须做的事情。他碰到了好事便快乐，碰到了坏事便皱眉。该思考的时候便思考，没考虑出个结果来就承认自己没有想好。和别人意见不一致了，他也就只好说是不一致，和别人意见一致了他也就不多说了。有人说他其实很精明，有人说他本来可以成为大人物，但是胆子太小了，没有搞成。有人说他其实一生下来就过时了。

六、什么是价值

多少年来，在中国人的精神领域嬗变最大最快也最混乱的莫过于人生价值观，这也是许多人回避、说也说不清的话题，但这里没有绕开这个人生哲学的核心问题。本章完全从生活实际出发，从人的本质属性出发，从自己的亲身经历与人生的体悟中，揭示了人生价值的许多新想法，而且是站在人的地平线上而不是站在空中来审视生命的价值、人生的价值，为此提供了一种有实际意义的积极的人生价值观。

Six

人生总要有所珍视和眷恋

人生一世，总有个追求，有个盼望，有个让自己珍视、让自己向往、让自己护卫、愿意为之活一遭乃至愿意为之献身的东西，这就是价值了。

有的人毕其一生，爱情、婚姻、家庭生活很不成功，该人虽然连声咒骂爱情是骗人的鬼话，但仍然表现了他或她对于爱情的价值的体认与重视。之所以咒骂爱情，无非是由于他或她碰到的非其所爱罢了。有的人一辈子献身某种事业，特别是为全民族、为国为民为人类求解放求幸福的事业，他们的一生也是充实的，因为他们知道自己的价值取向。有了目标，有了准绳，有了意义，价值上确定而且充实的人，他们的一生也会是方向确定与内容充实的。

古今中外，有许多文人骚客，悲叹、揭穿直至诅咒人生的消极面，他们痛心疾首于世界的悲惨，正说明了他们对于幸福和公正的渴求；他们描写背叛、阴谋、虚伪和无耻，正说明了他们对于忠实、光明、真诚和尊严的向往；他们揭开某些人生的虚空、无聊、苍白和暗淡，正说明了他们对于充实、价值、进取和积极有为的人生的期待。没有理想，哪儿来的不满？没有追求，哪儿来的失望？没有爱的幻想，哪儿来的伤感怨怼？没有对于友谊和心灵沟通的渴求，哪儿来的对于人情如纸的愤懑？说到底，正面的价值是不可回避的，嘲笑与否定一切是不可能的，月盈则亏，水满则溢，嘲笑否定得紧了，也就同时否定和嘲笑了嘲笑与否定本身。

当然，许多价值观念也有可能成为偏执，成为主观的一厢情愿，成为排除异己的独断论，成为邪教，成为恐怖法西斯主义。尤其是不同的价值观会成为互相争斗的由头……例如宗教战争，例如进行自杀式袭击的恐怖分子。这样，在认清和放弃一种伪价值的同时，价值真空、价值困惑、价值虚无的状况就会泛滥和肆虐了。最近在电视节目中我看到三个十六岁上下的少年，为了满足哥们儿两三千元钱的需要，竟然毫不在意地杀死了一个开出租汽车的女司机。他们公然谈论他们的谋财害命的计划，如谈家常。我也一次又一次地在电视新闻中看到恶性刑事罪犯在被处极刑时的满不在乎的表情。可以想象我们这个民族当中的某些人，哪怕是一小部分人，在经过了动荡、批判、斗争、转变再转变之后，上帝死了，理性死了，道德死了，科学死了，启蒙与现代性死了，孔子孟子死了，新“左派”自由派民主派西化派斯大林派格瓦拉派原教旨派原红卫兵派也全不灵了，于是在相互批判了个不亦乐乎的同时，人们的价值系统全面与不间断地崩塌，是价值真空与价值困惑使人变成非人的样子：不负责任、厚颜无耻、反文明、冷血、残酷、是非不明、为小利而犯大罪……

我们可以有许多嘲讽，我们可以汲取许多经验，不轻言绝对的价值，更不能以一己的价值取向为天下法，并以之剪裁世界。我们也许更应该多重视一点日常生活中的和平、善良、健康、正直……我们也许可以使我们的价值观念中多一点人间性、世俗性，而不是必须有一个绝对的理念压倒一切庸凡的东西。但这仍然是一种珍视、一种爱惜、一种眷恋、一种向往。经过了太多的动荡，经过了极大的代价的付出，我们仍然将建立起新的更现代更合乎理性也更能继承和借鉴一切优秀的东西的价值系统和精神财富。如果这些东西什么都没有，只有嘲笑，只有看透，只有谁也不信，那还怎么活下去呢？即使只是好死不如赖活着，不也还包含了一种对于生存的价值认定吗？

困惑：价值的尺度是什么？

我有时想，人生的境遇各不相同，成就也各不相同，难以用一把尺子衡量所有的人的生活。有些价值尺度实际上也未必经得住推敲。比如社会地位，在缺乏平等的机会、公平竞争、公正分配和公开评议的条件下，位置高并不绝对地意味着成就大和价值高。有些位置不低的人其实很没有质量，他们蝇营狗苟，他们心惊肉跳，他们枯燥乏味，他们患得患失，一旦他们失去了自己的位置，他们立即失魂落魄、无着无落，找不到自己的位置便也找不到自己的感觉。就是说，没有理想和信念，没有快乐和丰富，没有真本事真学问，没有光明也没有智慧的地位，是不值得羡慕的。

比如金钱，有钱而生活得很低下很龌龊很贫困的例子不计其数，古往今来的文学作品中描写守财奴悭吝鬼的很多很多，描写金钱的肮脏与丑恶的作品也很多。从这样的事例里可以看出什么来呢？没有道德、没有精神追求、没有审美意识与审美价值的生活不是真正值得羡慕的生活。

比如事业，对于一个有思想有追求的人来说，没有比事业更重要的了，人们理应重视自己的事业并不怕为之投入为之牺牲。但是照样有人事业上有了可观的成就，但是个人生活很不幸。还有的事业有成却失去了健康，因而未能有更大的成就，乃至未能享其天年。还有就是三十年河东三十年河西，头几年都说你的事业如日中天，过了几年却又被否定被轻蔑被质疑被冷落了，因事业而成就的一切可能随事业而终。比如一个运动员吧，能有多长的运动寿命？得不了金牌之后，他或她的生活支柱应该是什么呢？难道只是回忆往日的荣光？

再比如一个企业家，头几年到处吹他的成就，过了十几年说是因为偷税或别的猫儿腻受到法律制裁了。一个大牌歌星，突然退出歌坛了。难道事业之外，还有更让人看重的价值吗？

这里还有一个问题，有些人限于条件，考试当不了状元，比赛当不上冠军，经商发不了大财，干活未必评得上模范，长相不是美女靓男也不是笑星丑星，学历远非博士后，职称最多只够副高，他们放在那里与他人难以区别，他们是大多数，他们有的人感觉过得很好，有的人感觉很差，有的知足常乐，有的痛苦不堪……他们的人生价值怎样衡量怎样论述呢？

然而大体上人生的价值又有它确定的一面。花开一季，人活一生。总应该认真做好一件事或几件事，叫作有所努力，而不是无所事事、虚度光阴。这样的事希望能够对社会、对民众、对祖国、对人类有益，至少至少，不能有害。人与人的觉悟、献身精神各不相同，但哪怕你尚未达到最高尚的利他的一心为公的境界，至少你所从事的工作客观上应该是有利于历史的前进和人类的福祉的。工人做好工，农民种好地，老师教好学生，歌手唱好歌，这也是贡献于人民。哪怕你只是出于个人兴趣，例如你是一个京剧票友，你孜孜于玩儿票，但由于你的爱好你的趣味是正当的高尚的具有文化意味的，那么你的业余爱好客观上仍然符合了保护继承民族文化遗产的需要，仍然是一个小小的贡献，是一个正面的因子。有所爱好，有所努力，有所追求，有所不为，这样的价值就是明晰的了。

这样你的一生，将被你的价值追求的光辉照耀，将变得更加光明。而可怕的是由于自我膨胀，由于强词夺理，由于与人为敌，由于空谈空想，由于偏执疯狂，你越生活越是对一切失望、对一切仇恨，孤家寡人，怨气冲天，恶毒爆炸，自取灭亡。

“独怆然而涕下”？

对于人生也还有各种高深与奥妙的理论思考，其中包括大量消极面的思考。认定人生是无意义的、是荒谬的、是孤独的、是痛苦的、是虚无的。对于这些哲学意味的论述我也不甚了了，只觉得它们都极高明。但思考得再消极悲观，似乎其意图其目的也并非在于让人们明白了这些消极面后快快自杀。他们思考人生的消极性或消极面的目的似乎仍在于面对各种消极为人们寻找一个出路。例如有的是为了使你皈依宗教；有的是为了让你更看透更解脱一点，更少背一点思想包袱；有的是让你更明白孰轻孰重，做出更正确的选择。其结论也并非只限于遁入空门或干脆让你得过且过醉生梦死，这方面的思想者其用意更多的是让你正视人生的消极一面、受局限的一面，不去轻信那些绝对命令式的律条，不被迷信与大言俘虏，少一点妄言妄思妄念，从而更加珍重此生的选择的可能。就是说即使是消极的前提，我们期待的仍然是积极的结论。

例如，既然人生有孤独与难以沟通的一面，那就不要要求自己周边的人包括配偶、孩子、情人、知音、密友时时事事与你一致与你呼应，遇到自己不被理解同情的时候，不必过于伤心。再例如，既然天道无常，万物都有自己的时限，都有荣枯、消长、盛衰直到存亡的变化规律，就不要追求什么长生不老、金刚不坏、万年基业、万古长青，而是要居安思危，忧患元元，韬光养晦，有理有利有节。例如《红楼梦》中秦可卿死（自杀？）前托梦给王熙凤，就讲了一回盛极必衰的大道理，并提出了一些预防家道衰落及应变补救措施。虽是借秦氏之口，传达的却是曹雪芹的事后诸葛亮的忧患意识，这也算是从消极的前提找出积极的结论。可惜的是王熙凤，哪有那个觉悟，哪里听得进去？

林黛玉是一个天生的悲观厌世者，她的诗是“一朝春尽红颜老，花落人亡两不知”，是“侬今葬花人笑痴，他年葬侬知是谁”，然而她得出的结论仍然不是自杀，也不是去当姑子与妙玉做伴，而是更加珍惜爱情，珍惜自己在感情上性关系上的纯洁，叫作“质本洁来还洁去”。洁，这就是她的价值观。就是林黛玉，也还不是绝对悲观厌世的。

至于从消极的前提得出消极的结论，干脆让你别活了，这样的例子也有，那就是邪教了。

人生的“否定式”忠告

那么什么是积极的人生态度呢？除了前面讲过的价值的明晰性以外，我们能为各种不同的人生提出一些什么忠告来呢？

首先，是否定原则，即有所不为的原则。就是说，很抱歉，面对各种各样的人与各种各样的环境，我不认为我能够提出人生的具体建议。我不能够说人必须如何如何，但是我倒可以说人一定不要如何如何。比如，人不应该危害他人，人不应该自暴自弃，人不应该违背公益，人不应该丧失尊严，人不应该悲观绝望，人不应该小肚鸡肠，人不应该野蛮霸道，人不应该贪得无厌，人不应该背信弃义，人不应该卖友求荣，人不应该假冒伪劣……就是说做人是有一个底线的，不能做的事绝对不能做。也就是说，不能做的事情大家都不能做，大家是一样的，而应该做的事情各人情况不同，难以统一规划统一标准统一要求。做什么，个人的情况有不同，有的能当世界冠军，有的只能随大流；有的极富创意，有的只能跟随追赶；有的才华横溢，应该把自己的才能用到正路上以期做出光辉的业绩，有的只能尽力，切切实实地做一点事情；有的呼风唤雨，扭转乾坤，有的日积月累，平凡中尽本分；有的健康勇敢，痛快淋漓，有的病残之躯，仍不气馁，能够自食其力生活自理，已经是了不起的成绩了不起的榜样。

有的人因了走出小村而做出成就，有的人因了不离家乡而有所作为；有的人因了老老实实而备受青睐，有的人因了机敏灵活而颇有用场；有的人因了家庭美满而生活幸福，成为社会的一个稳定健康的因素，成为人生的一个美好的参照样板，有的人却因了家庭不美满或丧失家庭而致力于事业、学术、艺术、思想，成为划时代的非凡人物；有的人受过良好教育，小学中学大学硕士博士博士后，成绩斐然，有的人自幼失学，自学成才，另辟蹊径。总之，价值是多样的，奋斗方向是多彩多姿的，道路是各有千秋的，成就是不拘一格的，幸福是各立标准的，但是坏事是不能干的。有意义有价值的人生是多种多样的没有定则的，而无意义的罪恶的人生却是要毫不含糊地警惕与拒绝的。

我常想，有所不为，这是古之君子与今之高士的一个重要特点。我还可以更简单地给以表述：什么叫好人？有所不为的人，不搞不正当竞争，不造谣生事，哪怕对手很不像样子，也不能出卖自己的人格和灵魂。而什么叫坏人呢？坏人的特点就是无所不为，就是不择手段，就是无恶不作了。

“低调原则”与“价值民主”

这种有所不为的原则也可以说是一种低调原则。低调是什么意思呢？不是不求上进苟延残喘的意思，不是得过且过媚俗投降的意思，不是和光同尘濯泥扬波的意思，甚至也不仅仅是韬光养晦充实自身的意思。除了该否定的必须否定，做人必须有底线以外，我所说的低调原则还意味着：

第一，面对现实，实事求是，而不是愤世嫉俗，大言炎炎。例如看一个人，如果他没有那些绝对不可以的干事记录，这就基本上是个好人，任何人没有权利由于他的或她的平庸未能免俗而敌视之污辱之。对于自己也是一样，你只能做应该做与可能做的事，你只能循序渐进，你只能逐渐积累，尊重客观规律。你不应该为了不可能实现的狂想，而麻烦自己与旁人。

第二，你可以为自己树立超高的标准，这是非常可敬的。但是你不能以个人信奉的超高标准来规范旁人命令旁人指责旁人。你没有权利以最最崇高的理念为根据而漠视普通人的正常利益正常生活。

第三，你将避免极端化绝对化唯意志论非此即彼的价值标准与思想方法，你将有可能面对和承认大量的处于非此非彼亦此亦彼的中间状态灰色状态的人众和选择，以一种相对比较平衡和冷静、全面和通情达理的心态来处理面临的一切挑战，而不是动辄铤而走险，动辄翻脸不认人，动辄宣布自己是终极真理的发现者与占有者，而与自己稍有不和的人都是该诛该灭的蛆虫，这就为我们的社会减少邪教和迷信法西斯主义与冒险主义恐怖主义假大空教条主义滋生与发育的土壤而打下了思想基础。

第四，讨论人的有所不为的底线，同时不统一做人的共同的标杆；承认价值的统一性，同时承认多样性；大狗活小狗也要活；大象固然威风，小羊也自可爱；银杏可以千载，小草可以一岁一枯荣；用不着有你没我，也不必傲视与自己非属同类从而并无可比性的种群。这是一种价值民主。

第五，以这种态度处世待人，我们也可能犯错误，也可能放过了本来应该声讨之消除之的坏人坏事，也可能降低了一些本来就胸无大志的人对自己的要求，乃至于也可能给犬儒和乡愿大开绿灯。是的，我承认这些，世间本没有万全的策略万全的命题，更没有万全的表述语言，低调原则的说法也可能会付出自己的代价。但是，持这种态度的人发现了自己的失误，相对比较容易弥补和纠正。如果你发现自己该激烈的时候硬是没有激烈，该坚决的时候硬是没有坚决，该出手的时候硬是没有出手，很好办，那就激烈一次吧，坚决一次吧，出一次手吧，你会有机会的。人生除了低调原则以外还有是非的标准，还有刚正原则、斗争原则、坚定原则和理想原则——为理想不惜牺牲自我的原则。一个低调原则对于人生当然远远不够，低调的同时不排除必要时的斗争和高音强音，正如预防为主的原则绝不意味着有病不治有急腹症不上手术台。而如果你是高调论者，你弄好了很了不起，弄不好却会成为牛皮哄哄的空谈家误事者直到伪君子，而且纠正起来要麻烦得多、困难得多。

第六，讲低调还为了下一步路好走，下一步棋好下，下一个小节容易调好弦音。几年来甚至几十年来我也屡屡看到高调论者的尴尬，他们说个什么事表个什么态都把话说狠说绝说大说到百分之八百，他或她可能当时赢得了一些掌声至少是震动，可能当时显得很刺激很过瘾，那么请问：下一步措施、下一步奉献、下一个节目是什么呢？你能绑上浑身的手榴弹向前冲锋吗？你能杀一批关一批办一批废一批吗？你能突然发功打下一架飞机或揪出一名贪官来吗？你能三下五除二把中国变成你希望的那个样子吗？都办不到，岂不丧气扫兴？要不，你准备就此自杀，至少是砍掉自己的一根手指吗？或者，你只好逐步降低了调门，显出了说大话不腰疼的不负责任的狡猾与走向疲软的窘态？而如果你的调门适当地悠着点，留有余地，不是会越走路越宽吗？

第七，讲一个低调原则，是由于中国的国情，我们与欧洲不一样，我们的社会生活社会哲学里比较缺少多元平衡多元制衡即互相制约的观念。我们比较容易一个时期刮一种风，叫作“一窝风”，叫作搞运动或搞不是运动的运动，叫作把理念的条条框框放到了至高无上的地位，叫作存天理灭人欲，杀身成仁，舍生取义，朝闻道，夕死可矣，还有饿死事小失节事大，我们一直富有激情和高亢的调门。历史上我们常常沿着一条线走下去直到实在走不通了，最后碰壁碰得头破血流了才开始转弯，转完了弯以后又是直线硬走下去，直到碰另一种壁。那时我国的智者绝不缺少灵动和机敏，因此发明了三十年河东三十年河西的说法，叫作不为已甚，叫作中庸之道，就是说反对过分的极端主义。

中庸之道的说法本来很有点意思，很有点学问，既易于普及又切中要害。但中国是一个人口大国，是一个教育不够发达不够普及的大国，中国文字学起来又比较困难，大家都习惯于望文生义，不求甚解，通俗简明，偷工减料。于是什么是中庸呢？原来是又中又庸、又呆又平，一副傻兮兮的样子，而且你也中庸我也中庸，强盗也中庸贪官也中庸，越是坏人越希望你中庸兮兮，于是扼杀了一切生机，于是中庸云云变成了腐朽的破烂货，变成了白痴和昏虫的哲学啦。

“狗屎化效应”与真理的追求

一个名词，一种思想，一出色就胜利，一胜利就普及，一普及就通俗，一通俗就简单化，然后是粗鄙化教条化，然后就歪曲走样，各执一词，打着同样的旗号相互争一个头破血流，互喷狗血，最后只能令人厌恶。孔孟之道如此，民主也罢革命也罢自由平等博爱也罢世界大同也罢造反有理也罢英特纳雄耐尔也罢改革开放也罢四个现代化也罢自由主义也罢法兰克福学派也罢切·格瓦拉也罢，都已有或将有这种危险这种曲折至少是这种苗头。这样，我这里讲的低调和否定原则也有可能被解释成一摊狗屎，那也是一种宿命罢了，难说。但是不管怎样，低调原则还是杀伤力小一点，恐怖性小一点，常识性多一点，活气多一点，这样讨论问题用心亦良苦矣。

我称这种由高明到狗屎的过程为衰减效应乃至狗屎化效应。我们无法杜绝衰减效应，我们不能因为存在着这样的效应便认为什么都是狗屎。我们不能因为这种效应便停止对于真理的追求。我们不能因此而与美好的真实的命题失之交臂。同样我们也不能因为一个良好的适时的命题曾经行时过、曾经被接受过，便无视一个好命题的僵化和劣化过程，以及一个好的话题的学理讨论变成个人攻讦争名夺利的过程。

所以，我们应该积极参加一切以追求真理为目的的思考、表述、讨论以至争论，同时百倍警惕、避免、摆脱变了味道的狗屎弄脏自己的鞋袜。清醒地评价一切主张与反主张，要切磋不要咋呼，要研讨不要威慑，要生机不要死板，要融会贯通不要穷缠硬搅，要创造性地理解发挥不要越读越呆越蠢。

“三分之一律”与黄金分割比

请允许我用半通不通的数学方式再谈谈低调原则。据说当年周总理有一个说法，他要求外事干部在涉外活动中饮酒只饮自己的酒量的三分之一，我们姑且称之为“三分之一律”。这说明，有一类事情，做满了，百分之百了，是有危险的。必须留有余地，而且是很大的余地。不是一切事情都要全力以赴、志在必得的，恰恰有些事只能三分力以赴，志在不得。前面在讲到人际纠纷的时候我也说过了，在这些纠纷问题上，偶一反击的话，也最多只发三分力。在为个人争点什么利益上，在自己的成果受到多少肯定的评价方面，在发布自身的计划、成就和自我评价上，在一些相对鸡毛蒜皮的问题上，在动用自己的影响和权力方面，多数情况下，也应该是以三当十，十分本钱用到三分，适可而止，不可声嘶力竭，不可努筋强项，不可捶胸顿足，更不可连蒙带唬，超支透支，空头支票。而有的人，有了屁大一点成绩或者芝麻大一点职位，就疯狂张扬，发烧到极点，不可一世，闹得偌大一个中国装不下他，叫作竟然把十分本钱当作一千分来用，暴露了自己小人得志的可悲与可笑，不久碰壁，又是急火攻心，痛不欲生。这叫人家说什么好呢？

例如，有的人为了看演出的票好不好也能生一场气也能惊动领导。窃为之打算，这种事有什么不好办？和做具体工作的人士商量商量，再不行委托一个人，拿上二百元钱还买不来好票吗？锱铢必较的结果是较之无趣、无力、无益，是“狼来了”的故事——真需要较的时候反倒没有人注意没有人理睬了，是自己的全面贬值，是只能掉自己的价。

也许另一个关于黄金分割的公式更适合这个话题。一个线段，最美的分割是使之做到全线段与大线段的比等于大线段与小线段的比，这又叫作内外比。设大线段为a，小线段为b，则（a+b）:a=a:b。如果全线段为十分，那么大线段应是六点一八分，而小线段为三点八二分。设你的能力是十分，你得到了三点八二分的评价或回报，足可以了。你做出的成绩实绩，应该力争不少于六点一八分，而你的学习你的投入你的奋斗精神，应该只是多于而绝对不是少于十分。符合这个黄金分割的比例，你的形象是美丽的。如果你的获得超过了百分之三十八点二，你有可能被认定为一个侥幸者投机者早晚要跌下来者，春风得意于一时，不等于春风得意于永久。如果你的贡献少于百分之六十一点八，你会被认为是一个志大才疏者，乃至你有没有十分能力也颇成问题。而如果你不肯投入十分，学习十二分，那么你不过是白白糟蹋了自己的材料。反过来说，由于客观或偶然的原因，你的贡献天大，生前并未被承认，别说百分之三十八点二了，百分之一也没有。例如《红楼梦》的作者曹雪芹，那确实是不幸者了。但从另一方面来说，他毕竟完成了《红楼梦》的大部分，他的作品无与伦比而且名垂青史，研究他与他的作品成就了一门独特的学问。幸耶非耶？我们应该怀念这些不幸者、奠基者与种树者，这些非凡的人物，并为我们毕竟生活在更好的条件下而庆幸。而反躬自问，我们能够向人民贡献出点什么来呢？

用数学方式谈人生际遇与主观努力，不过是取其大意而已，反正这样分割一下，比三分成绩闹十分待遇或者一分贡献闹十八分意见发十八分牢骚好。

生命的“意义原则”

我想谈一下意义原则，就是说我们的一生，我们的每一天每一刻应该尽可能地过得有意义些。什么叫意义？意义与目标不可分。你的目标是争取当上世界冠军，那么你的一切刻苦训练都是有意义的。你的目标只是一般的健身和娱乐，训练方法要求上就与专业运动员有许多不同。具体的微观的意义比较没有太多争议，例如每天刷牙，对于洁齿是有意义的，而洁齿几乎是没有争议的，至今我还不知道有什么党派学派坚持牙齿愈脏愈好。但即使刷牙也不是全无争议，有一种主张认为现今的刷牙方式于牙齿无益，有益的方法应该是使用牙线剔牙。每天要用餐，吃的东西应该讲卫生讲营养也争议不大，但也有争议，如有的人认为吃野生动物珍稀动物以及一些稀奇古怪的东西才能“大补”。愈是愚昧无知的地方愈会有一些匪夷所思的饮食习惯。我们的气功里也有练“辟谷”的，对此我实在无法接受，但又想它大概客观上是一种关于减肥的中国特色的方式和说法。原来，一切意义都几乎是有争议的，争议并不妨碍我们认为它有意义，也不妨碍我们去做我们认为大致有意义的事。例如，未必有哪个人因了意义之争而停止刷牙，也未必有哪个人因了饮食习惯的不一或对于辟谷的认识之争而长期停止吃饭。

愈是谈到大的问题包容一切的问题就愈是难于讨论和取得一致的意见。谈到人生的终极目的就不能仅仅用常识来解答疑惑了。与无限长远的永恒与无限辽阔的宇宙相比较，人类特别是人类个体就渺小得可以不计了。是的，当分母是无限大的时候，与之相比的人也好蚁也好菌也好，或者地球也好太阳系也好一个与几个银河系也好，蜉蝣之一朝一夕也好，人之不满百年也好，古柏之五千岁也好，都是同样地几乎没有区别地趋向于零，趋向于可以略而不计。从这个意义上来说，也许论述人生的无意义有它的合理的一面，也许论述时间与空间的无限与人生的短促有助于使人的心胸开阔气象宏大，也许这种念天地之悠悠、独怆然而涕下的心绪带几分终极眷顾的宗教色彩，也许一种空渺无边乘扶摇遨游九万里九万光年的感觉能使你成为哲人诗人政治家思想家直到苦行僧和传教士。但这只是思想运动的一个向度，从有限走向无限，从现实走向茫茫，从形而下走向形而上。但是同时，这里有另一个向度，就是说在无限的永恒与宇宙之中，你的目光投向任何一个点一个面一个体，都是具体的、相对的、真实的、充满活气的、多彩多姿与意义分明的。中国唐朝有唐朝的气象和追求，英国维多利亚时代有维多利亚时代的奋斗与光辉，无限之所以是无限，不在于它是零的集合体，而在于它是无数个有限，是无数个相对的长远与阔大、诚实与进步、创造与发明的积累与延伸。鹦鹉学舌似的学着现代后现代的口吻讲一点颓废，聊备一格或者提供一种基本上是想象的消极的人生图画以供参照思考或谓并无不可，然而是当不得真的。欧美哲学家文学家大讲人生的虚无也许是可以理解的，他们有强大的基督教传统神学传统与神学基础，他们从虚无中坠下，基督和圣母在那里接着，从空虚中跌下的人们至少可以掉到宗教和神学那里，他们讲的虚无还有体制上的意识形态上的自由主义保证，你讲你的搞你的虚无，我抓我的效率和最大利润；你讲你的搞你的反战，我搞我的导弹计划；你搞你的绿党，我当我的总统总理轰炸我的科索沃。在几万几十万或者更多的能人讲怎么样改进电脑怎么样赚钱怎么样做爱怎么样争取同性恋者的权益的同时，有几个教授讲人生的终极的虚无确实显得卓尔不群、振聋发聩、如沐冰雪、当头棒喝，如给热昏者调一客薄荷冰激凌，使陷入物质欲望永无超度之日的人们关心一下自己的灵魂自己的价值系统自己的良心自己的噩梦。但是在我们这里，在一个还有大面积的人口而没有或刚刚解决温饱糊口问题的地方，在一个绝不动摇马克思主义在意识形态领域的一元化指导地位的社会主义大国，在一个生存权才是人权的首要关注的发展中国家，在一个忙于迎战春天的沙尘暴夏天的洪水加干旱还有不分季节的假冒伪劣与腐败的十二亿神州，舶来的虚无主义颓废主义也许只能造就出吸毒酗酒者和信口开河的牛皮大王来。

好了，让我们暂时把时髦的虚无主义颓废主义请到一边。真理总是具体的，虽然我不反对抽象思维的享受也不反对抽象真理，如果您老能拿得出来点新鲜货色的话。至少我们应该承认真理的具体性，承认真理与一定的时空条件的联系。那么意义也从来是具体的，因为人生是具体的。我们也许有能力想象亿万斯年后的与亿万光年后的世界，却难以有能力思考我们的意义对于无限大无限远的时间与空间意味着什么。如果不是与终极比较，而是将一个贩毒犯与一个种子专家比较，将一个中国古代的老死宫中的宫女与一个摩登女郎比较，将一个清廉的公务员与一个因贪污受贿而被处以极刑的腐败分子比较，也许意义的问题并不神秘，也许意义在各有选择各有侧重难以划一的同时，也有它的许多可供参考的共同或大体类似的价值标准。小而至于良好的生活习惯待人接物，大而至于学习工作事业方向，我们可以选择更有意义的事去做和多做，而少做无意义的事。

不要做“永远够不着肉骨头”的狗

下棋也好，打仗也好，有一条叫作积小胜为大胜，这里多占一个子，那里抢先一步，最后就造就了胜负的差别。同样，这里缴一支枪，那里灭几个敌人，最后使力量消长，强弱易位，形势变化，胜负大不一样。当然也有表面上一方屡屡处于弱势败势，而最后反败为胜的。例如刘邦之对项羽，那是因为表面上的失败者借失败而积蓄力量，表面上的胜利者因胜利而昏头昏脑，愈胜愈骄愈残暴愈孤家寡人愈刚愎自用，岂有最后不败之理？冰冻三尺，非一日之寒。我们常常看到最初在起跑线上，人们的差别很微小或者全无差别或者强的显弱弱的显强，跑了二十米，已经显出了快慢的差别，再跑一百米，已经不在一个层次上了，再跑几百米呢，已经差一圈了。这些都是一步步跑出来显出来的，功夫在一步步中体现。意义正是如此。

生活中常常有一些怨天尤人的人，原因之一是他们不明白积小胜为大胜的道理，只想一鸣惊人，不想十年寒窗；只想一获千金，不想针头线脑；只想一帆风顺，不想披荆斩棘；只想出人头地，不想埋头苦干；只想高歌猛进，不想小心谨慎。这样他所珍视所追求的价值，就永远是一个可望而不可即的缥缈幻梦，成为巴甫洛夫的实验中的狗的永远够不着的肉骨头（参见拙著长篇小说《活动变人形》）。

因人而异的意义选择

当然意义的选择也是因人而异的，有的倾向于集中精力时间艰苦奋斗，有的倾向于潇洒快乐听其自然，有的追求卓越完美出类拔萃，有的随遇而安知足常乐。有鲲鹏展翅掀动扶摇羊角的，也有蓬间雀叽叽喳喳的，毛主席很看不起蓬间雀，但是你难以否认世界上蓬间雀大大多于鲲鹏的现实。有伟大的呼风唤雨叱咤风云者，也有漫山遍野的小草和永不生锈的螺丝钉。难以一概而论，尤其是不可以由于自己选择了伟大完美的鲲鹏和呼风唤雨便对渺小者弱小者恶言相加，只要渺小弱小者没有违背我们最初讨论过的否定原则的话。

意义也就是价值，而人生的价值并不是绝对地一元的，毋宁说是多元的。我的体会，在人类性的国家性的人民的与群体的共同价值追求——和平、发展、进步、民族复兴、人民福祉、国泰民安——下边，个人人生的价值追求大体可以分成几种类型：

第一种是事业型的。从事科学艺术政治商业体育军事……而能成绩斐然，为社会所承认，为国家民族带来好处，为自己也为家人带来荣誉，当然是一种意义一种价值，是值得为之奋斗为之付出代价的。

第二种是本分型或健康型的。即本人并无特殊成就特殊贡献，但是完成了一个公民、一个从事某种职业的人员、一个家庭成员的基本任务，诚实劳动，正常享受，享其天年，天伦常乐，尽其所能，有益无害，利人利己，其价值意义就在好好地生活本身。既然来到世上，就好好地过一辈子，自己过好了，纳税出工，遵纪守法，也就是对集体、国家、社会的最大贡献，虽不显赫，却也可嘉。一个社会越是正常越是稳定，这样的人就会越多。把自己的事办好了，把自己照顾好了，也就是对朋友、对群体、对社会乃至对亲友的最大帮助。我就常常对子女讲，我们不需要你们晨昏问安侍候，你们把自己的事做好了，不给我们添忧，让我们高兴，就是对父母的最大心意。反之亦然，我们生活自理，健康快乐，也就是对子女的最大慈爱。

第三种是性灵型或潇洒型的。坚持个性，我行我素，情趣丰富，自得其乐，或爱唱，或爱书法，或爱弈棋，或爱饮酒美食旅行体育乃至风流倜傥……不是专业，不事功利，但求快乐，但求尽兴。这样的活神仙式的人物不是每个人都做得成的，他需要一定的物质条件，更需要自得其乐不受其他引诱的心理素质，只要所作所为不违公益，当然也活得令人首肯。

第四种是轰轰烈烈型或爆炸型的。喜欢迎接挑战，喜欢言人之所未言、行人之不行，一部分人奉之若神明，一部分人视之如怪兽，你可以讨厌他讽刺他批判他，然而他乐在其中风头出尽便是价值。

……

我在这里不想尽析各种活法，也有的人是兼有几方面的特质的。我意只在说明，人生的价值是有几把尺度的，不可强求一律，不可以己之尺去量度与自己追求不同的人，不可只看到事物的一面而看不到另一面。

过程即价值

所以在这里讲因人而异的选择，既是为了待人时避免偏执，也是为了使自己的追求更丰富更有活力更能适应与改变各种不同的情势。

我少年时渴望做一个职业革命家，做一个献身者、救世者、冒险者、浪漫人。后来随着第一个五年计划的开始实行，我曾经梦想学习建筑，去盖无数高楼大厦。学建筑未能成为事实，我乃投身写作，如醉如痴。一九五七年、一九五八年反右运动中翻身落马，基本上失去了写作的可能，我当然很懊丧很痛苦，但是在农村这一新的环境中我仍然学到了很多东西，体验到了全然不同的生活情调、方式与乐趣，也接受了各种艰难困苦的考验和锻炼，大大丰富了自己，使自己慢慢成长起来。如此这般，我的追求我的价值并非只有一条窄路，我较少有走投无路的感觉，我不可能完全被封杀，我既执着于学习进步，又不纠缠于当时做不到的事，不走死胡同，不灰心丧气，不无所作为，又不见异思迁。

价值是一种理想，是一个标准，价值又必须根据现实而扩充而调整而发展，还要通过一定的作为创造价值的存在依据和实现价值的可能性。价值需要坚持需要奋斗需要不懈努力，价值需要不断从生活中汲取新的活力，叫作别开生面。价值本身就是无止境的，爱情、友谊、事业、专长、名誉、影响、德行、贡献、风度、健康、快乐、光明和智慧，都是一个永远奋斗的过程，任何一个活人，都不会达到顶点，不会至美至善，再无余地。价值是一个系统，是对于社会对于群体的奉献与个人的能量发挥个人的全面幸福的完美结合。有些时候价值又是冷峻的庄严的，它要求你在必要时做出郑重的选择，不怕做出牺牲，不怕放弃一些次要的价值，直到不惜牺牲一切包括生命。

也许这本身就是一种极其珍贵的价值，你能够不断地坚持你的价值，充实、发展、创新你的价值观，增加你的价值追求的活力，使你的人生丰富多彩与生机勃勃。实现价值的过程本身就是一种价值，你的有生之年，每一天每一小时每一分钟，都将是有价值的可喜的与光明的。

七、人生健康论

生命的健康固然需要有健壮的身体，但这绝不是生命健康的全部意义。真正的生命健康乃是非痛苦的、非歪曲的人生，更重要的是心理的卫生与无邪的人生态度。如何对待他人，如何正视自己，如何拓宽人生的领域，如何看待命运，如何持有乐观的人生态度，都是本章着力讲述的。诚然，我并没有吝惜抨击人性弱点的笔墨，比如“癌细胞哲学”这样的概念，而我的三枚闲章中竟有一枚是“不设防”……

一个具有普泛性意义的人生价值标准

我还想谈一个健康或者乐观原则，这是人生的一个具有普泛性的价值标准，也是对所有人的极低也极高的希望。我们还可以说健康是生命本身的最自然最本初的状态和趋向，一株草、一只鸟、一条鱼，都要求自身健康而不是病态，不是歪曲，不是过早地破灭。即使你从宏观上对地球和人类的命运持偏于悲观的看法，在你的具体的有生之年，你最好还是持一种健康和乐观的态度。儒家的原则是六合之外存而不论，也许我们可以论，论而不黏。就是说，对于六合即三维空间以外的事情彼岸的事情，不论怎样去议论之思考之悲怆之嗟叹之畅想之希冀之，它不应该反过来干预压迫我们此岸的生活。终极眷顾与世俗关切不可以互相替代、互相否定。形而上的思辨与形而下的实务也不可以互相轻蔑、互相掣肘，更不可能互相取消。

健康包括生理的健康与心理的健康。生理的健康毋庸我饶舌，心理的健康则牵扯的问题甚多。例如，有一种建立在性恶论基础上的钩心斗角癖，走到哪儿都与周围的上下左右斗将起来，张口就是是非，闭眼还是长短，交友专交向自己汇报谁谁谁骂了自己的人，说话只会说别人如何不好而自己如何好得不得了的话；原有的特长兴趣日渐丧失，新的生活内容生活信息一概不接收，一切生动的有情趣的新鲜的能怡悦身心的东西都远离，剩下的只有紧张和狂躁、不安和愤激、心劳日拙和防不胜防。这固然可以用长期以来的阶级斗争后遗症和极“左”思潮的残存来解释，但恐怕这不仅仅是政治路线问题，而是心理健康问题，这是一种情绪性精神疾患，是抑郁症与狂躁症的并发，是自我调节能力的极端缺失，是精神崩溃的前兆。

善良爱心与“癌细胞哲学”

善良与爱心便是一个健全的人格的重要表现。而恶的泛滥，多半是一种病态、变态，是一种不健康，是一种既折磨自身也扰乱旁人扰乱社会的疾患，是一种病变细胞。林彪所讲的“不是你吃掉我，就是我吃掉你”的命题，显然不是人的哲学而是狼的哲学，是癌细胞的哲学。

我国有许多似乎是鼓励作恶的“恶之花”性质的谚语套语俗语：“量小非君子，无毒不丈夫”；“马无夜草不肥，人无外财不富”；“先下手为强，后下手遭殃”；“饿死没眼的，撑死大胆的”；“不打勤的不打懒的，专打没眼的”；“害人之心不可有，防人之心不可无”。这些话也都是经验的总结，我并不因为洁癖而全盘唾弃之。如前面讲过的，对于恶的了解与防范是成熟的重要乃至主要标志。

然而，事物毕竟有另一面，这里毕竟还有另外的说法，例如说仁者寿。为什么仁者寿？仁者爱人，推己及人，己所不欲勿施于人，爱人者人恒爱之，恶人者人恒恶之。一个唯恶论者的生活是何等紧张促迫萎缩枯干褊狭僵硬，而一个用基本的善意与爱心对待人生对待世界的人，境界是何等阔大，心情是何等滋润，人生是何等幸福！有一种提倡素食的理论，说是动物在被宰杀的那一刹那，心绪极其恶劣，把它们那时呼出的气体收集液化，本身是一种毒性极强的物质。人也是如此，那些抱着无限的敌意看世界的人，那些敌视一切的人，他们的身体里将会产生多少毒汁毒气毒素毒分子！对别人好一点，其实就是对自己好一点。多想想旁人的长处自己的短处，首先正是自己从而变得轻松多了愉快多了，何乐而不为！

有时我宁愿把旁人想得好一些，再好一些，不单是为了不屈枉旁人，也是为了不叫自己生毒中毒传毒。铁凝有一篇小说叫作《喜糖》，是说一个参加朋友的婚礼多少受了点冷遇的女子，干脆自己掏腰包买了些糖果拿回家去告诉家里人是新人送给她的喜糖。如果把这样做的人看作冤大头的话，那么世界上多来一些这样的冤大头吧。这种代人行好事的事其实也是我惯常做的。

我早就想与曹操（《三国演义》小说里的人物，不是指历史人物）抬杠了，小说描写他的做人原则是“宁教我负天下人，不教天下人负我”。这样阴暗，吃饭还香吗？做爱还舒展吗？睡眠能踏实吗？为什么不改成这个原则——“宁教天下人负我，我不负世上的任何一个人”？那样不是活得更光明更理直气壮更快活一点吗？

有一年我不在北京，后来听说本单位有一位年长一点的朋友一再反对一件对我有利的事情，而对这位朋友我一直是很尊敬很友好的。但我随即若无其事地与之交往共事，给他带去购自境外的小礼品。我想，他可能不了解我的资历详情，他本人年纪比我大，而我当时又出现了一种“牛市”态势，他感到不安也情有可原。另外，此公也还广结善缘，意欲有所作为，为一件小事与之交恶未免太没劲，何况他的反对并没有影响我的任何“收益”。我决定吗事没有，甘吃并不存在的哑巴亏，甘当“冤大头”——让他把我当作一个傻瓜才好呢。这样决定了，我自己而不是别人特别高兴，这也是难得糊涂之一例。当然糊涂云云，更是极为有条件、极为有限的了。

有时候我也听到传言，文人相轻，某某在某个场合说你什么什么来着。我一概是一笑置之。他背后说这说那，见了我他并不敢或不好意思或不至于口出不逊，这是一。文人有言过其实的毛病，他即使已经口出不逊了，不见得就代表什么郑重的看法或意图或决定。他极有可能说完就忘了，说完在另一个场合又对你夸赞不已，这是二。你无意与之争什么你高我低，而且事实上他说什么已经无足轻重，事实上你已经占尽先机，还不让他得到一点口头的痛快和发泄吗？这是三。这也是“不争，故莫能与之争”吧。你什么都过问，什么都回应，你有时间吗？你有工夫吗？你有雅兴吗？如果都是没有，那就算了吧，这是四。你对自己总该有更高的要求、期待和信心，你的境界、风度、胸襟总该有不同的不俗表现，你好意思针锋相对，与一个相对劣于你也败于你的可怜人士较量过招吗？给他留点空间闹一闹吧，这是五。自己绝非完美无缺，别人盯住了你，糟改你，客观上是对你的监督帮助，欢迎，欢迎，善莫大焉。你怒你妒，是你硬要如此；我全不在意，是我的快乐逍遥，这是六。

不懂自省自律的是“邪教”

我知道心理医生的一个标准：一个人能承认自己精神上有某些毛病，这说明他的病正在好转，有了大好转，因为自省与自我批判乃是健康心理的一个重要标志。为了健康和快乐，然后不仅是健康和快乐，我的经验是多多培育自己的反省与自我批评精神，也就是抗精神病的强大力量。应该养成自省与自检自律的习惯，而有了自省自检自律，就不会把旁人老是想得那么坏了，自身也就健康些了。

反之，自我膨胀无边了，就看着谁都不顺眼了，就要一个人与全中国全世界战斗了。这种战斗有时有一种悲壮感伟大感，有一种为绝对理念献身的执着认真劲儿。例如雨果的《悲惨世界》里的主人公冉阿让，他的行善就是在一个普遍的罪恶的背景下面，他背起了沉重的十字架。他的心其实是耶稣之心，他的角色其实是上帝之子的角色。这是可敬的。但这更多是一种浪漫主义的夸张，是心事浩茫连广宇，是一种圣人的圣情诗情，不是一个现实的估量和定位，不具备太多的可操作性。更重要的，他是以爱心来拯救世界的，他可并不充满仇恨，更不是与人类为敌的。

这里顺便说一下，窃以为，宗教与宗教崇拜，郑重的正规的而不是随意的宗教，其产生是人类文明史偏于早期或较早的现象。这样，它们的创始者耶稣基督也好，释迦牟尼也好，都已经神圣化非人间化，彻底地形而上化。他们都存在于宗教经书经文里而不是凡人的近旁，他们的名字是一种基本上脱离了形而下的世俗的终极意义的代表符号。他们的身世属于神学研究的范畴而绝不是科学范畴。而如果是今天，是一个肉体凡胎的人，是一个生活在高科技高消费高智能时代的活人，要自命救世主自命神祇自我崇拜并希望得到他人的崇拜，意在创立新的宗教，意欲叫全体信徒像膜拜神佛一样地膜拜他，他的教是必邪无疑，再无其他可能。

“大”境界与“小”乐趣

为了——当然不只为了——身心的健康，第一，要善良仁爱。人生有许多快乐，首先是做好事最快乐，理解旁人与原谅旁人最快乐。第二，是大境界小乐趣。大境界，就是说不争一日之短长，不计较鼻子底下那点得失，不在乎一时的被误解被攻击，赢得起也输得起，随大流得起也孤独得起孤立得起，无私至少是少私故少惧，胸有大志则吾善养吾浩然之气，总是能在不同的境遇中看到光明看到转机看到希望看到教益，叫作不可救药的乐观主义。大境界不搞小争斗，不为别的，至少是因为没有时间，把时间放在蝇营狗苟上、斤斤计较上、鸡毛蒜皮上、嘀嘀咕咕上、抠抠搜搜上、自说自话上，你说，他这一辈子还能有多大出息？

小乐趣是指不拒绝小事情，并从中感受到人生的快乐。快乐也是价值。快乐不仅在生活的终极目标远大理想那里，也在生活的具体而微小的各种事项与过程之中。快乐不仅在于达到目标，也在于为达到目标而走过的全过程。黎明即起，洒扫庭除，是乐趣。买油条或者熬稀饭，磨豆浆或者煮牛奶，烤面包或者茶泡饭，也是乐趣。挤大巴，看众生，看情侣们到了公共汽车上仍然脉脉含情，是一种乐趣。打出租听D爷神侃何尝不快乐？订份报看很好，到公共阅报栏免费看好多种报也很快乐。做饭炒菜烙饼包饺子买现成的速冻饺子洗碗很快乐，修自行车修抽水马桶修电门接保险丝都很有趣。与明白人谈话是一种享受，与糊涂人磨牙让你知道世上竟有这种不可理喻的人在，不也是开了眼吗？对父母尽心最满足。给孩子服务最甘甜。给老伴尽心最福气。给朋友帮忙最得意。购物散步用茶打电话接电话旅行回家读书写字有病吃药没病锻炼冬天取暖夏天乘凉洗脸洗脚洗澡洗衣服都是太叫人高兴了。

多伟大的人也是普通人，多伟大的人也应该享受普通人的快乐、过普通人的生活。珍惜你的有生之年的每一天、每一刻、每一事，每一次说话的机会、工作的机会、流汗的机会。我当部长期间常常清晨穿着拖鞋去买炸油饼，此事被新凤霞知道了，她多次提起反应强烈。其实，这正是我的快乐。

虽然我们还不能穷尽宇宙的奥秘、地球的奥秘、生命的奥秘、人生的终极，但是我们能不承认人的出现是一个伟大的奇迹吗？我们能不承认我们自己的存在是一件伟大的奇迹吗？我们能不承认我们的意识、我们的思想、我们的情感是万分值得珍惜的吗？我们能不珍惜有生之年之天之小时之分钟吗？我们怎么能动不动一脑门子官司，动不动人人欠你二百吊钱的架势？

在人的各种各样的毛病中，在各种骂人的词中，无趣是一个很重的词，是一个毁灭性的词。可悲的是，无趣的人还是太多了。这样的人除了一两样东西，如金钱、官职，顶多再加上鬼鬼祟祟耍心眼儿，再无爱好再无趣味。一脑门子官司，一脑门子私利，一脑门子是非，顶多再加一肚子吃喝。不读书，不看报，不游山，不玩水，不赏花，不种草，不养龟、鱼、猫、狗，不下棋，不打牌，不劳动，不锻炼，不学习，不唱歌，不跳舞，不打太极拳，不哭，不笑，不幽默，不好奇，不问问题，不看画展，不逛公园，不逛百货公司……自己活得毫无趣味，更败坏所有与他接触过的人的心绪。我有时甚至会偏激地想：“宁做恶人，也不要做一个无趣的男人（女人稍稍好一点，女人一般至少还要抓抓生活，心里还有点鸡毛蒜皮的生活气息）啊！”尤其是，一想到一个无趣的人还有配偶，他的配偶将和这样的人共度一生，真是令人毛骨悚然！

生命健康的三个标准

现在可以讨论心理健康的标准了。第一是基本的善良。对他人的善意，其中尤其要强调的是克制嫉妒。在大的阶级斗争保卫祖国的斗争中遭遇的敌对关系不在本文讨论之列，那种敌对关系乃至生死存亡的关系不由个人心理来选择。这里说的是人们常常由于嫉妒而丧失了自己的善良本性。由于嫉妒，人们会以别人的失误为自己的成绩，把别人的跌跤当成自己的进益。而嫉妒基本上是一种弱者的心理，只有自己跑不快的人才盼望别人犯规罚下或者跌跤倒地。自己没有本事挣钱的人才把希望寄托在别人丢钱包上。嫉妒使人幸灾乐祸，仇恨贤能，坐卧不安，丑态毕露。嫉妒使人产生一种祸害他人的罪恶心理。东北某地一个人的侄子，竟因嫉妒叔叔大酱做得成功而偷偷跳墙跑到叔叔家里往众多酱缸里倒柴油。电视里他对电视台的记者仍是恶狠狠地说：“我让他升升火！”说了一遍还要再说一遍。可惜的是这种侄子在较高层次的人中也有，高级嫉妒者与大酱制造者的侄子并无二致，只是手段上比倒柴油高明一点，而且还要找出一些冠冕堂皇的道理来罢了。

《红楼梦》里的赵姨娘，是一个嫉妒的样板，她做了两个小人儿，写上宝玉与王熙凤的姓名、生辰八字，用针往小人儿心口上扎，这是嫉妒者的典型举措。据说世界各国都有过这种用类似巫术的方法整人的迷信。从某种意义上说，嫉妒是万恶之源。嫉妒给人的负担是太沉重了，给人的阴影是太黑暗了，只有尽量去除嫉妒心，把人际间的难免的不服气引导成为合法的、积极的、光明的与正当的竞争，才算健康。

第二是明朗。善良才能明朗，嫉妒、狭隘、阴谋、怨毒，只会带来黑暗。与嫉妒同样可恶的还有自大狂、自我中心狂。自大狂与自我中心狂者容易变得失去理智，丧失自我控制的能力。他们吹嘘自己、表白自己、自恋自赏、自思自叹、乘着肥皂泡上天，同时急火攻心地攻击旁人，否定旁人，怨恨旁人，要求、勒索、讹诈旁人。过热的结果必然是失望是灰心是悲观厌世是诅咒一切，也就是自我冰冻。

所谓癫狂，所谓狂热，如果表现为艺术的创造，那还是有可取之处的。有时狂热是天才的表现，然而这仅仅限于不存在操作的必要与可能，不存在指导性更不具有指令性的艺术创造。有时还包括某些学术研究或道德的自我完善，仅仅限于不存在以其为楷模为行动纲领的目的即完全非现实非功利的人类活动中。你在狂热中创造的艺术品、提出的新观点也许惊世骇俗、独树一帜、不可替代，至少有比没有好，因为它的存在可以聊备一格，但如果你以这种失控的癫狂来治家交友发号施令，则会变得荒谬起来，不健康起来。

第三是理性与自我控制。我其实是一个性格急躁敏感易怒的人。为此我从年轻时就反复地读《老子》《孟子》中关于抱冲、养气的论述。我也多次听长辈讲“读书深处意气平”的道理。但迄今为止，我的大半生中还是有多次生气上火直至失态的经验。我深深地体会到，不论你有多么正当的理由，怒火攻心永远是一种失败的表现，绝对地属于消极的精神现象，绝对地只能导致丢人现眼的结果。虚火上升，智力下降，形象丑恶，举措失当，伤及无辜，亲者痛而仇者快，这是必然的一连串发展。那么，实在没有控制住，发了火了，生了气了，失了态了，怎么办？无他，赶快降温灭火。这还算我的一个好处，我的火来得快去得也快，叫作不黏不滞，叫作日月之蚀，叫作迅雷暴雨之后仍然是雨过天晴。我完全做不到无过无咎，但是无论如何也不能将错就错，变本加厉，讳疾忌医，自取灭亡。

不设防：我的一枚“闲章”

为了明朗的生活，就要对万事万物采取一种光明、透明、敞开、开放的态度，永远不搞得鬼鬼祟祟、偷偷摸摸、神神经经。我有一枚闲章，叫作不设防。我特别喜爱“不设防”这三个字。不设防是由于胸怀坦荡，不做见不得人的事，没有见不得人的心计，什么都可以拉出来晒晒太阳。不设防还因为不怕暴露自己的弱点。弱点总是要暴露的，正像优点也总会有机会表现出来表达出来一样。而对待自己的弱点的坦然态度，正是充满自信并从而比较容易令他人相信的表现。只要你确有胜于人处、长于人处，某些弱点的暴露反而更加说明你的弱点不过如此而已，而你的长处，你的可爱可敬之处，正如山阴的风景，美不胜收。那还设什么防呢？

弱点与优点、长处与短处往往正如一枚硬币的两面，二者间是难分难解。心直口快的人容易说错话，一句错话没有说过的人，可能是心直口快的人吗？思想深邃的人容易显得冷漠，你到处热火朝天，深得下去吗？聪明了极易被认为狡猾，老实了极易被认为笨拙；海阔天空易于被认为是大而化之，精细认真易于被看作苛刻；上升态势被看作走运，下降态势被看作窝囊。人家看到你的弱点了，便更了解到你的长处并认为那是十分可信的。高度警惕与隐藏自己的结果，最好的情况下，不过是令人觉得高深莫测敬而远之，你在包住了缺点的同时也包住了长处。

再说人人都会感到一个不设防的人比较坦率真实诚信可靠，人们会宁愿去接近一个不设防从而暴露出不少弱点的人，而不愿意去轻信一个由于步步为营、城府森严、装模作样、摆臭架子，从而没有暴露任何问题，也没有表现过任何真情实感的人。人不可能以虚伪换得真情，不可能以严防获得信任。不设防还因为自信自身的基本品德、基本观点、基本立意、基本方略、基本态度，自信自己的境界、心术、学问、成色，直到动机与长远效果都是经得住折腾、经得住晾晒、经得住推敲和考验的。君子坦荡荡，小人长戚戚，这话算说对了！

最后，不设防还是最好的防——在一旦需要防一家伙的时候。我还很欣赏一个成语，叫作“防不胜防”。防永远是有漏洞有破绽的，能防就能攻，防的严密未必顶得住攻的犀利。而由于不设防而形成的明朗与坦白、交流与信赖、好感与打成一片、好脾气与容易接近，以及由于诚信而得到的了解与支持，这不是最好的防，而且是无处不在又无具体设施可打可拆可成为攻击炮火的靶子的防线吗？当一些别有目的的人企图伤害你的时候，你不是更会博得同情，而使那些对你不好的人陷于孤立吗？

以“有”防之，总有软腹部；以“无”防之，那就如老子所言：犀牛无所投其角，虎无所用其爪，兵无所容其刃。那些想加害不设防者的人，常常觉得无从下手；那些意欲批倒不设防者的人，常常觉得没个抓挠；那些咬牙切齿地整不设防者黑材料的人，常常埋怨材料整得不好。妙哉！善哉！

为自己创造不止一个世界

为自己创造不止一个世界，这是又一个忠告。一个人需要的世界不止一个，你应该有自己的事业，应该有自己的家庭，如果你选择了独身，就是说应该有自己的私生活，应该有自己的爱好——不论别人看得上或是看不上你的爱好。应该有不止一方面的专长，应该有自己的阅读审美收藏记载的习惯，应该有自己的梦自己的遐想自己的内心世界，至少还应该有自己的爱好自己的娱乐自己的癖好。在工作不太顺心的时候，你至少可以在家里在自己的住所里得到温馨得到慰藉得到欣赏陶醉和补偿。连年政治运动期间常常批判“避风港”，太妙了，避风之港也。这是一个躲避至少是缓解灾难、保持稳定、休养生息、保护有生力量的处所，这种“避风港”为国家为人民为自身做出了很大贡献。没有“避风港”，经过政治运动的织地毯式的轰炸，还能有几个有用之才留下来？还能有今天这种一改革就奏效，一开放就发展的好事吗？

在出现莫名其妙的灾变的时候，你至少可以听听音乐养养花、摆弄摆弄宠物、写两篇不一定发表的诗。当某种专长一时派不上用场的时候，你还有别的专长可圈可点可以一展身手。在新疆时我无法写作，但我至少还可以当维吾尔语与汉语之间的翻译，而在多民族聚居的地方，翻译是非常重要的。我还看到过一些有自己的专业特长叫作有一技之长的人，年龄到了，从官职上退下来以后，立即投入了自己的专业活动专业实践，这边“下台”，那边“上台”，这边隐退，那边复出，妙矣！如鱼归海，如鸟飞天，得其所哉，生活又是一个开始。而那些除了开会传达文件别的什么都不会干的人，退下来以后真是空虚寂寞难以排遣。没有特殊的专长，至少可以有一点兴趣癖好，你爱养花，你爱养猫狗宠物，你爱收藏，你爱集邮，你爱临帖，你喜欢打牌，你喜欢烹调，这都是你的自得其乐的世界。到了自己有几个世界的程度，你就永远立于不败之地了。相反呢，你就会看到一些偏执者自私者鼠目寸光者动辄走投无路，狼奔豕突，呼天抢地，日暮途穷，煞是可怜，亦复可笑可叹。

既要集中精力，又不可单打一把自己紧绑在一根绳子上，个中相克相生相补充相违拗的关系只能在实际生活中摸索。多几个世界并非彼此对立，专心致志也并非只认一根绳子，没有活泼的思想，哪会有活泼的人生！

当然，这同样没有铁的同一性，有的人一辈子就爱一件事，就钻一件事，就干一件事，再无爱好，再无旁骛，为一件事献出自己的一切，并取得了辉煌的业绩，怎么办呢？让我们向他或她致敬就是了。

切记：你永远占不了所有的“点儿”

要永远有失败的准备碰壁的准备被指责的准备和遭遇风险的准备，在这一点上永远不要抱侥幸心理。侥幸心理、自我估计过高与以己为准是一般人最易犯的三个错误。人生何处无风险？婴儿学走路就有跌跤的危险，不学走路只知道爬，就更危险。大家都表扬你，无人批评你，可能吗？是好事吗？这就和一个人前半辈子从来没有受过细菌病毒感染一样，他的免疫系统抵抗力弱于一般人，而这是很危险的事。艾滋病之所以可怕，不就是因为它破坏了人的免疫系统吗？人生中有一种奇异的平衡，好事和坏事、知遇和误解、冤屈和运气、好人和恶棍（你所碰到的），常常是基本平衡的。

我在新疆伊犁农村劳动时，有一次洗脸不慎踩坏了自己的眼镜，房东大爷——一个维吾尔族老农安慰我说："这很好，人不可能处处有所得有收益，必然是某些方面有所失有损耗，而另一方面有所得有收益。"还有一位人物，"文革"中夺了权，自封为队长，他很得意于自己的颐指气使，但是当旁人对他说他的文化太低时，他说："我是不能有文化的，因为一个人不能事事占全，事事占全就活不长了。"

这些说法甚至带有迷信色彩，然而它反映了一种朴素的世界观。第一，万物有一种平衡，北京话叫作自己找齐。第二，不可求全，不可希图垄断胜利和好处，不可绝对化。英语里的说法，就是你占不了所有的"点儿"（分）。第三，塞翁失马，安知非福？碰到坏事，应该视为情理之中，视为当然，甚至视为不无好处。

命运的数学公式

这里应该是有一种类似数学的概率定则在起作用。我在一篇小说里曾经谈到，有一个骗人的游戏，我是在北戴河海滨第一次看到的。经营游戏者放四种不同颜色的玻璃球在口袋里，每种颜色的球都是5个，然后让人从口袋里摸10个球，并规定了不同出球的比例下的不同的奖惩方法。他的规定是摸出来的球是3322比例的（A、B两种颜色的球为3，C、D两种颜色的球为2，或A、C为3，B、D为2，或其他），玩者要罚款5元；如果摸出来是4321或3331，玩者罚2元；如果摸出来是4222，为五等奖，奖励一个小海螺或一个钥匙链之类的；如果是4330或者4411，为四等奖，奖励一盒进口香烟；如果是5311，为三等奖，奖励一个机器人玩具；如果是5410，为二等奖，奖励一条进口香烟；而如果是5500，为大奖，奖励一台摄像机。表面看来，似乎是得奖的机会多于受罚的机会，而且是免费参加摸奖，只交罚金，不用“入场券”。于是许多人上当来玩儿这个所谓“免费游戏”。然而我冷眼旁观，十之八九摸出来的都是3322，十之一二摸出来的是4321或4330，偶然的有人摸出4222或4411或4330。至于摸到5500的从未一见。摸不着奖反而受罚的人大骂自己的手臭，乐坏了设局者。我回家后用扑克牌或麻将牌也试过，同样是十之八九是3322，十之一二是4321或4330。

就是说，一切机会趋向于均等，不是你3，就是我2，不是你4（已经少见），就是我3，独占两个5的可能几乎近于零，独占一个5的事也很难发生。我称之为命运的数学意义上的公正性。这是一个丝毫也不复杂的概率问题，数学家当可为之列出公式。

与此同时，机会又有一种参差性、不相同性、偶然性。如果你放的不是20个球而是24个球，如果你要的不是3322而是3333，你反而得不到成功。3与2是一重参差，一重相互有别，球的颜色又是各自不同、各次不同，形成第二重参差。假设四种球的颜色分别为红黄蓝白，红3蓝3黄2白2是3322，红3黄3蓝2白2也是3322，然后是红白蓝黄、白黄红蓝、白蓝红黄等也都可排成3322，既相同相对公正又不同，变化多端，参差有致，难以捉摸。呜呼，数学之道，大矣！

从中我思索了良久，我想这就是命运，这就是机会，这就是冥冥中的一只手。对于无神论者，命运是数学的公式和规律，数学就是上帝就是主。你想占有一切好运，或者你埋怨一切霉头都降临于你，这就与声称自己总是得到5500一样，不是完全不可能，但机会极少，概率极低。真得到这种点数，就像买彩票中了特等奖，就像坐飞机碰到了空难，谁也挡不住，谁都得认命。想明白了这一点，我们可以少一点怨天尤人，少一点愤愤不平，少一点妒火中烧，少一点含屈抱冤，少一点悲观失望。

当然，这个说法不能用来掩饰生活现实与现行体制上的缺点，甚至于我们可以说，社会问题之所以有时出现恶性癌变，就在于体制上的毛病或特权或不良风气或倒行逆施使得摸球的游戏脱离了数学概率的公平公正公开轨道，一只恶手企图替代概率与规则来给某些人发全部的球而给另一些人发0000，或者他们想给谁5500就给谁5500，另外的人让你们自己瞎摸去，其结果必然是奖品超额外流，“局”维持不下去了，只能得到0000或3322受罚的人众便会起来搅局砸局覆局，天下从此多事了。

这个说法也不能取消个人的奋斗，“天道酬勤”这句话真是不错。只有不断地奋斗不断地摸索，你才能从无数个机会相似的3322之中，在不断地支付够罚金之后，最终找到自己需要的彩球。

这个说法的唯一意义便是让人知道，你很难得到5500，顺利与碰壁，助力与阻力，赏识与误解，侥幸与霉头，弯路与捷径，友谊与敌意，收获与失落……你得到的机会差不多是3与3与2与2，就是说大致是均衡的。碰到消极的东西，碰到倒霉事情，就好比摸出了你最不喜欢的颜色的球，别急，也许下一个球就是另一种你最喜欢的颜色了。等到好球出现的时候，你准备好了吗？你能够立即让好的球发挥出最积极最有效的作用来吗？机遇的出现一般并不偏爱某个特定的人，许多成功者其实毕生坎坷，他们受到的考验、挑战、磨难其实是多于而不是少于一般人。问题仅仅在于他们没有放弃机遇，没有错过叫作坐失机遇，他们能在机遇到来的时候乃至是考验到来的时候，立即表现出他们的能力、品质、决断、意志……从身外之学到身同之学的全部，他们能够在机遇到来的时候显现他们的优势，你也能吗？如果你也能，那么祝贺你，成功和胜利一定属于你！

八、人生处境论

人的一生总要生活在一种特定的境遇中，无数的不同特定境遇连续起来，便构成了一个完整的人生线段。这个处境线段既不可能是圆的，也不可能是直的，你会遇到逆境、顺境和无奈的俗境，你也会因此而产生种种不同的心态。更重要的是不同的人也会在同类的境遇中持有不同的人生态度，这正是许多人境遇相同而命运不相同的根本原因所在。本章讲述了不同境遇下所应采取的态度，并从以往的经历和思考中提出了许多对策性的见解。

Eight

逆境：人生的考验与挑战

人总会遇到逆境，政治上被打击被列入另册是一种；碰到什么天灾人祸病痛伤亡也是一种；被有意陷害是一种；确有毛病，结果卷入某个不光彩的事件案件也是一种；再简单一点说老婆或老公要闹离婚，儿子或女儿吸毒也是一种。有时候无缘无故地被一些流言蜚语中伤，被一些风言风语攻击，被一些文痞小丑污蔑，或许谈不上陷入逆境，但也会造成自身的困扰。

人都有脆弱的一面，当你受到至爱亲朋的背叛，当你受到师长的不谅解直到冤屈，当你的劳动成果被污辱被损害，当你的诚实和善良受到恶意的怀疑，当你所最最轻视的不学无术的流氓无赖卑鄙小人耀武扬威颐指气使起来，就是说当黄钟喑哑、瓦釜雷鸣的时候，谁能不失望，不气冲斗牛，不恨不得拼一把呢？

而当你确有缺失、弱点、错误并造成了严重乃至超严重的后果的时候，你能不灰心丧气情绪一落千丈吗？

但这也是最要劲的时候，你能不能稳住自己？能不能有足够的承受力？能不能不歇斯底里？能不能保持理性和尊严？能不能在困难中保持清醒，反求诸己而绝不怨天尤人，也不必急于强词辩护，同时采取最可行的对应策略与步骤，尤其是不采取任何不智不妥无效有害的言语和行动？

这是考验，这是挑战，这是要真本事的事，这又是课堂上学校里并不教授的本事。

顺境：也许会成为陷阱

人不仅会遇到逆境，也会偶尔或短期地碰到一通百通、一顺百顺，甚至是芝麻开花节节高的时候。顺境中同样孕育着危险或孕育着更多的危险。要者为：会有一些格调不高的人包围你、侍候你、歌颂你，向你表忠心，向你汇报情况。你很难一概拒之于千里之外，你常常不能免俗地认定这样的人对你也有好处，至少是有用处。你以为你能够驾驭他们，但是你忘记了被这些人包围的另一面是正直正派的人离你远去、好人对你失望。慢慢你对好人们也失望起来，好人对你冷淡，你也对好人们冷淡。慢慢你就变质了——变成被趋炎附势的小人培养出来的自以为是的“大哥大”了。

这里关键在于清醒，当一个人到处吹捧你的时候，他也可能是借此在吹捧他自己。你处在顺境中，你会成为一些人的旗帜、棍棒、招牌、护身符。你的一些诤友可能躲开你。你会从而变得日益庸俗、势利。你会有意无意之中搞成一个自己的小山头小团体，自以为得计，其实是下滑。

第二个危险是顺境会带来某种方便直至某种特权，于是你享受其中，你玩物丧志，你贪婪无度，你违法乱纪，你自取灭亡。

第三个危险是顺境本身就有一种诱惑和陶醉，于是你依恋顺境，你盼望顺境永远伴随着你，于是你拒绝苦干，拒绝点滴积累，拒绝学习进步，拒绝再像普通的工作人员那样生活和工作，拒绝任何委屈和一时的艰苦。你变得娇气和神经质，你变得气迷心和不辨是非。

第四个危险是顺境专长人的脾气。你会易怒易悲，动辄伤害旁人，你会反而难以自处。

第五第六第七，说也说不完。这里还要强调一个危险，一个本来有自己的专长专业素养即有真本事真实力的人，长期处于顺境，将变得乐于到处曝光、讲空话、写序言、题词、剪彩、留影、宴会、荣华富贵、养尊处优，最后变成华威先生，变得一无所长，成了混混，成了寄生者、万金油和饭桶。

记得周谷城先生对我讲过，新中国成立初期，一次毛主席与他谈话，谈起了革命的曲折过程，毛主席说他深深体会到“失败是成功之母”。周老便说：“但是‘成功也是失败之母’。”毛主席问什么意思，周老便说：“成功者易于骄傲、腐败、争权夺利呀！”毛主席沉吟了一下，周老怕毛主席不高兴，连忙说：“主席例外！”而毛主席说：“你讲得对！”

俗境：生命的简单重复与“瞎浪漫”

在当前人们聚精会神地搞建设的情况下，也许大多数人难以碰到特别的逆境和顺境，更多是一种俗境：工作不好不坏，专业过得去但不出色，也并非全然滥竽充数，客观环境一般化，身体、心情、收入、地位、处境都可以说是比上不足比下有余。

这样的日子过得平常、平淡、平凡、平静、平和。这几个“平”其实也是一种幸福一种运气。我国南方就把“平”字当作一个吉祥的字。香港将“奔驰”（车）译成“平”字就很有趣。但这样的平常状态很容易被清高的、胸怀大志的、哪里也放不下的或多愁善感的人们视为庸俗。这样的生活有着太多的重复，太多的日复一日、年复一年，太少的新鲜感、浪漫和刺激。静极思动，人们长期处在相对平静的生活中也会突然憋气起来、上起火来。契诃夫就很善于写这种对平凡的小地主小市民生活不满意的人的心态。

这里有一个杀伤力极强的名词叫作“庸俗”。和配偶生活了许多年，双方都没有外遇，这似乎有点庸俗。饮食起居都有规律，没有酒精中毒，没有服用毒品，没有出车祸，又没有患癌症，这是否也有点庸俗呢？没当上模范，没当上罪犯，没当上大官也没当上大款，没当上乞丐也用不着逃亡，没住过五星级宾馆大套间也没露宿过街头，没碰上妓女也没碰上骗子，没碰上间谍也没碰上雷锋，没有艳遇也没有阳痿阴冷，那怎么办呢？庸俗在那里等着你呢。

对于这样的庸俗之怨庸俗之叹我一无办法。我在年轻时最怕的也是庸俗。写作的一个目的也是对抗庸俗。我甚至认为，许多知识分子之选择革命不是如工农那样由于饥饿和压迫，而是由于拒绝庸俗——随波逐流、自满自足、害怕变革、害怕牺牲等。后来，积半个多世纪之经验，我明白了，庸俗很难说是一种职业，一种客观环境，一种政治的特殊产物。商人是庸俗的吗？和平生活是庸俗的吗？英雄主义的政治与大众化的政治，究竟哪个更庸俗呢？小学刚毕业的人批判爱因斯坦，如“文革”中发生过的，其实令人不觉得庸俗呢。莫非庸俗需要疯狂来治疗？而一个人文博士，刚出炉的Ph.D，摆出救世的架势，或是摆出只要实惠可以向任何金钱或权力投靠的架势，究竟哪个是庸俗呢？真是天知道啊。诗是最不庸俗的吗？有各种假冒伪劣的诗，还有俗不可耐的诗人——我曾刻薄地开玩笑说这种诗人把最好的东西写到诗里了，给自己剩下的只有低俗和丑恶了。革命阵营中也有庸俗，除非革命永不胜利，革命永不普及，革命成为格瓦拉式的小股冒险。画家、明星、外交官、飞行员、水兵和船长这些浪漫的工作中都有庸俗者。正如行行出状元一样，行行也出庸俗。想来想去倒是恐怖分子绝对不会庸俗。而另一方面滥用庸俗这个说法，孤芳自赏，如王小波说的只会瞎浪漫，则只能败坏正常与正当的人生。

庸俗不庸俗主要还是一个境界问题，一个文化素养、趣味问题。与其哀哀地酸酸地悲叹或咒骂旁人的庸俗，不如自己多读书、多学习，提高自己的品位，扩大自己的眼界，同时理直气壮地在正常情势下过正常的生活。现如今流行一句话，叫作“大雅若俗，大洋若土”。真正的雅并不拒绝至少不对人众/一般/快餐/时尚/传媒/蓝领那样痛心疾首。真正的雅或洋并不会致力于表示自己的与俗鲜谐，特立独行、天高云淡。只有俄国作家笔下的乡村地主，才会留下十余年前在彼得堡听戏的戏票，时不时地向人炫耀自己的不俗。

俗人并不可怕，俗并不可怕，可怕的是用俗来剪裁一切排斥一切高尚高雅，或者使世俗向低俗再向恶俗方面发展。还有令人起鸡皮疙瘩的是自己已经俗得可以了，偏偏以高雅自居，张口闭口都是旁人的庸俗。例如喜爱吃喝，绝非大恶，毋宁说那也是人生乐趣的一部分。因贪吃贪杯而挥霍、而钻营、而丧失尊严、而丑态毕露那就是低俗了，而进一步以大吃大喝为手段结交坏人，共谋犯罪，巧取豪夺，违法乱纪，那就不是恶俗而是罪恶了。而如果是自己吃完了立刻抨击吃喝呢？

至少，也还可以提出一个比较易行的建议：培养自己的审美能力吧，不论你的工作你的专业是治国平天下还是宇宙地球，是争夺冠军还是清理厕所，是花样无穷还是数十年如一日，你总可以读点名著，看点名画，听听音乐戏曲，赏赏名山大川，用人类的文化、祖国的文化点缀丰富一下自己局促的生活吧，用艺术的与自然的美丽来补充一下抚慰一下自己平凡的日子与难免有时感到寂寞的灵魂吧，这比孤芳自赏自恋自迷强得多啦。

“境遇常变论”

境遇是时时在变化的，有时这种变化旁人看不出来。远远一看，此人一切照旧，但他或她自己明白，是在走上坡路、下坡路，还是确实如常。同样受到喝彩，自己心里明白，是真心喝彩还是礼貌性的虚与委蛇，或者是有某种目的的交换。同样赚了金钱，自己当然也会明白，是合理合法的收入还是不择手段的强帑，是可持续的发展还是杀鸡取卵、竭泽而渔。同样的高级职称，自己也会有数，是学贯中西游刃有余，还是勉强支应捉襟见肘。同样的一个门面，自己也会预见得到，是走向发达还是走向险境走向灭亡。

境遇的变化特别是突然变坏常常会使人焦虑不安，不服气，一口气咽不下去，怨天尤人，气急败坏，或者患得患失，轻举妄动，自取其辱，自取其恼。

其实这种变迁十分正常，人无百日好，花无千日红。一切变迁都是有付出有代价的，一帆风顺几近于活见鬼。当然，运气有别，遭遇难测，但从总体来说并无特别需要大惊小怪的地方。事物的变化是相连续的，逆境是顺境的准备，顺境是逆境的铺垫，顺境中可能埋伏着逆境的因素，逆境中可能积累着顺境的因素。处境云云，有时又会突然变化突然中断了连续性，所谓三十年河东三十年河西是也。河东河西虽然有别，人还是那一个，情理还是那一个，一个人应该不至于轻飘到那一步，当真以为在河东成了神，到河西成了鬼。

我在最近一首吟咏新疆阿勒泰地区喀纳斯湖的旧体诗中，有句云：“或有波澜合朔望，应无血气逐沉浮。”我是在说一种心情一种状态：心情是有波澜的，完全没有是不可能的。但它合乎的是自然的变化，不是对于一般沉浮、一般小打小闹小得小失的追求计较。我写这两句诗的时候已经六十七岁了，已经过了逐沉浮的年龄。但是我们仍然可以有一个目标，允许波澜，不要追逐。至少个中有一个原因，顺境逆境云云，不过是比较庸俗比较小儿科的说法，本无定法定则定论。所谓胜败乃兵家常事，所谓塞翁失马安知非福，所谓威武不能屈、贫贱不能移，都不是一眼看得清的。青云直上当中蕴藏着碰壁连连的危险，生聚教训之中，准备着未来成功。几十次上百次实验的失败通向光辉的顶点，吹吹打打的红火当中流露着无可奈何的空虚。人的无聊、无趣、无能绝非由于谦让，由于沉静，由于自身的低调，而是由于浮躁，由于浅薄，由于境界低下饱食终日无所用心，而又气呼呼地动辄摆出一副要吃人的架势。一时的顺利未必可喜，一时的挫折未必可悲，顺逆云云，不在于得势与否得利与否，而在于是否符合大道，符合事物的发展规律，是否符合光明与智慧的选择标准。关键在于自身能不能稳住阵脚，自身能不能学习提高，自身能不能确有所长，自身能不能居于不败之地。

从容理性的风度与“寂寞”

在任何处境下都要保持一点风度。风度对于人也是重要的，风度是全部内涵的外化，风度不是做出来的。好学深思、博大宽宏、心平气和、谦虚自信而又目光远大的人永远容易成功，容易像样子，容易做得漂亮，叫作从容理性，沉稳有定，自己舒服，旁人看着也舒服。而吹嘘哄闹、不学无术、装腔作势、忽冷忽热的人必然失败，必然易于失态，必然常常出丑，自己老是别别扭扭，贼眉鼠眼，别人看着也替他难受。

顺境逆境云云，其实是相对的，还要三思，还要沉着应对，还要绝不急功近利。例如在“文化大革命”当中，你的处境太好了，受到江青器重了，绝非好事，谈不上顺境。在某些情况下，确实要甘于寂寞才好。有的人什么事都往前冲，什么事都生怕别人忘记了自己，这也是不明白。寂寞与专心分不开，专心则是取得真才实学的前提，真才实学又是在各种处境中取得主动权的基础。其心清清，其念纯纯，其风翩翩，其神奕奕。真正的成果、真正的好事还在后头呢。

激情的抑制与理性的选择

我们常常倾向于过高估计了激情的作用。从我国的戏曲中可以看出我们是一个富于戏剧化激情的民族，动不动是紧锣密鼓、大吹大擂、大忠大奸、气急败坏；动不动是挥刀斩去、一头撞死、当场拿下或立马下跪。也可能日常生活中我们的人民压抑太多，需要在舞台上大轰大嗡一番。近百年中国的剧烈变动与天翻地覆的革命更是充满了激情。也许可以说，没有激情就没有革命。这样的激情是必然的、不可避免的、正义的与伟大的。但是仅仅靠激情却无法解决经济与社会建设的诸多问题。一九五八年的“大跃进”也是一个充满激情的岁月，叫作“火红的年代”。火红则火红矣，激情冲破天则冲破天矣，“三年超英五年赶美”的雄心壮志却没有能实现，跃进了半天，最后是遍及全国的大饥荒。

到了“文革”当中，感情激情更是提到了压倒一切的程度。林彪说什么学习毛主席著作要带着感情学，这是什么意思呢？这就是提倡蒙昧主义与信仰主义，取消科学的思辨与实践的检验，用愚忠愚孝取代对于客观规律的总结与认识。那时候的口号很多是经不起推敲的，例如一切为了毛主席，例如誓死捍卫“中央文革”，例如理解的要执行不理解的更要执行。这些荒谬的东西作为理论的命题与政治的口号都是不可理喻的、破绽百出的、根本无法自圆其说的，只能用什么感情云云毫不讲理地硬灌下去。

如此这般，煽情成为我们的不仅是文学艺术而且是社会生活的一个特征。我们的有些会议也是这样的，一个主张应者寥寥，或是众说纷纭，呼啦一下子提出了不少不同见解，于是负责人便大光其火，一发脾气，一通百通，一顺百顺了。这叫人看着有点老孩子气，给人一种始终长不大的感觉。改革开放前的一段时期，我们的政治政策术语有时候相当感情化、文学化、比喻化，如“多、快、好、省地建设社会主义”“和风细雨”，这些更像一个抒情口号或一个修辞方式，而不像一条政治路线。而我们的文艺研究却充满着政治术语，如倾向、矛头、影射、用心等，这是一个很有特点也很有趣的文化现象、语言错位现象。

现在弄得我们的文坛与学术论坛也动辄动感情，以澎湃的却常常是简单化的自我化的一厢情愿的抒情代替逻辑的推理与实践经验的分析，动辄作极致语悲情语牛皮语念念有词状，动辄作悲壮状孤独状勇敢状伟大状，却少有什么扎扎实实的建树，我们吃的这些成事不足败事有余的煽情家的亏还少吗？

正因如此，我们要特别强调理性，强调冷静，强调全面与远见。这不是技巧问题处世奇术问题人情练达问题，也不是单纯的智慧问题智商问题，在大言欺世与真实无欺、迎合煽呼与入情入理、风头火爆与埋头苦干、狭隘偏执与海纳百川、盲目哄闹与慎重负责之间的选择，不仅是智商的选择，也是人格与道义的选择。

现在回过头来说逆境下的情感控制。问题在于，愈是逆境之下，愈要控制自己不要激动，不要发火，不要过度悲伤，不要过度反应。我无意贬低情感在人生的一切活动中的作用，文章不是无情物，作为一个在文字中讨生活的人，怎么能不要情感呢？然而，任何一个人的情感都不是单一的与单向度的，悲哀之中应该会有一种与之抗衡的提醒自己要挺得住的坚强，失望之中会有一种不甘心的再来一次的顽强，至少会有一种满不在乎的潇洒豁达，愤怒之中会有一种咬紧牙关的自信，险恶之中除了恐惧也会有一种战而胜之克而服之的决心。正像人会情不自禁地出现消极悲观埋怨直至自暴自弃的不良情绪一样，人碰到了麻烦碰到了不顺利，也会激发出豪迈和英勇、沉稳和冷峻、尊严和侠义、慷慨和悲壮以及不惜一搏、不惜献身，但绝不轻举妄动的浩茫心绪。人的感情其实也是一个或一组杂多的统一，是相悖而又相成的整体，感情也需要一个合理的架构、合理的分布、合理的配置，而不是一味地火上浇油。

无论如何我们可以力争以清明的理性驾驭自己的感情，以比较积极、比较健康的感情统领感情的全部，在必要的时候，一个五尺之躯里，可以容纳感情的十二级台风。一个真正的人，一定会寻找到咬紧牙关、不哭不笑而要理解、天塌下来顶得住、打碎了牙齿吞下去的办法。

“畏惧”是什么？

畏惧是一种非常消极的情感方式。畏惧有时成为一种焦虑，就是害怕更坏的事情发生。然而，事实证明人们恐怕发生的事情多半不会发生，倒是焦虑本身成为对自己的意志的一种摧毁的力量。

然而我又并非完全否定一切类型的畏惧，那是因为，面对历史和社会，面对过去和未来，面对国家和世界，面对无言的宇宙和自然，如果不是心存畏惧，也许我们会变得更加感情用事，更加自吹自擂，更加轻举妄动，更加肆无忌惮和胡作非为。畏惧是什么？畏惧就是心存制约，就是知道有些事自己是不应做不能做的，就是知道世界上并非只你一人存在，就是知道世界上除了你的愿望还有另一种或另几种愿望，除了符合你的方向的行动以外还有逆向的及旁向的努力，事物发展的可能除了你希望的可能以外也还有另一种或另几种可能，就是承认世界的状况并不是决定于你的一厢情愿，于是你会遇事三思，你会兼听四面八方，你会不为已甚，你会留有余地，你会克制自己。畏惧就是知道一己的渺小时间与空间的无限。畏惧也是由于你知道的知识不足恃，还有大片的黑洞摆在了你的面前。于是，你会时时调整自己，而不是独断专行、说一不二、变本加厉、唯我独尊、刚愎自用、自取灭亡。

某种有所畏惧的情绪还在于，无论你怎么样肯定人生歌颂人类，你并不认为自我直到人类是至高无上的。真正的至高无上是一种类似宗教情绪的、终极性的，从而是非现实的探寻、思忖、梦想和膜拜的对象，也是膜拜的结果。可能你认为最完满的最绝对的是一种意识形态、一种政治理念道德理念，可能是冥冥中主宰一切的一个无所不包的范畴：道、仁、义、虚无、博爱、自由、真理、自然、科学。也有许多人崇拜上帝、佛、真主，即人格神或概念神。甚至也可以是一个图腾：火、生殖器、蛇、龙、鱼。彻底的唯物主义者也承认世界的物质性，物质的世界存在于人的心灵之外，物质的世界具有一种不以人的意志为转移的客观规律。对这个规律你还是尊重和必须尊重与不可以不尊重的。反正你必须对主宰世界的规律或者人格的抽象的神祇或者某个理念心存敬畏。你害怕自己的某些妄为某些丑恶某些违背天良的记录会受到上述的君临一切的力量或存在的惩罚。相反，号称不相信来世从而无所畏惧的王熙凤，在《红楼梦》“弄权铁槛寺”一章中，她的无畏反而表现为丧失了一切心理制约，丧失了行恶的最后一丝顾忌，丧失了做人的最后一条底线，因而无所不为即无恶不作起来。

纸老虎怎样变成了“纸老鼠”？

有所不为还是无所不为，这大体上是好人与恶人的界限。恶人由于无所不为而常常占据武器种类上的优势，如恶人可以拉帮结伙、造谣中伤、落井下石、投机取巧，而这些手段好人必须远离，好人由于畏惧天理良心，不可能去做那些伤天害理的事。这样一来，是不是恶人拥有更多的手段、武器品种上的优势了呢？

然而好人却占据了人心的优势、道德优势、境界优势、智力优势，包括各行各业的业务优势。以优势取优秀是正道通途，以恶劣取优秀是南辕北辙、缘木求鱼。智商正常或稍高当能了悟有所不为的道理，鼠目寸光饥不择食才会无所不为不择手段。后者的后遗症，是无法治愈的沉疴。我有两句打油诗，曰："笑看纸虎旋成鼠，敢嘲灰狼充牙医。"就是说纸老虎说不定转眼就变成纸老鼠了，而大灰狼假充牙医也是很容易揭露的，没有多么可怕。

我今年已经六十八岁了，不算太老，经验也很有限，但毕竟也还看见过一点人生的聚散浮沉。我不能说众人众事都是百分之百地善有善报、恶有恶报，但是我敢说极少有恶人行恶而丝毫不受惩罚的，绝大多数为恶者都不得善果。一个人的经历也和一个国家一个团体一家公司一样，你做的好事与坏事之间有一种贷方与借方的平衡关系。你立功甚多，积累甚丰，乃至从上一辈那里有所继承，家底自然甚厚，搞了点坏事就好比挥霍了一家伙，似乎还能撑得住，还破不了产，这就叫气数未尽；而一旦你大量透支，甚至连老祖宗留下的基业也透支殆尽，你再想填补亏空也办不到，这叫作气数已尽，病入膏肓，再杯水车薪地补救也硬是不管用了。那么，岂有不完蛋之理？

等待：一个无奈下的积极概念

而如果纸老虎迟迟尚未成鼠，如果纸老虎正在张牙舞爪咬人吃人，就是说坏人的气数未尽，那么在这样的逆境当中也许最重要的是学习和等待。时间是最伟大也是相对最公正的，善于等待的人是聪明的人，也是真正有信心有能力有头脑有见解的人。

等待是一个表面消极其实积极的概念。什么是等待呢？不任意妄为，不急不可待，不饥不择食，不铤而走险，不降格以求，不动辄得咎，不随风摇摆，不机会主义，不低级趣味，不蝇营狗苟，不出卖原则，不出卖灵魂。等待的后面是一种尊严，一种信念，一种节操，一种原则，一种大道。等待的同时是学习是发展是充实。

等待又是一个空间一个平台，看你在这个空间这个平台上上演什么戏剧，配置什么功能。等待不是无所事事，不是形如槁木心如死灰，等待中可以学习许多，可以拿下（至少是从你的心目中拿下）学位。等待可以锻炼与调养身心，可以学会太极拳、健身操、长短跑，至少还有跳绳踢毽仰卧起坐。等待可以过小日子，可以游山玩水，可以饮酒抚琴……就是不要耐不住等待，乱搭车，瞎上船，害人害己，一失足成千古恨。

人在境遇中的主动性美德

不论处于什么情况下，下列美德是值得赞美的：

第一，清醒。能看到事物的各方面各种可能，各种不同的道理产生的依据，共存的现状，与相反相成互悖互补的关系。保持适度的超脱，保持一点观察的距离，保持非情绪化与非个人利害化的客观与全面，这些都有助于保持清醒。拒绝造势，拒绝连蒙带唬带恐吓，拒绝用人多势众代替思考和检验。

第二，思量。从不同的角度、不同的线路反复思考一个又一个重要的问题。可以从结论来推前提，也可以从前提推算后果。可以逆向旁向论证，即为了论证必须如何，先论证如果不如何中成为另一种如何将会怎样。可以考虑一万，即正常情况下的必然性可预见性，也可以斟酌万一，即不可预见性与破例的可能、极小的可能、变异的可能、偶然的可能。为了闹清A是不是等于B，可以先弄清A与B各自与CDEFG直到X的关系，再研究CDE与VWX的关系。也可以先考察绝对不等于A的Z与B的比较。顺着、倒着、逆着、增加着、减少着、变动着，都是你思量的方法。

第三，达观或者豁达。情感状态与人生态度息息相关，而这又是有传染性的。一张快乐善良的面孔会唤醒与换来无数旁人的快乐与善良，而一双恶狠狠的狼眼，必然会引起警惕与躲避。无理搅三分的不吃亏，可能由于旁人的避让而动辄“取胜”——自以为得计，但最终他或她失去的仍然比得到的多，他或她引起的只能是厌恶与轻蔑。而这样的人才是最可爱的：

1. 不愉快的没有意义的事，尽快忘记。

2. 小小不言的挫折不存盘。

3. 从一切挫折中学乖、长出息。

4. 随时看到希望，看到新的可能性。

5. 相信自己有许多友人，如果今天确实还没有，明天一定会有。

6. 相信对立面中的人也会转化，如果今天还死缠着你，明天就会有点变化。

7. 相信时间，时间对善良有利，对智慧和光明有利，对阴谋不利，对狭隘不利。

8. 把握住自己，任凭风浪起，稳坐不需要船。

9. 相信什么难题都有解开的那一天，今天你无法办的事明天就会有办法，宇宙有办法，光阴有办法，历史有办法。你的天大的危难对于历史来说，连小菜一碟都谈不上。

10. 相信事物多半有不止一种解决的办法，相信选择的可能性、变通的可能性，有时也是不了了之的可能性，进入自由的王国而不是必然的王国。

11. 相信有很多有意义的事等着自己去做，自己很忙，自己没工夫唉声叹气自怨自嗟咀嚼痛苦奉陪纠纷。

12. 相信挫折是不可避免的，不挫折在这里就挫折在那里。得失也是大致平衡的，不失在这里就失在那里，这里失了，那里会得，这里得了，那里会失。这里的挫折提醒你防备了那里的更大的危险，所谓破财可以免灾，小病可以免掉大灾。这里的小失也许同时准备着那里的大得，那里的小失也许准备着这里的大得。

第四，主动性。把命运掌握在自己手里，依天行健，自强不息。关键在于什么情况下都有事干，至少是有科目要学。任何情况下都要找到自己的位置，自己的活计，长进的可能，积累的可能。找不到百分之百的可能，就找百分之一的可能或千万分之一的可能，一点点可能也要发挥其作用。而毫不在乎有什么说法、有什么眼神。

第五，乐群、和群。在群体中感到有趣而不是痛苦，三人行必有吾师，而绝非三人行必有吾仇。

第六，适度的矜持。从而有所不为，有所不争，有所不言，有所不问。

第七，情趣。盎然，充沛，丰富多彩，津津有味，勃勃生机，其乐无穷。绝对不是贫乏、枯槁，单薄可怜，索然无味，死鱼眼睛，奇苦无比。

第八，集中精力，长期不懈，百折不挠，务求做好本来就应该做好也可以做好的一件或几件事。

“无常”与“有常”

在本书的几个地方我讲到了“天道无常”，又有几个地方，我讲到了“天道有常”。那么，天道到底是无常还是有常呢？

答曰：无常就是有常，有常就是无常。这不是文字游戏。

无常，是说天下没有什么事物、对象、情势、局面是永远不变的。俗话说人无百日好，花无千日红。佛教讲万物都有生、驻、坏、灭，生、老、病、死。中国先哲特别注意了盛极必衰、否极泰来的道理，所谓月盈则亏、水满则溢，分久必合、合久必分。俗话又讲三十年河东三十年河西，风水轮流转。流行歌曲里唱“好花不常开，好景不常在”也是这个意思。从个人命运来说，中国人早就注意到了聚散、浮沉、荣辱、用藏、泰否这些相对立的观念范畴之间的可转化性、相反相成性。了解了这个道理，就会视一切变化为正常，就会对一切事情的发生有思想准备，就不会抱残守缺抢天呼地，与天道即客观规律死顶下去。

无常还有一个意思是指事物变动的不可预见性、偶然性。天有不测风云，人有旦夕祸福；福无双至，祸不单行；运去金成土，时来土做金；屋漏偏逢连夜雨，船迟又遇顶头风……

为什么说无常即有常呢？就是说这样变化发展是合乎规律的，规律就是常，变化的规律就是无常的有常或有常的无常。那么，有见识有悟性的人士就能在变化中力争主动，在变化之前或之初看到变化的端倪，居安思危，未雨绸缪，处变不惊，临危不惧。而在恶劣的处境下，也能登高望远，看到转机，看到希望，有所准备，不失时机地转败为胜，扭转乾坤。

无常即变动不居还提供了表现了天道自我调整、自我平衡、自我呼应的可能。而这种调整、平衡、呼应正是有常即有常理合常情走向正常的表现。中国人说爬得高跌得重，跌得重，对爬得高的人来说是一个无常，对于群体和社会来说则是一个平衡一个调整，因而是有常的表现。一个肆无忌惮地做事的人早晚会受到客观规律的惩罚，一个霸主早晚有稀里哗啦那一日。固一世之雄也，而今安在哉？对于他本人这是天道无常的表现，对于别人则恰恰证明了天道有常，天网恢恢，疏而不漏。天道保持的是一种动态平衡，否则，岂不是倾斜过度？

比较起来，中国过去比较强调这种变化的规律的循环性、宿命性和道德意义，如气数之说、多行不义必自毙、不是不报时候未到等。这里把命运与“数”这个字联系起来，这很耐人寻味，这也可以证明那个“有常”，那个“3322”之说。

而欧美人则更强调自我奋斗。物竞天择、适者生存、生存竞争、优胜劣败的观念是清末的严复从《天演论》那边引进的。此外他们的“天助自助者”“有志者事竟成”“上帝要谁灭亡，就先让他疯狂”之类的说法，都显示了他们对主观奋斗的强调。这种强调当然是积极的，但讲过了，就成了唯意志论，成了我们的人有多大胆、地有多大产，当然就是反科学的了。

对于无常和有常的规律的探讨将不会停止，但我辈对于自身命运的掌握，则可以尽量做得更好一些，更从容也更积极一些。处境永远不是呆死的与毫无道理可讲的，处境是按照一定的规律而变化的。人都会有自己的机遇也会有自己的挫折，有自己的无常也会有自己的有常，有自己的顺风也会有自己的厄运。让我们以更聪明更理性的态度对待自己的处境的变化吧。西谚：命运是一架钢琴，一切取决于你自己的弹奏。即使在最恶劣的情势下，钢琴确实无法弹奏了，你也还可以比别人更沉着更镇定些，那么最后的胜利仍然有属于你的可能。假如最后也没有胜利呢？那好，我们至少尽了力，我们将问心无愧，我们将献给狞恶的命运一个骄傲的笑容。

九、大道无术

“道”是自然、规律、必然、真理；“术”是技巧、手段、本事，二者都是人生不可或缺的。然而在人生的历程中，道非常道、术非常术的事则是屡见不鲜的。本章不仅阐释二者的关系，而且论述了“伪道”“伪术”的其害无穷。同时还讲述了道与德、诚与诈、智与愚、真与伪、大道与小术、善与伪善的区别与效用，明确提出了“无术、无谋、无名、无功”的人生哲学思想。然而我连自己“一点办法也没有了”的话也讲了出来，这是为什么呢？

中国人的一种“概念崇拜”

我喜欢说大道无术，是说合乎大道、接近于掌握大道的人士不必整天动心眼儿。就是说不要花招，不挖空心思玩儿计谋，不必装腔作势地作秀，不用啰里啰唆地做广告，不必丑表功，不用恶人先告状，不拉帮结派，不寻找后台，不自迷自恋，不恶语伤人，尤其是用不着费心机编假话，用不着隐瞒这个、夸大那个，最后什么是真实情况自己也不明白了。而大道无术是行云流水，行于所当行，止于所不可不止，出乎心，发乎情，言则诚，行则真，笑则笑，哭则哭，长则长，消则消，坦坦荡荡，实实在在，宠辱无惊，成败无虑，得失听之，毁誉任之，知错必改，知不错必不改，为可为，不为不可为，为与不为，言与不言，改与不改，皆自然有道，不特别使力，不特别声明，不特别辩解，不特别饶舌，举重若轻，临危若盈，一笑置之，一言蔽之，无言胜过有言，此时无声胜有声。

大道无术，这种说法非常中国化。老子的“大方无隅，大器晚（一作免，似更有道理）成，大音希声，大象无形”不必说了，大道无术的说法也有一种士先器识而后文艺、从心所欲不逾矩的味道。我们当然也记得巴金喜欢说的“最高的技巧是无技巧”。

这里要说明的是，我讲的大道无术的“术”主要是讲心术。有些身外之学的技术，如各种职业技术、军事技术、高科技术、体育技术、艺术技巧、医术特别是外科手术方面的技术当然是不能无的。中国文化的一大缺陷不是对于上述技术的过于重视，而是过于忽略。中国人没有统一的宗教信仰，但是有概念崇拜。人们相信有那么一种大道，掌握了就万能了就百战不殆了就不战而胜了。我们谈论大道无术的时候，对这种玄秘之学还是要警惕的。

“术”与“道”之异同

术与道不是两个截然对立的概念。高明技巧的掌握，与掌握技巧者的投入、敬业、勤奋、追求完美、心无旁骛、脚踏实地、服务社会的精神是分不开的。而一个人的工作上的“二把刀”、粗枝大叶、质量低劣、一事无成和一无所长，叫作不学无术的，又多半会和其人的疏懒、苟且、不思进取、好逸恶劳或者见异思迁、没有常性有关，这些已经不是术的问题而是道的问题了。

再比如一个礼貌待人的问题，有时候表现为一些技术性的细节，如用语上的讲究与禁忌，举止的规范，直到穿着、饮食、授受、迎送、表情各方面，各地都有自己的风俗习惯规矩。这似乎是很技术性的问题，但这又与一个人对他人的尊重、对不同文化的尊重有关。在你希图谄媚的时候，你的言谈举止肯定会失之卑下；而当你不可一世视他人他民族如草芥的时候，你的言谈举止肯定会失之倨傲。在你一肚子阴谋诡计的时候，待人接物中一定会失之于做作虚伪以及小家子气。反过来说，学习礼貌用语、文明习惯，礼尚往来，互援互助的同时，也就是学习待人接物的基本原则，增加一点文明，减少一点愚昧和野蛮。养移体，居移气，学移神，行移貌，积身外之学会影响到变化到身同之学，无疑是这样的。

但是，在不讲究技术的同时，我们曾经太讲心术了。读读《东周列国志》吧，在欧美人还不大开化的时候，我们一个个都变成了心眼儿兜，变成了权谋与心术的专家。愚而诈，是许多人的可恶复可怜之处。为了治愚脱愚，需要的是学习。为了治诈，需要的是大道无术。你有了与人为善的大道，有了对自身的切实估量，有了对人对己的本性与弱点的理解，有了对于理念与现实的通观，有了应有的畏惧与无畏、献身与超拔、执着与宽宏、慈悲与决绝、坚持与调整……而最重要的是修辞立其诚，做人立其诚，那么对于各种复杂的情况多半都会应付裕如，无往不利。越是把人放松，越是各方面恰到好处，越靶靶十环步步到位。而这个过程中的不可避免的失误，则恰恰是达到更大的完美的契机，是更上一层楼的铺垫，是欲擒前的故纵，是天做的交响乐的配器，是大海波涛的多彩多姿。这些都是心术小术所不能做到的。

然而这里也有一个问题，你的大道太高明太超常了，则大道若伪，大道若巧，大道若故弄玄虚。别人患得患失，你不计得失，谁能理解？别人思官若渴，你坚辞不就，人曰：是否作秀？别人见钱眼开，你慷慨解囊，又会有人疑心：现在世上哪有这样的人？别人走极端，一部分人与另一部分人势不两立，而你独自清醒公正宽容，也许被认为是左右逢源的乡愿呢。这说明做到大道无术也很不易。

其实，作慷慨秀，作宽宏秀，作公正秀，以术代道，又谈何容易？什么秀都代替不了你自己的本色，什么秀都掩饰不了你的真情，什么术都会破绽百出捉襟见肘。做这个做那个，还是做本色的自己，这样最出色最真实最方便最胜任，道发自然，还是为身同之学，从根本上改善自身吧。

那就更要无术了，持之以恒，付之一笑，小术堪怜，私语堪悲，花招露底，心术枉费，机关算尽太聪明，反误了卿卿性命。漠然置之，做你自己的事，走你自己的路。

大道是什么？就是不以你的意志为转移的规律。万物的兴衰、消长、盈亏、沉浮、胜负、通变是被许多你的主观意愿之外的因素决定的，你的心术对于这样的客观规律的作用庶几等于零。知道了大道知道了规律的人，自然行为语言得体，无往而不适，自己比较舒服，旁人看着也舒服一点，还要区区小术小花招做什么？

这里还有一个出发点，在人生的竞争、征战、比赛中，你靠什么取得应有的成绩乃至胜利？是靠提高自己还是靠降低自己？提高自己就是说各方面有一个基本的界限基本的原则基本的态度，于是泱泱乎，浩浩乎，坦坦荡荡，言必有中，行必有定，无往而不胜。降低自己就是搞一些小花招小手段小阴谋诡计，成就于一时，丢人现眼于长久。

同时大道无术又是一个理想、一个过程，你可能还正需要习术习道，你可能已经或正在悟术悟道，你可能既心仪大道而又不能忘情于小巧之术，你可能一阵大道又一阵小术，你也可能精于术而终得大道，至少是终近大道。大道无涯，大道无尽，术也可以精益求精，精到极处又是大道无术了。你做得可能还好也可能还相当差，但是你知不知道这样一个理想，你相信不相信这样一个前景呢？那就使自己使事物的面貌大不一样了啊。

大智无谋与“小花活”

我还喜欢说大智无谋。计谋云云，都是小智小聪明小花活。计谋的精到给人一种眼珠乱转、随机应变、小里小气的感觉。一个人活在世上，最重要的一点是自己的信用，计谋多的人可以轻易地让旁人上当，可以为自己摆脱困境，可以为自己找到永远适用的说辞，可以到处占点便宜，然而致命的麻烦是计谋太多的人没有人相信，计谋家是靠不住的。再有就是，临时的挖空心思搜索枯肠营造出来的计谋，与千变万化的生活、千奇百怪的难题、千姿百态的世界与千头万绪的麻烦相比较，永远是捉襟见肘、顾此失彼、失之粗略、失之滞后的。计谋不但常常是不够用的，而且常常是可疑的。比如有些人特别注意说话时投其所好，不断地奉承人，然而被奉承者也不一定是傻子，他难道听不出你在戴高帽子灌米汤吗？世上有那么多关于说奉承话的笑话，不正是说明了人们的长进吗？

人们有时会误以为技巧决定一切。比如我们有时候议论某某口才特别好之类的。是的，口才也有高下之别，口齿有清楚与不清楚之别，用词有恰当与不恰当之别，声带振动与颅腔胸腔腹腔共鸣也有悦耳与刺耳之别。但同时，同样口才好的人，有人给旁人的印象是油腔滑调，有人给旁人的印象是花言巧语，有人给旁人的印象是言过其实终无大用（这是《三国演义》里刘备对马谡的评价），有人给旁人的印象是语言的巨人行动的矮子。有人给旁人的印象却是“言谈微中，可以解纷”；是

“听君一席话，胜读十年书”；是微言大义，要言不烦；是入情入理，颠扑不破；是令人醍醐灌顶，豁然贯通；是妙语连珠，美不胜收。这就是说，仅仅有口才有技巧是不够的，更要有一种品质，进入一种化境，化成一种本能一种心境一种风范。谈话则诚而不伪，分析问题则切中要害，做事则恰到好处，遇险则沉稳应付，对鸡毛蒜皮不闻不问，对恶意中伤则有理有节，待人则宽厚克己，对己则时有反省，生活则趣味盎然，交友则切磋琢磨，持家则温馨和睦……自行其道，自得其乐，行于所当行，止于所当止，舒卷自如，用藏随意，不骄不躁，不黏不滞，富而有德，贫而乐道，这些当然与计谋无关，乃大智无谋也。

大智与否的区别还在于大智是远见的，比如下棋，大智看到的是整盘棋甚至是下完棋之后，是大的取舍、大的选择、大的有所为有所不为。而小谋看到的是下一步，一子，一位置，一攻防。大智为什么还若愚呢？无谋，能不愚吗？

一百条蹩脚的计谋，不如一条真诚。一百条计谋的花哨，不如一样自身的本色。一百条计谋的大观，不如一副高屋建瓴的境界与博大宽广的胸襟，特别是不如一条大智的远见与深思。这不仅是理念，而且是经验。有些专业知识分子担任了一点工作以后，就再也搞不成自己的专业了，无他，从此他或她陷于无穷无尽而又是无效无益的计谋盘算演练之中，计谋异化了人，计谋使人变成了计谋的奴隶，变成了电脑游戏盘上的一个因子，使人丧失了善良、快乐、仁慈、灵气、诚恳与最最起码的趣味，最后直到造成死机，造成光盘和整台电脑报废为止。

大德无名与大勇无功

下面再说大德无名与大勇无功。大德是对于旁人的关切与帮助，是不期待任何回报的助人为乐，是为大局而不惜蒙冤受屈，把荣誉让给旁人把困难留给自己，这些都是不能出风头不能登报宣传的。

老子说世人皆知善之为善，斯不善矣；皆知美之为美，斯不美矣。这是说，皆知善之为善，也就是知道了善是受欢迎的被表彰的，善是得大于失，善是有回报乃至有大回报的。这样为善的动机里就可能夹杂了不纯的成分，有了迎合人众的好善心理的因素、拉善的选票的因素，就会有善的秀，也就是善有作伪，善而伪，乃是伪善，当然就是不善了。其次，皆知善之为善了，就会有竞争心嫉妒心表现欲好胜心等，特别是善的观念会引发某些人的垄断欲望，至少是争夺对于善的解释权。这样了解了善的可贵，有感于善的光辉，但并未消除恶习的某些人，就会以善为旗，讨伐异己。既然善那么好，不善当然就是不好了。都愿意说自己善，自己不喜欢的人则是不善。于是两个人两组人两国人或两族人，尤其是两种宗教的信徒，都可能宣布己方最善，而对方是极端邪恶的，并从而发动对于对方的从禁止、封杀到消灭的圣战，斯岂善哉？斯不善矣！自古以来，表彰德行的种种努力，树立楷模的种种努力，大吹大擂的名教宣传，常常其结果不够理想，乃至事与愿违，老百姓也常常对此持怀疑态度，个中教训，是值得玩味的。

而真正的大德都是救人于不知，助人于不觉，原谅一切可以原谅的人于不动声色之中，而对一切争名夺利的善举，对一切曝光上传媒的事情避之唯恐不及，永远不使自己成为被称颂的中心，永远不使自己享受过分的声名，不使自己被歌功颂德，更不使自己被顶礼膜拜。如果有了某种名声某种不虞之誉，则一定希望有求全责备、有恶言恶语指向自己，以求找齐，以求事态平衡正常，永远保持应有的清醒和警惕，永远不要忘乎所以。

大勇也是这样，大勇是指在不利的情况下独立地面对邪恶，能够折而服之或战而胜之，能够保护好人、保护祖国和人民的生机，能够忍辱负重，默默无闻，有所为有所不为，而这些恰恰是不能宣扬不能吹嘘的。大吹大擂叫卖大力丸的勇士多半不是真勇士，爱叫唤爱发表声明的猫多半不捉老鼠，信口一抡就撂倒一大片的牛皮大王谈不上什么勇敢，只管责备别人没有壮烈牺牲的、站着说话不腰疼者的话切不可信。

谁能“四无”？

四无——无术、无谋、无名、无功——讲过之后，未免有些浪漫和诗意，未免过于哲学。现实中能够做到“四无”的是太少了，孜孜以求之的事情又是太多了。如果你一无所有，如果你饥寒交迫，如果你身患重病或残疾在身，你还怎么“四无”去？

是的，那个时候你就要去打工糊口，你就要申请救济。那个时候吃饭就是你的大道，搞到饭就是你的大智，给你饭就是大德，为搞到饭不怕苦活重活险活，就是你的大勇。各种大饼不是只能挂在那里观赏揣摩，而是用来当饭吃的。

我们周围的人都很忙碌，他们似乎也难有“四无”的雅兴。我们称他们在活动。也确实有人才具一般，但善于活动，善于为自己的工作、职位、职称、住房、待遇、评奖……活动，争取更多的有影响有权力的人支持自己，结果他们的处境远远胜过了有真才实学但羞于活动羞于为自己启齿的人。这样的事例你无法不承认，我能说的只是：第一，我不可能给每种境遇都开出药方。第二，“四无”并不排除活动，活动无非是争取更多的人了解自己支持自己，争取获得更好一点的条件，这里有对于社会和长者的认同，有对于自身的自信与应有的谦虚，也有自身的活力、自己的积极性、自己的勃勃生机。第三，同样是活动，仍然有符合与不符合大道的区别，有高尚与低下的区别，有恶俗与仅仅是从俗的区别，有给人以良好印象收到基本上良好的效果与给人以恶劣观感乃至恶心人的区别。第四，更根本的，你是在什么基础上活动？你有没有真才实学、真心实意、心胸境界、智慧光明做你的出发点与立足点，做你的本钱与你的基本形象？如果是有，你当能事半功倍，左右逢源，不失矜持而游刃有余；如果相反，如果你无才无德，虚情假意，自私狭隘，刚愎蠢笨，早已一无所长，偏偏牢骚满腹，你的活动愈多，不过是愈多出丑而已。

几个“无”的意思其实很简单，减少直到去除伪诈之心机巧之心沽名钓誉之心与急功近利之心。如果你去掉了上述“四心”，就什么也没有了，对不起，实在拿你没辙了。如果你去掉了至少是减少了上述“四心”，还有真诚，还有真见识、真本事、真心思，那就拿出你的真实的货色，做一个真实的人吧。

我们都是普通人，不论积累了多少经验与感悟，我们都无法拒绝日常的生活与工作，无法拒绝最最普通的小事，谈起吃饭穿衣、挣钱花钱、上班下班、打电话接电话、你好再见、红灯停绿灯行、买票验票、入场退场、依次排队挨个……我们与他人没有区别，智者与蠢者也未必有多少区别。读了很多好书与没有读过好书的人，也没有多大区别。按道理，博士后与文盲、局级与股级、大款与打工仔之间，也不应该有多少区别。生而平等，自己没什么了不起的，这也是必须承认的大道，不能拉屎撒尿都一副人五人六的模样，摆出一副领导精英时髦或者先知先觉的架子。饿了要吃饭，渴了要喝水，见到生人要豪杜有杜，这是无须赘言的，也不是本书要传授的。还是如张中行先生所提倡的“顺生”是也。“四无”云云，不是要取消日常平常的生活活动工作事务，而是要减少假招子的心术、花架子的取巧、沽名钓誉的闹腾、急于求成的浅薄。在普通事务上我们可以很普通，在不少世俗领域我们也不妨从俗。然而，真正到了要劲的时候，真正到了有高下之别的地方，真正到了人生的哲学、人生的经验与感悟上头了，道与术的区别、智与谋的区分、善与名的疏离，勇对功的淡泊就看出来了。择其相同者而相同之，择其平等者而平等之，择其不同者而不同之，择其高妙者而高妙之，择其物质者而物质之，择其哲理者而哲理之，是为道。什么事都要耍心眼儿玩儿花招是为妖。什么事都瞪眼都找别扭都大闹是为拗。而一切随波逐流同流合污是为菜鸟草包。

阿Q可笑的不是“自我安慰”

愈是处在逆境下愈要争取生活的快乐与学习的长进。生活是不可战胜的，邪恶者永远不可能全部摧毁生活的乐趣。“文革”当中我在新疆农村，被剥夺了写作的权利与参加政治生活的权利，我的前途十分渺茫，然而我仍然努力生活得快乐和有意义。我乐于与少数民族农民一起同吃同住同劳动，我乐于学习他们的语言文化，我学习烹调带有新疆农村特色的食品，我欣赏新疆大地的自然风光，我爱喝奶茶和酸马奶，我爱吃抓肉抓饭酸奶油拌面片烤馕和烤包子直到稠稠的玉米粉粥。我钻枞树林上雪山骑马走过漫漫无边的草原，我唱着新学会的新疆民歌，我养猫养鸡盖小房挖菜窖，我结交了大量少数民族朋友以心换心。在我劳动过的地方，我随便推开哪扇门都有自己的友人，我知道他们的一切喜怒哀乐。

苦中作乐是为了活下去，因为谁活着谁就看得见。这里绝不是美化苦难和为苦难辩护，但也绝不是只会一把鼻涕一把泪地叫苦连天。在绝大多数情况下，生活的力量仍然有可能战胜不让你好好生活的力量，对于不让你好好生活的邪恶力量来说，你能好好地生活就是针锋相对的回答。有一种看法认为这是类似于阿Q的精神胜利法。阿Q精神之所以可笑可鄙，不在于他常常在恶劣处境下自我安慰，他的毛病是完全不正视自己的处境，不正视自己的愚昧、无知、被污辱、被欺凌，反而去欺凌比他更弱的个人如小尼姑。他的精神胜利法也是完全没有意义、荒唐可笑的，如想象对方是自己的儿子。是儿子又当如何呢？难道他有一个小D那样的儿子、王胡那样的儿子对他的命运就有什么帮助吗？至于平衡自己的心理的能力，维持自己的健康的能力，有时是多么重要啊。人不是任何时候都可以发动针对邪恶势力的“圣战”的，人有时候需要等待，有时候需要忍耐，有时候需要为顾全大局而保持沉默，有时候一时看不清楚需要再看一看，需要让事物的发展进一步暴露自己的本质。人不能按照自己的意愿去做，也不要相信那些大言不惭，声称一切了如指掌，同时自己不做什么，却专门要求别人冲呀冲，要求别人多多早早去做烈士，责备别人为什么经历了严峻和不正常却能活下来的人。

等待并不等于无所事事，等待并不等于睡它个昏天黑地，等待是积蓄，等待是学习的良机。正是在逆境中，人们可以做到清醒和富有反省精神。逆境中你必须小心翼翼，逆境中你必须严格要求自己，逆境中你最有可能集中精力读书和思考。逆境等于人生的研究院博士后，逆境等于一次自我清理一次新陈代谢，逆境是一个契机，使自己进入新的更成熟更有尊严的精神境界。

从某种意义上说，没有比保持自己的良好精神状态更要紧的了，只要自己处于良好的精神状态心理状态，谁都奈何不了你。不管处于怎样的逆境，自己精神上不垮，谁也就无法把你打垮。在政治运动连年的岁月，有些人运动刚开头，什么事都还没有发生，就先吓死了、寻短见了。我遇到过几个这样的人，根据我的见闻，这样的人有两种，一种是过去一帆风顺处境极佳，没受过挫折，心理承受能力太差——说得不好听一点就是太娇气的。有些常常在运动中被批斗被审查的“运动员”反而比较皮实，经得住摔打。其次一种就是在外边挨了斗，回家以后得不到温暖的，家里有成员搞什么大义灭亲的。总结这方面的经验是为了使我们自己的精神力量更强大，心理素质更优化，当然不是给制造苦难的错误做法开脱。我们民众的心理素质都更好一些、坚强一些，无论如何这是一个健康与稳定的因素，不那么容易被煽呼起来，也不那么容易被恐吓住。当然，这不能替代政策与路线的纠正偏差。

“可怜人必有可恨之处”？

有一句名言，叫作“可怜人必有可恨之处”。我不知道它的出处，我最早见之于谌容的一篇小说里。

这句话未免残酷，人们应该也确是倾向于同情那些可怜的人，憎恨那些制造旁人的可怜处境的人。但这句令人战栗的话却闪耀着寒光，有时候还相当精彩。至少有一部分事实说明，那些疯狂张扬的人，脾气执拗的人，主观片面的人，自命不凡的人，动辄伤害他人的人，听不进任何忠言的人，说大话、好显摆、传闲话的人，容易在灾变到来的时候成为厄运之箭的靶子，容易受到常常是过分了的惩罚。而那些胆小怕事、私心极重、不明事理、轻举妄动者，往往是愈挣扎愈上套，愈企图牺牲别人来自救，愈远离平安，愈踏入深渊，等等。

我们当然应该正视人类和我们自己犯下的许多错误，我们应该正视我们的贪婪和自以为是、我们的自私和鼠目寸光、我们的嫉妒和疑神疑鬼、我们的狂妄和胡作非为以及我们的愚蠢和顽冥不灵，已经带来正在带来还将带来什么样深重的灾难。正视别人的恶劣也算是一种勇敢，正视自己的恶劣那就不仅是大勇而且是大智大仁了。所有有关自身的缺陷，哪怕是带点危言耸听的论述，都是有振聋发聩的作用的。了解了这一点，我们会更清醒一点，也更明白一点，更舒畅地喘气，而不至于小有不顺就寻了短见。

当然也有不然者，本人可敬至极，相当完美，然而受到了最最不公正的对待。无术有术，无谋有谋，身外身同，境界心胸，对于这些特殊的不幸者，再讲什么也是没有意义的了。人生的奥秘，谁能洞悉？怎么办呢？王某人一点办法也没有了，王某人黔驴技穷了，我们只有为之默哀，我们只有为之长叹息以掩涕，我们只能为之而感到无尽的困惑与悲伤。

我的人生经验与“惭愧”

但与此同时，我们也有理由对于天道有常，对于恶有恶报，对于谎言的腿短、阴谋迟早会暴露、人心自有一杆秤，或者至少是四种颜色不同的球多半会有同等的或接近的机会被挑出……抱有一定的信心。我们不相信轻易的胜利，也不必相信轻易的失败。正义不会说赢就赢，反过来说，恶人也远非诸事顺遂。即使天上落下了恶的馅饼，突然对他们出现了大好形势，恶人们也会因为内部哄抢，因为骄纵无度，因为积怨过多，因为利欲熏心，因为无法无天，因为倒行逆施，因为丧尽人心，而随时走向反面走向衰亡。有这样一个基本的乐观估计，这样一个大的信心，就永远不会使自己长久陷入自怨自艾哀鸣长叹的泥沼而不能自拔。

我还有一个经验，如果这也算是经验的话，那就是热爱大自然，回归大自然。不是从环保的意义上谈大自然，而是从心理健康上谈大自然。大而至于星空皓月地平线海洋雪山朝阳落日沙漠森林……小而至于一虫一花一鸟一露珠一砂石……都是奇妙的开朗的与令人神驰的。归根结底，人来自大自然并且最终要回到大自然，人可以与大自然建立一种和谐，建立一种审美观照的愉悦，建立一种兴趣，建立一种求真求知的追求，建立一种有所畏惧的自我控制也有所仗恃的安全感。春风风人，夏雨雨人，清风明月不用一钱买，又是一年芳草绿，依然十里杏花红；海阔凭鱼跃，天高任鸟飞，天高月小，水落石出，大江东去，长河落日圆……这些别人很难从你这里剥夺了去，除非剥夺你的生命。剥夺生命又谈何容易？古往今来，多少动辄剥夺人家的生命的人，最后都落得个身首异地的下场。

珍惜大自然就是珍惜自己的所由、所出、所归、所依、所乐、所悲。珍惜大自然就是珍惜人类的存在和尊严，珍惜人类的出发与归宿。珍惜人自然也就是永远立于不败之地，永远生活在蓝天与大地之间，永远如日月之经天如江河之行地，永远稳得住自己，永远有一个主心骨，永远处于一种阔大、高尚而又脚踏实地的境界。

当然，所有以上种种，都不能解决确实碰到了厄运的人的问题，你确实受到了奇冤，你碰到了自然灾害，你碰到了交通事故，你遭到了抢劫、暴力和种种不幸，这些都不是学到一点什么知识、有一点什么境界能管用的。我难以帮助你们，我感到惭愧，我只能祝你们好运而不是厄运，万一谁谁当真碰到了大不幸了，我只能希望你坚强，渡过一切难关，争取更好的更快的转机。

十、人生之有为

此前，提供的多是“否定式的忠告”，这无疑是一种人生哲学的“排除法”。如果人的一生能够知道不要去做什么，不能去做什么，不应该去做什么，那么就称得上是大智者、大哲人了。在本章中我提出了“人生即燃烧”的命题，并从我如何决定了自己的一生的选择的经历，讲述了如何把握自己命运的道理和怎样去获得成功；讲述了“知其不可而为之”的悲壮话题，这也许会为哪一片“死水”激起新的浪花吧！

Ten

人生即燃烧

这本漫谈人生哲学的小书快要结束的时候，我产生了一种担心：我是不是讲得太消极太老庄了？无为呀，等待呀，不这个不那个呀，快乐健康而又放松呀，这会把读者特别是青年读者带到什么地方去呢？

是的，我侧重于讲不要做那些不该做的事了，我对于应该做什么除了学习以外都谈得比较松弛。然而有一点是明确的，无为可能对某些人是关键，因为他被各种煽动、混乱、愚蠢和野蛮、自私、狂躁占据得太多了。但是我们的目的不是无为而是有为，不是消极而是积极，不是否定此生而是更好地使用和受用此生，不是一味等待而是主动创造，这是没有疑问的。

也可以换一种说法，无为呀、等待呀、无术呀、自然呀，都是为了扫清道路、清理困扰，而后能够投入地做一些有意义、有成就、有滋味、有光彩的事情。

从生命个体来说，我们能够支配的关键岁月不过那么几十年，然后再无第二次机会。对于人的一生来说，那才是机不可失，时不再来。生命由于它的短暂和不可逆性、一次性而弥足珍贵而神奇而美丽。虚度这样的生命，辜负这样的生命，这是多么愚蠢多么罪过！一个人丢了一百元人民币都会心痛，那么丢失了生命中的有所作为的可能，不是更心痛吗？

在儿童时期，人们的差异并不太多，大家都在同一条起跑线上。此后呢，差得就愈来愈远了，有的光阴虚度，深悔蹉跎；有的怨天尤人，郁郁不乐；有的东跑西颠，一事无成；有的猥猥琐琐，窝窝囊囊；有的胡作非为，头破血流……有几个人成功？有几个人满意？有几个人老后能够不叹息：少壮不努力，老大徒伤悲！

而人生的不同的类型不同的结局，大体上是青年时期就可以看出点端倪来的。青年时代，谁不愿意投入生活、投入爱情、投入学习、投入事业、投入社会、投入人间？

即使生活还相当艰难，爱情还隐隐约约，学习还道路方长，社会还明明暗暗，人间还有许多不平，你也要投入，你也要尽力尽情尽兴尽一切可能，努力去争取一切可以争取到也应该争取到的，以使你能够得到智慧和光明，得到成绩和价值。我并不笼统地赞成古人立大志的说法，但你总该希望自己对社会对人群对国家民族人类多做出一点贡献，至少是确实竭尽了全力，就是说至少是充分燃烧了，充分发了热发了光，充分享用了使用了弘扬了你的有生之年。一个人就是一个能源，人的一生就是燃烧，就是能量的充分释放。能量应该发挥出来，燃烧愈充分愈好。从无光热，不燃而去，未免是一个遗憾；而刚一冒烟儿，就怠工熄灭了，能不痛苦吗？

人生就是生命的一次燃烧，它可能发出美轮美奂的光彩，可能发出巨大的热能，温暖无数人的心，它也可能光热有限，却也有一分热发一分光发一分电，哪怕只是点亮一两个灯泡，也还照亮了自己的与邻居的房屋，燃烧充分，不留遗憾。而如果你一直欲燃未燃，如果你受了潮或者发生了霉变，那就不但燃烧不好，而且留下大量的一氧化碳与各种硫化物碳化物，发出奇奇怪怪的噪声，给人类环境带来污染，乃至成为社会的公害，这实在是非常非常遗憾的。

也许你不能留名青史，但至少应该对得起自己的这仅有的几十年。也许你未能立德立功立言，但至少是充分发挥出了自己一生的能量。也许你的诸种努力未能奏效，例如从事艺术创作但未能被社会承认，经商却始终未能成功，从军但最终打了败仗，但是最后“结账”的那一天，你至少可以说我已尽力了，你的失败如楚霸王垓下之战，非战之罪也。我始终不赞成以成败论英雄，我也无能帮助读者乃至我自己着着皆胜。但是至少心里应该有数，你是有志有为而且选择了正确的道路，但终因条件不具备未能大获全胜呢，还是你上来就不成样子，无志气，无作为，不学习，不努力，意志薄弱，心胸狭窄，企图侥幸，却又愤愤不平，最终一事无成？如果是前者，我愿向你致以悲壮的敬意，我还愿意把你的故事写下来，让读者为之洒一掬清泪。如果是后者，谁能纠正？谁能弥补？谁能同情？

我的长篇小说《活动变人形》中的主人公倪吾诚，在他的生命到了后期末期之时，他突然说：“我的生活的黄金时代还没有开始呢。”这实在太恐怖了。一个人的成就有大有小，然而你应该尽力。尽力尽情尽兴尽一切可能了，这就是黄金时代，这就是人生的滋味，这就是人生的意义价值，这就是辉煌，燃烧的辉煌，奉献的辉煌。你尽了力，你就能享受到你尽力后的一切可能性，哪怕是“天亡我也，非战之罪也”的悲壮感和英雄主义。你享受到了尽力本身带来的乐趣，尽了力至少能得到一种充实感成就感，你也就赢得了，必然赢得了，首先不是别人，而是你自己的尊敬和满意。比如你是一枚炮弹，被尽力发射出去了，而且爆炸了，即使没有完全命中目标，也是快乐的。你是一粒树种，落到了地上，吸足了水分养分，长成了树苗，长成了大树，即使没能长到更大就被雷击所毁，你也可以感到某种骄傲。你的形象是一株树的最好的纪念碑，你的被毁至少是一次大雷雨的见证，是一个悲剧性的事件。人生是一个过程，是一个时间段，是一次能量释放反应，重在参与，重在投入，重在尽力。胜固可喜，败亦犹荣，只要尽了力，结账时候的败者，流出的眼泪也是滚烫的与有分量的。而没有尽力，蹉跎而过，那可真是欲哭无泪了！

我是怎样决定了自己的一生

我曾经与一个嫁给中国人的美国女士交谈，她说她的中国的翁姑对孙儿最常讲的词是“不要”——“不要爬高”“不要点火”“不要玩儿水”“不要动这动那”“下来，太危险”。而美国家长对孩子最喜欢讲的话是：“try it”“do it”（“去试试”“去干干”），他们要求孩子的是勇于尝试勇于动手。这是值得深思的。

我常常回忆起我刚刚过完了十九岁生日，决定写一部长篇小说（《青春万岁》）的情景。当时我觉得它像一个总攻击的决定，是一个战略决策，是一个大胆的尝试，是一个决定今后一生方向的壮举，当然也是一个冒险，是一个狂妄之举。因为所有的忠告都是说初学写作应该从百字小文千字小文做起。

我高兴我的这个决定，我满意我的这个决定。我从小就敢于自己决定自己的命运。十四岁还差五天我就唱着冼星海的歌儿参加了地下共产党：

路是我们开哟
树是我们栽哟
摩天楼是我们亲手
造起来哟，造起来哟
好汉子当大无畏
运着铁腕去
创造新世界哟
创造新世界哟

而在一九六三年秋，我与妻子用了不到五分钟时间就商量好了，举家西迁去新疆。

然而年轻人的热情又太洋溢了。我决定了要写作以后，那最初一年写出草稿的过程简直就和得了热病一样。志向一经确定就不再是幻想梦境，而是巨大的实践，是一系列问题的挑战与应答，是沉重如山的劳务。这样，才知道自己离志向有多么远，即自己实行志向的准备是多么可怜。文学如海，志向如山，我知道我自己的那点敏感和才华积累不过是大地上的一粒芥子、海浪中的一个泡沫、山脚下的一粒沙子。一部长篇小说，足以把一个十九岁的青年吞噬。结构、语言、章节、段落、人物塑造、抒情独白，这些东西我一想起来就恨不得号啕大哭，恨不得从楼上跳下去。原来写一部书要想那么多事情，要做那么多决定，要让那么多人活，让他们出台，让另一些人走开，甚至让另一些人死掉。而每一个字写到纸上以后，就有了灵气，就带上了悲欢，就叫作栩栩如生啦。栩栩如生是什么？就是文字成了精，头脑成了神，结构成了交响乐，感情获得了永生，你的声音将传到一间又一间房屋一个又一个心灵。而小说成了一个你创造的崭新的世界，你的写作过程只能与上帝的创世过程相比！

学而后知不足，立志而后知不足，投入而后知不足。如果当初就知道文学有这么大的胃口，文学需要这么多的投入，文学要用去我的这么多生命；如果知道文学需要我冒这么多风险，需要我放弃青云直上、颐指气使、驾轻就熟、八面威风的可能，我当初还敢做出那样的决定吗？然而这里并没有疑问，我只能也一定会那样决定：我以我血荐文学。我的回答是："是的。"我有许多话要倾诉、要抒发、要记录、要表达，我压根就期待着翻山越海，乘风破浪，全力搏击，一显身手。向自己挑战，向自己提出大大超标的要求的正是我自己！这就是我的人生，这就是我的价值，这就是我的选择，这就是我的快乐，这也就是我的痛苦。活一辈子，连正经的痛苦都没经历过，岂不是白活一回？岂不是枉走人间？我什么时候都没有忘情过文学，文学也就没有忘记过我。我不会忘记一九五三年十一月的那个初冬季节，它改变了决定了我的一生。

"冷"与"热"的平衡

然而青年人的热情又实在是太热烈太洋溢，并从而变得太可怜了。青年时期的热情就像大火，像涨潮，像霹雳，像一种病。这种病像是疟疾，使你一会儿冷一会儿热，一会儿觉得自己即将成功，身材也突然猛长，一会儿觉得自己纯粹白费力气，灰溜溜地抬不起头来。因为与热情同在的是极端幼稚的急于求成，那样的热情、那样的燃烧是难以持久的。你总是希望第二天最多是下一星期就见成效、就见成功、就一鸣惊人、就呼风唤雨起来。急于求成的另一面必定是灰心丧气，一次急于求成不成，两次急于求成不成，三次四次五次……十次八次不成，你能不灰心丧气吗？任何事情，急于求成都是幼稚的幻想，急于求成的结果一定是不成，对此不应该有任何怀疑。而灰心丧气同样也是幼稚的表现，是不堪一击脆弱单薄的表现。毛泽东在总结中国革命的道路时说："斗争，失败，再斗争，再失败，直至胜利，这就是革命人民的逻辑。"我从第一次接触这个命题的时候就疑惑、就琢磨：为什么毛泽东不说是斗争，胜利，再斗争，再胜利……呢？我们更爱说的套话不是什么"从胜利走向胜利"吗？一直失败，最后能胜利吗？然而，毛泽东的总结是深刻的与实在的，在最后胜利到来之前，与其说是一个胜利接着一个胜利，不如说胜利就是来自一系列失败更实际也更有教益。科学实验也是如此，在最后的胜利到来之前，也许是几十次几百次的实验的失败。急于求成，侥幸取胜的企图，只能造成灰心丧气、小战即溃的结局。

与投入的决心、与重大的试验、与奋力的一击共生的是无法扑灭的热情，这样的热情应该说是利害参半。没有足够的热情也许难以做出重大的决定，该出手的时候出不了手，而过度的热情却只能帮倒忙。待到你开始了重大的但毕竟还是极为初步的行动、试验、搏击以后，热情的过度已经是害多益少的了，这个时候最重要的是冷下来，是多想一想事情的不利的方面，知道自己离成功离顶点还有十万八千里，远远没有到激动的时刻。而且，想一想吧，山外有山，天外有天，即使你开始做了一点事，离真正的成就还远着哩。

冷与热，这也需要一种平衡。人生在世不称意，明朝散发弄扁舟，不如意事常八九，这是因为人的心气总是高于实际，越是年轻的时候越是高涨。眼高心高志高情热，投入到一个事业里就是难解难分如醉如痴。我年轻时写完一篇东西，几个月过去了，全文还能背诵下来。现在呢，看到旧作，有时候甚至于自己怀疑："这是我写的吗？"

投入的热烈程度与获得的果实恰恰不一定成正比。你疯着哭着闹着、夜以继日加班加点不吃不喝搞出来的东西、写出来的文字、做出的决策、提出的方案就一定好吗？恰恰相反，多半还是心平气和地、冷静地、审慎地与按部就班地工作，成果更靠得住些。契诃夫有一句名言，叫作："热得发冷了再动笔写。"这话真好，不仅文学创作如此，世间许多事都是要热得发冷了再做才能做好。

一个人的志向、热情、期待、经验、能力、信心、意志、精神的承受力有时是不均衡的。年轻的时候，热情高，志向大，期待殷切，然而经验不足，本事不足，信心不足，相对有些脆弱，就是说精神的承受力也不足。一年一年过去了，对自己已经干出点门道的事情比较胸有成竹了，有点把握了，也不怕某些挫折了，然而也就司空见惯了，没有多少激动，甚至也没有太多的新鲜感了，再让自己燃烧起来又谈何容易？

总的来说，年轻人苦一些，因为客观条件年轻人也不如上了点年纪的人。随着年龄的增长，你在某个领域里总会得到更多的承认、更多的信赖、更多的方便。尤其是在中国这样一个有敬老传统的国家，老了好办事一点。这样年轻人更容易愤愤不平，骂骂咧咧，口出狂言，而实际又做不出什么太大的花样。如果我向年轻人进言，就劝他们更老到一点、更耐心一点，他们能不能接受呢？

不要以为自己就是尺度

人最容易犯的错误有三个：第一是过高地估计了自己的力量，过低地估计了与自己不同的人的力量；第二是以自己为尺度衡量旁人；第三是面对严重的问题常常抱侥幸心理。

现在谈第二个问题，即以自己为尺度的问题。说来有趣，你所喜爱的，你以为旁人也喜爱；你所恐惧的，你以为旁人也恐惧；你最厌恶的，你以为对旁人也十分有害。其实，事实往往并非完全如此。

我曾经竭尽全力地把我年轻时候喜欢唱的歌、喜欢读的书推荐给我的孩子们，孩子们嘲笑我唱过的“胜利的旗帜，迎风飘扬”和“灿烂的太阳，升起在东方”之类的词，他们说：“您那时候唱的歌的歌词怎么这么水呀？”我感到奇怪，因为我觉得他们唱的歌的歌词才不成样子呢。直到过了很久了才悟到，一代人有一代人的歌，他们有时会接受一点我的所爱，但是他们毕竟有自己的所爱。生活在不同的时代不同的背景下面，不可能各方面都一致。

我发现人的这种以自己的好恶为尺度来判断事情的特点几乎可以上笑话大全。一个母亲从寒冷的北方出差回来，就会张罗着给自己的孩子添加衣服。一个父亲骑自行车回家骑得满头大汗，就会急着给孩子脱衣服。父母饿了也劝孩子多吃一点，父母撑得难受了就痛斥孩子太贪吃。父母寂寞了责备孩子太老实太不活泼。父母想午睡了越发觉得孩子弄出的噪音讨厌。父母想读书了发现孩子不爱学习。父母想打球了发现孩子不爱体育。父母烦心的时候就更不必说了，一定是更看着孩子不顺眼了。

上一代人对下一代人的消极评价，究竟有多少是靠得住的？有多少是以己度量人度量出来的？反过来说，下一代人不是也以自身当标尺吗？当他们看到上一代人已经发胖、已经白发、已经少懂了许多新名词的时候，他们是多么失望啊。你怎么不想一想，老一代也大大地火过呢。英语里有一句谚语：“Every dog has its own time.（每一条狗都有它自己的时代。）”上了年纪的人与年轻人之间，多么需要更多的相互了解。

我无意用简单的进化论观点来认定新的一代一定胜过上一代，但是至少，人们是发展变化的，社会是与时俱进的，科学技术、思想理论、生活方式直至价值观念都是不断发展变化的。你高兴，认为它越变越好，它会变化；你不高兴，断定它越变越坏了，它照旧变化。你给予很高的评价，它要变；你评价极差，认为是一代不如一代，全是败家子，它也要变。这里我不想轻率地对这种变化做出价值判断，前人的许多东西都是需要继承需要珍惜的，后人的变化中在得到进步得到崭新的成果的同时也会失去一些好东西，付出一些也许是太高太过分了的代价。但是想让下一代人不发生任何变化是不可能的，只有理解这些发展变化，才能占据历史的主动性，才能取得教育或影响下一代的主动权，也才能赢得下一代人的信赖和尊敬。同时年轻人也只有把前人的一切好东西继承下来，才有资格谈发展和创造。

超脱是一种更大的境界

我赞美投入，我赞美献身，我赞美燃烧与义无反顾，我也赞美超脱。超脱不是自私，不是消极躲避，不是莫管他人瓦上霜，而是一种更大的境界。

历史的眼光，不是只看到一时一地，而是看到历史的长河，看到前因与后果，弄清一个现象一个命题一个争论在历史上的位置和真正含意，避免鼠目寸光。

人类的眼光，不是只看到一个人一组人一群人的利益，而是看到一切人的利益。

宇宙的即哲学的眼光，看到事物发展的必然性、规律性、可能性、偶然性与变异性，看到选择的必要与可能，看到事物的变迁与稳定，看到冥冥中的大道的运行。

超脱就是从一时一地一人一圈一阵热闹中跳出来，尤其是从个人的利害中跳出来，保持冷静，保持全面，保持思考和选择，保持分寸感。从近现代史来看，如果我们的同胞都能做到这样，我们会少走多少弯路！

超脱，即使在最热烈的投入中，也同时保留着、保护着清醒和自制，力争自身具有全面与更高的把握。现在很时兴歌颂片面，美其名曰片面的深刻性。难道只有片面，只有强不知以为知，只有一叶障目瞎子摸象才是深刻的吗？对于什么事都是抓住一点皮毛，抓住只言片语，对于意见不同的人则是抓住一点辫子，就大呼小叫煽情哄闹一番，爆炸一番，这能是片面的深刻而不是片面的浅薄吗？深刻与全面更靠近，还是与片面更接近呢？深刻是要靠理性还是靠蛮横呢？

我们不要动不动以片面的深刻自居，记住，那多半是片面的浅薄。我们还是追求全面的深刻与深刻的全面吧，我们还是相信全面有助于深刻，而深刻也会大大有助于全面吧。

悲壮的“知其不可而为之”

在中国的古语里，没有比“知其不可而为之”更动人更悲壮的了。从古至今，由于种种原因，某些情况下，会出现整体的不公正不清醒不健康的形势。还有一种情况是由于主观方面的实力不足，一件事能否成功太无把握。怎么办？是知难而退还是知难而进？是do it，try it，还是望而却步？而一些仁人志士、爱国者先行者革命者、大师大家，明知正确的主张处于劣势，正义的事业处于劣势，清醒的思想处于劣势，自己的实力还远远不够，还是怀着必死的决心，必败的估计，挺身而出，做出完全没有成功希望的努力，叫作知其不可，知其必定不能成功，知其会给自己带来危险，知其不能被很多人理解，其处境真叫恶劣了，而不放弃，而为之，仍然那样去做。多少民族英雄是这样做的：岳飞、文天祥、史可法……他们在本朝代已经全无希望的情况下做出了挽狂澜于既倒的努力，只能是以身殉职。这里有一个被康德称之为绝对命令的东西，无条件无保留无商量，我们无法想象他们可以有别的选择。多少革命志士也是这样做的，比如秋瑾，比如李大钊，他们在最艰难的情势下没有惧怕付出代价。还有如韩愈谏迎佛骨、海瑞罢官，也都给人留下了深刻的印象。科学实验科学研究中，艺术创造中，学理探讨中，新理论体系的形成过程中，使自己成为一个垫脚石、成为铺路的石子、成为划时代的突破的一个序曲的例子不胜枚举，没有他们的知其不可而为之，就没有后人的为而使之可，就没有历史的前进与科学的进步，就没有人类文明的积累与辉煌，就没有可歌可泣的历史、今天与未来。

前边我们讲了一些做人的道理和原则，但是千万不要误以为学上一点高尚和高明，就可以得心应手，所向无敌，百战不殆，如入无人之境。不，不可能的，理想不是一蹴而就的，标杆不是一跃就达到了的，你不可能什么都学会了学精了学妙了才做事情，你只有在一次又一次的失败中，在碰壁中，在失算与挫折、失态与丢丑中学习。你做了十件事，其中最后一件做到了行云流水，游刃有余，无为而无不为，发必中，行必果，这也是值得赞美和满意的。那么前九件呢，你追求的是化境，做到的仍有生疏；你追求的是瓜熟蒂落，做到的仍然有些勉强；你追求的是不言之言，却仍然费了许多唇舌；你追求的是不战而胜，却仍然是颇费力气。这不但是不足为奇的，而且几乎是必然与必须的。这说明什么呢？除了化境，除了因势利导，除了心平气和与理性的微笑以外，你必须具有知其不可而为之的精神，必须在追求成功、追求高妙、追求高境界的同时具有不怕碰壁、不怕失败、不怕风险、不怕付出、不怕投入的决心和勇气。

这里还有一点，沉重的一点，我必须告诉读者：虽然我坚信美德是必要的，智慧、光明、心胸和境界都是必要的和有着奇妙的效用的，但是这些好东西并不注定它们一出现就所向披靡，它们的被承认，它们的发挥、运用和成功仍然需要一个过程。在这个过程开始之前、之中乃至之后，仍然有人痛恨美德，痛恨智慧。原因很简单，你的善良反衬了他或她的恶毒，你的智慧凸显了他或她的冥顽，你的博大提示了他或她的褊狭，你的光明照耀着他或她的阴暗，你的学问、好学更比较出了他或她的昏乱刚愎不学无术。这样你的存在就成了对恶人蠢人糊涂人的挑战，成为他或她的奇耻大辱，成了他或她的眼中钉。怎么办呢？能够因而就不善良不好学不智慧不光明不宽广不高妙起来吗？能够向愚蠢和恶毒投降吗？不，不可能，只能知其不可而为之。

“不可”——在这里留下你的“记录”

外国人其实也是讲做人的，虽然他们用另外的词语概念。英语国家就很重视“record”（记录）一词。就是说你做什么不做什么，不仅有就事论事的责任和后果，而且会留下记录，长存人间。而考查一个人，很重要的一条就是要看他的记录。而我们讲的立德立功立言，归根结底，就是留下记录。

我在前面讲了很多等待、自然、耐心……但我完全不是不分条件和场合提倡一种枯井无波的死寂、不食烟火的清凉，虽然在某些场合某些事务上我也很羡慕枯井无波与不食烟火的境界。但是，毕竟还有另一种情势、另一种考验、另一种严峻与试炼，那时候你不能仅仅凭智慧凭机智凭信心凭从容来解决问题，那时候那场合你毕竟有一种良心的震荡，有一种我不下地狱谁下地狱的激烈，你必须倾听自己的良心的绝对命令。而那个时候，当你挺身而出的时候，叫作成败利钝，在所不计，叫作怀着必败的决心去做一件必须做的事。因为这里除了具体事务上的成败利钝，毕竟还有一个记录存在。你的记录是一个佐证，是一个纪念碑，是一个永远燃烧的火炬，它必须永远面对昭昭天日。

这里的必败，这里的知其不可是一种冷峻、冷静、凛然正气，这里的留下记录，这里的而为之则是一个热烈的献身，是一次勇敢的燃烧，是冷燃烧，是冷峻后面的热度。而失败通向的是最终的胜利，“不可”通向的是无限的可能性。

我绝非勇者，那些自身并没有见过什么世面更毫无壮烈记录可言的站着说大话不腰疼却拼命要求别人冲啊杀啊的人为我所不屑一顾。但是我仍然不计代价地做了一些自己认为该做的事情。例如，在一个斗争气氛如火如荼的背景下面提倡理性、宽容、费厄泼赖，就远不如号召滚地雷更叫好。在一些读过几本书的人一个个惺惺惜惺惺地哭丧着脸互慰互捧互相抚摩乃至集体撒娇的时候，你发出不同的、企图从另一个角度探讨问题的声音，也是触犯了大忌。把人们背后议论不已，当面却是好好好地夸赞个不停的对于某人某事某书的看法讲出来，摆在台面上，这样的傻事也不是那么多见的了。

我反感的只是滥用悲壮，活得已经很滋润很全面很细腻入微了，偏要轻率地做出“临行喝妈一碗酒”的样子，视周围的人都是鸠山的样子，就不必了吧。知其不可而为之，身教胜于言教，这并不是日常的常见的全天候方式，更不要变成口头禅。你总不要以知其不可而为之的姿态与心情吃饭、穿衣、买股票、领奖、出席宴会和做爱吧。爱叫唤的猫不捉老鼠，大勇无功，大德无名，不到那种时刻先闹腾一个六够，这就和一面抢着麦克风一面高声提倡孤独一样，或者可以免了吧。

对于年轻人来说，生活的交响乐才刚刚开始演奏，不论资质和处境有什么样的差别，无疑你可能做出在你的具体条件下能够做出的最佳成果，留下你的最佳记录。只要正视历史，我们就有理由为今天的年轻人感到庆幸。你们面临的较少是“知其不可而为之”的宿命，而大多是知其必可，知其必胜，知其大可，奈何踌躇不为，不为则莫知其可！另一方面，有许多确实不可为的诱惑在干扰着我们，诸如蝇营狗苟、同流合污、违法乱纪、伤天害理……你能不能有所作为，能不能获得智慧和光明，进行你的一次有声有色的明朗航行呢？你能不能至少是避免邪恶、狭隘、野蛮、愚蠢和犯罪呢？一定能的！

衷心祝愿着你们！

十一、享受老年

“夕阳无限好，只是近黄昏。”这里没有伤惋，也没有无奈，不管古今人们对此做何解释，黄昏至少是一种壮美。你不欣赏或不去欣赏不会欣赏，不等于那美景不在，所以要“享受老年”。读一读本章中的“黄昏哲学”，不仅对步入老年的人们可能是有趣的，就是对于年轻人而言，也会有意义。至少可以警醒我们在步入老年时，连足资回忆之处都没有，连可为晚年之凭借的本事、爱好都没有，那才是一种人生的悲哀。还是让我们唱起“只要心儿不曾老”那支歌吧，生命会因此多一份意义。

Eleven

我的“黄昏哲学”

一位朋友对我说，人老了之后，最重要的有三点：一是要有自己的专业；二是要有朋友；三是要有自己的爱好。我认为她讲得很对。

我愈来愈感觉到老年是人生最美好的时候，成熟、沧桑、见识、自由（至少表现在时间支配上）、超脱。可以更客观地审视一切特别是自己，已经有权利谈论人生、谈论青年人中年人和自己这一代人了。可以插上回忆与遐想的翅膀让思想自由地飞翔了。可以力所能及地做不少事，也可以少做一点，多一点思考，多一点回味，多一点分析，多一点真理的寻觅了。也多了一点享受、休息、静观、养生、回溯、读书、个人爱好，无论是音乐书画、是棋牌扑克、是饮酒赋诗，还是登山游海……

而老了以后，毕竟相对少了一点争拗，少了一点竞争，少了一点紧张和压力。

人生最缺少的是什么？是时间，是经验，是学问，更是一种比较纯净的心情。老了以后，这方面的“本钱”便多起来了。

人生最多余的是什么？是恶性竞争，是私利计较，是鼠目寸光，是浪费宝贵光阴，是强人所难，是蛮不讲理。老了，惹不起也躲得起了。

老年是享受的季节，享受生活也享受思想，享受经验也享受观察，享受温暖爱恋也享受清冷直至适度的孤独，享受回忆也享受希望，享受友谊趣味也享受自在自由，更重要的是享受哲学。人老了，应该成为一个哲学家，不习惯哲学的思辨，也可以具备一个哲学的情怀，哲学的意趣，哲学光辉笼罩下的微笑、皱眉、眼泪，至少有可能获得一种哲学的沉静。

老年又是和解的年纪，不是与邪恶的和解，而是与命运，与生命、死亡的大限，与历史的规律，与天道、宇宙、自然、人类文明的和解。达不到和解也还有所知会，达不到知会也还有所感悟，达不到感悟也还有所释然，无端的非经过选择的然而又是由衷的释然。

和解并不排除批评、抗议、责难，直到愤怒与悲哀。但老年人的种种不平毕竟与例如“愤青儿”们的不同，它不再仅仅是情绪化的咒骂，它知其然，知其所以然，知其必然即无法不然，知其如若不然也仍然会有另一种遗憾、另一种不平、另一种缺陷。它不幻想一步进入天堂，也就不动辄以为自己确已坠入地狱。它的遗憾与愤懑应该是清醒的而不是盲目的，是公平的有据的从而是有限制有条件的，而不是狂怒抽搐一笔抹杀。它可能仍然无法理解生老病死天灾人祸历史局限强梁不义命运打击冤屈痛惜阴错阳差……然而它毕竟多了一些自省一些悔悟一些自责。懂得了除了怨天尤人也还可以嗟叹自身，懂得了除了历史的无情急流以外毕竟还有自身的选择，懂得了自己有可能不幸成为靶子成为铁钻，也未必没有可能成为刀剑成为铁锤，懂得了有人负我处也有我负人处，懂得了自己有伟大也有渺小、有善良也有恶劣、有正确也有失误、有辉煌也有狗屎，懂得了美丽的幻想由于其不切实际是必然碰壁的，懂得了青春的激情虽然宝贵却不足为恃……懂得了每一代人有每一代人、每一个人有每一个人的舞台，有自己的机遇，有自己的限制，有自己的悲哀，有自己的激烈。你火过我也火过，你尴尬过我也未必没有尴尬过。所有这些都会使一个老人变得更可爱更清纯更智慧更光明更哲学一些。

当然也有老年人做不到，老而弥偏，老而弥痴，老而仇恨一切，不能接受一切与时俱进的发展的人也是有的，愿各方面对他们更关怀更宽容一点，愿他们最终能回到常识、常规、常情上来。而如果他们有特殊的境遇有特殊的选择，只要不强迫他人臣服听他们的，也祝愿他们最终自得其晚年的平安。

我们常常讲不服老，该不服的就不服，例如人老了一样能够或更有条件学习，不能因一个自命的“老”字就满足于不学无术。该服的就一定服，我年轻时扛过二百多斤的麻袋，现在扛不动了，我没有什么不安，这是上苍给了我这样的豁免，我可以不扛二百多斤的麻袋了，我感谢上苍，我无须硬较劲。我年轻时能够一顿喝半斤酒，现在根本不想喝了，那就不喝，这也是上苍给我的恩惠，我可以也乐于过更不夸张也更健康的生活。

我宁可没有朋友也不要“异化”

友谊在人的生活中也许有着十分重要的地位，人生得一知己足矣，此言说明真正的朋友真正的知己不是那么容易得到的。

然而会异化，例如酒肉朋友，互相利用的朋友，到了关键时刻卖友求荣的“朋友”，一人得道鸡犬升天的“搭车”式的朋友，利益分配不均（说得难听一点就是分赃不均）反目成仇的朋友，或先是趋炎附势后是树倒猢狲散的朋友，更不要说那种共同犯罪团伙成员之间的朋友义气了。不论什么时候，我都不能接受“不愿同年同月同日生，但愿同年同月同日死”的说法，虽然据说这是刘关张三位豪杰说的。我也无法理解关羽的行事方式，既向刘备效忠，又与曹操玩猫儿腻。

就是说有帮倒忙的朋友，有罪恶的朋友，至少有极低俗极无所谓朋友的朋友。

我的选择是，宁可没有朋友，也不要那种团伙式、集团式、造势式的朋友。不轻易树敌，也不轻易树友。如果谈友，宁可谈得稍微宽泛一点，既然不带敌意，既然没有摩擦冲突，既然没有根本利益上的矛盾，那就是朋友。我曾经评论一个热衷于搞自己人的团伙的人说：“既然他有一个小圈子，那么凡不是他的小圈子的人，就都是他的对立面的人啦。这样一来，他的对立面力量就极强大了。”

朋友没有绝对的

一些自命不凡的人，自命伟大或自命清高的人，交友也很难。他们心比天高，对别人非常严酷，有一种以我画线的味道。

我却认为对于知己不必要求得那么苛刻，非得莫逆、默契、心相印心重叠不可。人与人不可能是完全一致的，朋友之间没有永远的与绝对的相互保持一致的义务，永远的与绝对的一致，夫妻父子之间也难以做到。而且各人的处境不同，不可能事事一致。其实保持一致云云，已经包含了不尽一致的意思，绝对的一致，是用不着费力保持的。比如有一些自己可以不予理睬的恶人，但是自己的朋友恰恰在此人的手下供职，就不能与你采取同样的置若罔闻的态度。你的朋友也许还要虚与委蛇，你的朋友不敢得罪你心目中的极不好的家伙。你怎么办？因而与你的朋友断交吗？（那只能证明你是一个法西斯主义者）还是抱一个谅解的态度呢？世上有许多事，心中有数是可以的，锱铢必较却是不可取的。那种一句话不投机就割席绝交的故事总是令我难以接受。

对于一个人一件事一个观点的看法与做法也许你的某个朋友与你不一致，但是还有别的大量的人大量的事大量的观点呢，也许在更广阔得多的领域你们有着合作至少是交流的可能，为什么要采取一种极端的态度，把自己的圈子搞得愈来愈小呢？再说那种要求别人是朋友就得永远忠于自己，只能从一而终的做法，是不是暴露了某些黑手党的习气，而太缺乏现代的民主的理性的客观的与容忍的人生态度呢？

再想一想，你的朋友都是忠于你的人，那是朋友还是你经营的小集团呢？你的朋友都是永远同意你、赞成你、歌颂你、紧跟你的人，你在他们中间听到的只有是是是、好好好、对对对，英明啊正确呀太棒啦妙极啦的一套，你什么时候能听到逆耳的忠言，能听到不愉快的真实，能得知自己的失误与外界对自己的不良反映，能得到全面的与客观的信息反馈呢？那不是自己把自己封闭起来了吗？世上最可笑复可悲的莫过于拼凑一个小圈子，关起门来互相吹捧、同仇敌忾、诉苦喊冤、捶胸顿足，直到哭哭啼啼地自封伟大正确的闹剧了。这样的人自己被自己闹昏了头，弄假成真，真以为自己是真理的化身正确的代表历史的中流砥柱了，这不跟吃错了药一样难办吗？

还有，你能百分之百地保证你的一切选择都是最最正确而且是千年不变的吗？如果你对某人某事某理论某学派的态度与处置并非足金成色，如果你对待本身就留下了可争议之处，如果你很正确很伟大但是随着时间的逝去情势的变化你的做法需要调整出新之处，就是说你也像众人一样有需要与时俱进之处，那么那些与你在此人此事此观点上不甚一致的朋友，不正是你最合适的帮手吗？相反，如果你一上来就把事做绝把话说绝把与自己意见或做法不尽一致的人“灭绝”，你将使自己处于何等困难的境地！

友谊不是绝对的，友谊不承担法律义务也不受法律保护，真正的友谊不需要也不喜欢指天发誓、结拜金兰，更不需要推出一个首领让大家为他卖命，更可厌的是搞那套有福同享有难同当的利益共同体。那是黑社会的一人得道鸡犬升天的把戏。有些人就是喜欢搞这一套，所谓要有自己的人，结果呢成也圈子败也圈子，“自己人”不断地向你伸手要好处，你变得名誉扫地司马昭之心路人皆知，最后变成过街老鼠臭名昭著，你还觉得冤枉呢，你说可笑不可笑！君子之交淡如水，古人的这一总结很有深刻意义。我的外祖母不识字，不知所据何来，她每逢讲到“淡如水”时还要补充一句“小人之交甜如蜜”。

“友谊不必友谊”

友谊永远是双向的自然而然的，不需要表白也不需要证明的，不需要培养也不需要经营的。需要培养和经营的不是友谊，而是准备加以利用的后备力量。我有一首小诗写到友谊：

友谊不必碰杯，
友谊不必友谊，

友谊只不过是，

我们不会忘记。

过分表白的过分强调的友谊，使人觉得可疑，给人以表演和另有目的的味道。

有时你会发现某个原来很亲密的朋友最近与你联系来往得比过去少了，有的人遇到这种状况就起了疑心，动起小心眼儿来，这实在是极无聊的事。交流多来往多联系多固然可喜，交流少联系少来往少亦颇不可忧。大家都很忙，用不着晨昏三叩首，早晚一炷香。各人有各人的情况，难以一一向朋友说清。一时有一时的考虑，一天有一天的情况，也许是为了节省电话费和邮资，也许正忙于跑什么事情，也许心情不好，也许身体欠佳，他或她不可能对你永远随叫随到满脸微笑，那样去要求那样去设想本身就是与实际分离的。

因此即使有朋友做了我认为不好的事，背后讲了我的坏话，我从来都拒绝使用“背叛”友谊这样的字眼儿。说背叛，就等于说你与你的朋友有互相效忠的任务或协议，那成了什么啦？

有朋友特别是诤友和没有朋友的孤家寡人的生活是不一样的，前者比较经得起折腾，能得到信息得到忠告，能调剂自己的情绪，即使在困境逆境中也比较能保持健康与乐观的生活态度。而后者就很可悲，很容易成为社会的一个消极因素了。

在中国的典籍《大学》中有一个命题，叫作知止而后有定（定而后能静，静而后能安，安而后能虑，虑而后能得……）。什么叫“知止而后有定”呢？我缺少考据的功夫不能做出确解，但从字面上，我主观地愿意做两方面的解释，一个是目标，知道自己的目标是什么，就有了稳定的追求稳定的方向了，这很容易理解，不赘。另一个我愿意做出的解释是，止是限度，行于所当行，止于所不可不止。你即使对最好的朋友也应该知道自己能说能做的限度，任何超过这种限度的言行都是对他人的不尊重，都涉嫌以己为尺度强加于人。己所欲必施于人，己所不欲却施于人，都是不好的。对友如此，对诸事又何尝不如此？知止而后有定，不知止呢？可就不是有定，而是没了准没了谱啦。

怀旧的滋味与品位

和老友在一起有一件有味道的事，就是怀旧。

老友是最值得珍惜的，没有他们，谁能与你共同回忆往日的朋友、往日的激情、往日的笑话、往日的趣闻、往日的经验经历？

与老友一起怀旧，使你感觉到了此生的实在，此生没有白过，此生并非孤家寡人，毕竟还有友人与你共享旧事的悲悲喜喜。往者已矣，尚有记忆，尚有可回想可为之一恸一笑者也。

有一种廉价的怀旧就是认为只有自己的青年时代是最伟大最高尚的，是最无怨无悔的，是献身的与诗意的，自己这一代人是空前绝后的，是出思想的，等等。包括当年的“红卫兵”、上山下乡的知青都这么怀旧。这也无大碍，只是说明你到老了也长不大。简单的今是而昨非，或者同样简单的昨是而今非，都太通俗也太幼稚，太简易也太快餐了。

能不能做到，怀旧的结果是怀者变得聪明一些，而不是更糊涂、更脱离现实、更自吹自擂和将错就错呢？

个人爱好也是一种文化

在某些情况下，有没有个人的爱好对于调节自己的心理平衡也有很大的作用。有一点个人爱好，从中得到无限的乐趣，与除了专业或工作或政务再无其他兴趣的人的生活是大不一样的。前者比较能够调换自己的心情，能够遇到难办的事先放一放，等到自己变得冷静一点从容一点考虑得周密一点的时候再做决定或者反应。后者就会陷入一个兴奋灶而不能自拔，就会一味地紧张、急躁、气恼、为难、焦头烂额、忧心忡忡、心跳气短，直到精神崩溃。

个人爱好是一种休息，但又不仅是休息，而是一种对于健康的身心状态的追求。虽然世上有各种高明的与离奇的主张，有一点却并无异议：身心健康的时候，容易做出正确的选择，比较有效率，做任何事情容易到位，尤其是也比较能看到自己的失误并随时加以调整。

个人爱好也是一种文化，没有爱好，不但不可能有唱歌跳舞，也不可能有哲学数学；不但不可能有酒有时装有工艺品有首饰有收藏，也不可能有诗有小说有戏剧有画有交响乐有天文学有逻辑学有电脑有数字化。

在国内国外我发现了一条规律，受过好一点的教育，文化素质高一点的人比较有更多的、广泛的、深入的、更像样的爱好。爱好塑造了他或她的文化素质，反过来他或她的文化素质也塑造了他或她的高尚爱好、人生趣味。而没有受过应有的教育，在实践中又没有用心学习，相对素质差一点的人，则其爱好有点惨不忍睹，不但不读书不看报，而且不听音乐不集邮不旅游不看展览不接触任何艺术品，不打球不看球不散步不游泳，他们最多是喝酒吃环保禁吃的珍稀动物，有的则仅限爱好丑恶：黄、赌、毒。

“入乎其内”与“出乎其外”

爱好也是千差万别的。有的工作就是最大的爱好，有所谓工作狂，有开会迷，有写作狂，有整人整出瘾来的，也有废寝忘食地做学问的。这种单打一的爱好有好的一面也有不好的一面，好的一面前面已经说过，那就是我主张的“天才即精力集中”论。不好的一面就是做任何事情都必须能钻进去也能跳出来，如王国维所讲既能“入乎其内”又能“出乎其外”。不入乎其内不钻进去，你做不好任何事情。不出乎其外，你也不容易给自己以客观的评价，尤其有毛病有缺陷也不自知。这一点在写作上最为明显，你在刚刚写毕刚刚脱稿的那一刹那，常常自以为是写出了绝代佳作，常常激动得不能自已——很简单，你不激动就不可能得到那从事旷日持久的孤独寂寞的写作的动力，但激动又常常蒙住一个人的眼睛，使一个人自恋自赏没完没了。俗话说文章是自己的好，部分道理就在此处。我不止遭遇过一个作者，实在是写得不怎么样，但谈起自己的作品，别人没怎么样，他或她自己却是老泪纵横、捶胸顿足，怎么也摆脱不了他们的自我迷恋。什么时候人们能够比较客观比较超脱地对待自己的作品、自己的言论、自己的行为、自己的见解呢？

而没有一定程度的超脱就没有理智，就没有客观，就没有全面，就没有正视，就没有自我调节，就没有发展和进步。而只有自高自大、自吹自擂、自怨自艾、自哭自闹、自说自话、丑表功、气迷心、瞎激动、乱抒情讨厌得很。

不要讨人厌

世上的人不但有好人和坏人的区别，也还有讨厌与不讨厌的区别。讨厌的人中最常见的一种就是那些自视高得离了谱，顽固不化，见人就表白自己攻击旁人，一点歪理啰里啰唆不停地自我重复，不管旁人爱听不爱听总是滔滔不绝，永无休止地侵占别人，从精神上强奸别人要挟别人的人。我衷心祝愿这些人有一点哪怕是最无聊的爱好，请他们多玩儿几次麻将多和几次一条龙吧，请他们多玩儿几次打百分多钻几次桌子吧，请他们多吸几包烟多喝一点二锅头吧，只要减少一点他们的诉苦牢骚加牛皮轰轰就行。哪怕是多搞一点不正当的男女关系呢，那种事毕竟牵扯的面不太大，搞得太过分了还有法律和道德舆论管着他们，只要他们少一点牛皮和攻讦，少一点庸俗和自说自话。要知道民间的俗话，叫作“吹牛皮不上税”。

个人爱好的另一面带有学习和丰富自己的性质，例如读书、欣赏音乐美术戏剧和比较有品位的影片等艺术作品、集邮、旅游、收藏等，这其中的乐趣与知识是无穷的。有的爱好与健身活动有关，如某种球类活动、登山、游泳、跳舞等。我从小身体状况不好，但我一直喜欢锻炼身体，长大后更嗜游泳。我多次与人说过，我的最高享受最大愿望就是夏日在海滨，上午写作，下午游泳。真是赛过活神仙呀！

还有的爱好也能改善自己的生活环境与生活条件。即使“文革”中我在新疆过着艰窘的生活，但仍然时不时改变一下房间布置，学着烧几样小菜，换换窗帘门帘，给自己一点新鲜感。当然最大的爱好就是生活，生活是奇异的和有趣的，是包含了许多可能性的。

甚至比较不算健康也不算高级的爱好也多半是有比没有好。如找朋友一起畅饮几杯，如玩儿牌，如聊天，愈是在不愉快的时候愈要有办法愉悦自己，不能使自己快乐，也要想办法转移自己的注意力，哪怕只忘掉那最不愉快的事十五分钟。有了十五分钟的忘却，就有可能再平静一小时，而再平静一小时的结果也许能绝处逢生，也许能从黑暗中看到光明看到希望，说得夸张一点，也许这是改变你的世界观的开始，是你的命运转折的开始。

游戏：人类的一种天性

“玩耍游戏”在我们的传统文化中占的地位是很低的，在我们的一些成语里“玩耍游戏”都是被当作负面的东西来讲的。比如“业精于勤荒于嬉”，比如我们称耽于某种爱好的人为“玩物丧志”……其实游戏是人类的天性，是人类最最本真的活动，而且许多学术事业的发展与游戏的动机有关。比如艺术，比如数学，比如航海，比如物理化学生物。

至少一个能够正常地保持着游戏乐趣的人心态相对比较正常，头脑相对比较灵活。这里边有许多复杂的问题有待于我们去思索研究。

英语中的“game”“play”似乎不带汉语中游戏的嬉戏、不务正业的意思。亚运会就是亚洲的“game”，奥运会就是奥林匹克的“game”，而公平竞赛就是费厄（fair）泼赖（play）。在二〇〇二年韩日世界杯足球赛期间，所有的球赛转播电视节目的片头都有“fair play”的字样，这当然不是向鲁迅挑战，而是讲体育运动的一个基本原则，足球大赛的一个基本口号。鲁迅讲的缓行费厄泼赖，是指三座大山压迫下的半殖民地半封建的旧中国的阶级斗争，不是讲足球。认为社会主义的新中国，搞了市场经济的今天，阶级斗争已经不是纲的当代，还不能搞公平竞赛，那是不可思议的。即使当年，鲁迅讲的也是缓行，而不是永不实行，这都是极浅显的不争的道理。把缓行变成永远不得实行，那才是对鲁迅的曲解。而“play”除了玩儿以外也可作产生影响、扮演、演出、运转以及剧本讲。而“game”又可以作比赛、场次、规则、策略、花招、猎物、勇敢、大胆、兴致勃勃讲。有时我想，如果把亚运会译为亚戏会，会不会有利于使比赛不至于过分地政治化民族荣誉化赢得起却输不起化？而我们的某些活动如果译作“play”和“game”，又会不会提高一点游戏的品位，同时减少一点夸张和吓人呢？

当然，这只是玩笑，只是game和play，我的英语程度使我还不配谈这些问题。

唯“专长”是不倒的依托

关于老年人有所专长的说法也很有趣。我亲眼看到一些有自己专业专长的人，老了，离开正式的工作岗位以后，立即投入业务工作的情景。他们得其所哉，正好趁机得以用大量时间，完成自己早就意欲完成却由于公务太多而无法完成的著述，正好回到自己搞了一辈子的课题上，正好以某方面某特殊领域的专家的身份参加到重要的业务活动中去，正好向青年授业解惑传道，培养业务方面的接班人。他们完全能够适应自己的角色的转换，一面的“下台”谢幕，正是另一面的上台鞠躬，没有空白，没有失落，没有苦恼，没有怨气，甚至连过渡也不需要。即使他们的专长还不够“长”，还搞不出专门著述或带不成研究生，但至少有特定的兴趣，有固定的精神走向，有读书和学习的目标，而不至于一离开什么岗位就失魂落魄。

而缺少专长或业务兴趣的人，只知道开会、谈话、接电话的人，退下来就显得尴尬一些。再没有人通知他去开什么重要会议了，再没有人追着他谈话了，又没有什么人来电话了，怎么办？临时抓一项业务吧，临时抓一项也比什么都不抓强。我也亲眼看到过这样一位老同志、大好人，退下来后每天早晨一支香烟，不等第一支香烟吸完就接上第二支，一天吸几包烟，只用一根火柴，这样吸了一年多烟，不幸，得了肺癌，走了。多可惜！

还有那种本来确有专长的人，得到了一个什么职务，就完全放下了自己的专长，甚至也不欢迎旁人说到自己的专长，生怕旁人不把自己当作天生的指挥者，而把自己混入了专业人员。这种心态太害人害己了，谬矣。最后，他是武大郎盘杠子，政治、业务两头够不着。

我们还是要做生活的主人。我们最好及早有所爱好有所钻研有所业务。我们尤其是要有一个学习习惯学习乐趣，要为自己开辟一个学习的天地。学习是不必批准不必延长期限也无须返聘的，学习是人生至乐，专长是不倒的依托。

座右铭：笑向夕阳觅古诗

许多老年朋友喜爱古典诗词，而中国的古典诗词往往汇集了大量的人生的阅历和经验，那里的一些句子常常被我想起，并加以引申发挥，触类旁通使之成为我的人生座右铭。例如：

“海上生明月，天涯共此时。”这是我读唐诗的开端，也是我心怀宇宙的开始。你看到一轮明月想到的却是天涯海角，由此及彼，由近及远，永远延伸着扩充着挂念着，清醒而又多情地认识到意识到此一明月并非专门为你而明而亮，有无数友人邻人都沐浴在这轮明月之下，此一海域亦并非单独存在，而是与大洲大洋天涯海角连接在一起。呜呼，壮哉！

“沧海月明珠有泪，蓝田日暖玉生烟。”李商隐的这两句诗似乎是一个终极的参照系，一个无人类无自己的本初世界。首句苍茫混沌，悲凄神秘，静静地定格在那里，令人尘念顿消，令人不再斤斤于鼻子下边那点事。首句的惶惑感对于个人英雄主义、唯我论、唯意志论、独断论、速胜论等各种极端的热昏者与热昏的极端者都有很好的清醒作用与降温作用。次句则静极思动，无中生有，似乎进入了生命的准备期，进入了宇宙的自行活动。悲极则喜，寒彻乃温，玉烟虽然渺茫，但毕竟有几分温热，有几分袅袅升起的势头。于是有所期待，却并非渴求；有所注视，却并非凝眸；有所美丽，却并非明艳；有所希望，却并非执意。随时可以有所作为，随时也可以跳将出去。

这是一个前提，一个出发点，没有自我却有天心，没有运动却有酝酿，没有人生却在准备。有了这样的浩渺而又并不归于虚无，有了这样的肃穆却又不归于严丝合缝，面对这样的准终极人，似乎多了一些智慧与从容，多了一些原谅与阔大，于是，可以言其他矣。

“明月松间照，清泉石上流。”王维的两句诗似乎并无深意，却有一种万物自在之理。松遮月光，然而月光是遮不住的，松之遮只是增加了月光的立体与层次，而月之照反而提供了松的形体与清幽。松与月相反而相成，相悖而相得。如果月光不受任何阻碍，如果月光是在大海上，那就成了李商隐的那两句诗了，成了史前期了。如果月光是照射在沙漠上，那也太死寂了。反过来说，如果没有月光，松之姿态与分布又如何能被人感知呢？石与水也是如此，石头妨碍了水流，造成了水势水纹水波水花，水洗净了石头，却又改变着石头，水滴石穿嘛。明月松间照，清泉石上流；鹰击长空，鱼翔浅底；春花秋月何时了；帘外雨潺潺；绿肥红瘦；两个黄鹂鸣翠柳，一行白鹭上青天；大漠孤烟直，长河落日圆，一切的一切都使人感到天道有常，万物有定，此长彼消，各得其所。当然，这种常，这种道，这种定数，都不是僵硬的，事物既有存在的即是合理的这一面，又有合理的终将存在的那一面，常、道、定、数之中就包含着变化就包含着人的主观努力。但是即使是为了改变某些现状，也必须首先弄清楚现状之所以是此而不是彼的道理，要改变什么首先要理解什么，不理解的改变多半是不能奏效的，或者只能是效果适得其反的。

“问君能有几多愁，恰似一江春水向东流！”南唐后主的人生固不足道，这两句词表达的本来也是消极的情绪，但我读来只觉得消极中有洒脱和动感、有痛快和大气，太好了。愁虽多而美如春水，丰盈充沛，浩如长江，愁就愁它一江春水吧，俱往矣，东流而去，也就与愁告别了嘛！

“山高月小，水落石出。”这两句并非出自诗词，而是出自苏东坡的《赤壁赋》。这很有趣地反映了事物的相对性。月并未小，而是被高山所反衬变小，石并未要冒出来，而是水之落使之出头露面。你想让月亮小一点吗？没有直接的办法，但是可以寻找和进入巍峨高山；你想看看水下的石头的真面貌吗？多放掉一点水吧，至少等待枯水季节的来临吧。

另一方面这又说明了事物的绝对性。山再高，你感觉到月再小，其实月并未小，还是一般大；水再枯，石头露得再多，其实石头并未移动也无意活动，石头保持稳定，一旦大水前来，它们还照旧无误地隐没到水下面去。你是不是在日常生活中也常常或而觉得此小或而觉得彼出了呢？是不是也是没有看到事物的本来面目，误将山之高视为月之小，误将水之落视为石之欲出欲奔呢？面对大自然的各种现象，我们是多么肤浅、多么幼稚啊！

“休对故人思故国，且将新火试新茶，诗酒趁年华。”苏东坡的这几句词是有几分潇洒。每当吟咏起这几句，便不由得显出笑意，扫开阴霾。我不喜欢怀才不遇这一类的语言，连一点爽气都没有的才子，算什么才子？假冒伪劣罢了。也不要以为东坡先生一辈子就搞了诗、酒、茶，他做了许多大事，至少在当时他认为是重要的事，但他永远保持着对于火、茶、诗、酒的儿童般的兴趣，这不是很好吗？

“山重水复疑无路，柳暗花明又一村。”这是最常被人引用的诗句。一般引用这诗是说明人们不要轻易不抱希望，许多事情是绝处逢生，是无路之中找到了路。我对这两句诗的理解与受用则包含着亲和得多积极得多主动得多的内容，还包括了一种斗争和工作的策略。就是说不纠缠，不死抬杠，不在一个兴奋灶上钻牛角尖。你必须随时开辟新的战场新的战线新的话题新的思路与新的角度。有时讨论一个问题陷入僵持不下的局面，有时你的某一句话某一件事受到歪曲受到误解受到夸张，你再纠缠下去并无效果，而会中了胡搅蛮缠者的计。胡搅蛮缠的人不搞创作，不搞理论研究，不搞翻译，也不搞实际工作，只是在那里生事找事找碴儿钻空子，他们最怕的就是没人理他们。陷入与他们的讨论，那才是山重水复全无路呢。怎么办？不理，另辟新的战场。对于集中精力从事建设性的工作的人，他要做的题目他要涉及的领域他要讨论的课题他要贡献的意见总是太多太多了，题目必须由你自己来选，领域必须由你自己来定，主动权应该掌握在自己手里。

这是一个策略，但又不仅是一个策略问题，因为只有你具有广阔包容的视野，触类旁通的见识，举一反三的智慧，高屋建瓴的气度，宠辱无惊的修养，才能游刃有余，得心应手，摆脱无谓的争论，摆脱无聊的个人人身攻击，摆脱流言蜚语的涂抹，摆脱腐蚀人消磨人的人际关系及钩心斗角，做你自己想做而且需要做的事，不做你不想做也对任何人无益的事。就是说，柳暗花明的新村靠的是自己去创造。

“此时无声胜有声。”这可以发挥来讲沉默的妙处，不需要我特别讲什么。可叹的是，有多少人通过毕生的努力做到了会说什么，却做不到不说什么及不会说什么；做到了会说得精彩，却做不到不说得精彩；做到了甚至超过了该说的要说，却没有做到不该说的不说。

“……而今识尽愁滋味，欲说还休。欲说还休，却道天凉好个秋。”许多话的后面还有话，如同天凉好个秋的后面是无限的愁苦。许多事的后面还有事，不仅仅是表面的那些东西。什么时候能够判断清楚每事每语的内蕴和来由呢？什么时候能使自己的行为语言也多一点含义呢？

“有意栽花花不活，无心插柳柳成荫。”这是常见的现象。它的意义有二：第一是人常常不能预见自己行为的后果，人常常是想进彼间房子，却进入了此间房子；第二是人的过分的努力过分的干预过分的企盼常常起到了相反的作用，成为完成一件事的阻力。

“天生我材必有用，千金散尽还复来。”这是我最喜欢的诗句之一。多么乐观，多么自信。才总是有用的，有时候能够得到超水平的发挥，有时候则受到许多条件的限制。然而，限制，不正是对于才华的激励和挑战、考验和召唤吗？只能捧着抬着哄着才能发挥好的才华叫什么才华？古今中外，我不喜欢怀才不遇的说法，比如贾谊，那种性格能承担重任吗？文人议论，有时候带有纸上谈兵的性质，何必那么自恋自怨自艾？千金云云，更妙了，千金的用途恰恰在于能够散尽，而且能够复来，一尽一来，这才是人生，这才是丈夫！大开大阖，大踏步地前进，大踏步地后退，这才是正道！

还有多少诗句、多少辞章、多少俚语、多少成语中包含着人生的道理。一些东西表面看来是那样浅俗那样一般那样粗鄙，然而这都不是偶然形成的，都包含着实际的经验实际的思索和一代代人的思考。想一想，智慧的源泉无边无际，我们能不能从中获益呢？

只要心儿不曾老

新中国成立前后，倾向革命的学生当中有一首歌曲十分流行，这首歌既轻快又深情。这首歌不是前苏联歌也不是解放区的歌，不直接歌唱革命也不唱工人游行什么的，它是一首没怎么发生过革命的丹麦之民歌，但仍然很受赤色学生们的欢迎。我印象最深的是其中的四句：

鸟儿们呀在歌唱
鸟儿们在舞蹈
少女呀你为什么
苦恼又悲伤

从这四句里无论如何听不出革命和共产主义的味儿来。

一九五〇年，我在北京市东四区工作（后来东四区与东单区合并成为现在的东城区）。年仅十六岁的我到女二中党支部巡视她们的党员寒假学习班，我记得她们在学习之余的休息时间就大唱了这首丹麦民歌。这不是《国际歌》《华沙工人歌》《生活像泥河样流》那样的令人热血沸腾的歌，然而它光明纯洁得令人落泪。

后来就差不多把这首歌忘了。那些年月有那么多歌让唱和不让唱，有那么多歌爱唱和不爱唱，这首歌好像并不重要，它不马列主义也不修正主义，与斯大林、赫鲁晓夫、毛泽东或者江青都不搭界，它好像已经注定从我们这一代人的生活中淡出了。

二〇〇〇年秋，我与其他十几位作家组团访问挪威。挪威同行陪我们乘中巴爬山越岭，从东岸的奥斯陆经过冰川雪峰到西岸的卑尔根去。行至第二天，挪威同行建议大家唱歌。于是唱起了一大堆革命歌曲。最后，唱起了这首歌。

然而我想不起全部歌词，第一段，想不起第二句来，第二段全忘光了，但是记得小鸟，记得少女，记得歌唱舞蹈还有悲伤，记得它的明快和抒情，它的易于上口。这个歌词很怪，又唱又舞，又小鸟又少女，却是又苦恼又悲伤。而这苦恼和悲伤的歌儿却被那么革命的我辈喜爱过。

此后几天，我一直在考虑这首歌，这首歌好像在历时半个世纪以后突然又重生了、降临了，使我发起烧来、犯起病来了。此后到了哥本哈根机场，我更是想念这首歌如思念早年的情人，苦苦不能自已。后来到了爱尔兰、瑞士、奥地利，我仍然沉浸在对这首歌的回忆与追索里。

回到北京，我打电话给我的姐姐，她这方面的记忆力是惊人的。她立即在电话中给我唱道：

在森林和原野是多么逍遥
美丽的少女想些什么
摘下一棵开花结果的树呀
这是多么美丽呀多么美丽呀

鸟儿们呀在歌唱

鸟儿们在舞蹈
少女呀你为什么
苦恼又悲伤

然后一段是：

哪年哪月哪日哪个时辰
苦恼悲伤都消失呀
快乐又逍遥
不远了不远了
只要心儿不曾老
幸福的日子
就要来到

我一下子明白了，关键在于最后的几句，不远了，幸福来到了，这不正是我们迎接解放的心情吗？这不正是革命的应许吗？这不正是年轻人的革命梦吗？

虽然生活的实际要复杂得多，歌曲的美妙还是感人的。感人的故事会重现，感人的歌曲会让你发烧不止一次。青春的激情与美梦会一再在你的灵魂里震响，这样震响过的人生是值得的。歌里唱得对，只要心儿不曾老，无论是老年人还是青年人。

十二、人生漫笔

与其说哲学向来关注人生，倒不如说人生本来就是一门生活的哲学，只要用心去思考，便总有两两相对的范畴出现在你的面前。诸如，喜悦与感伤、善良与仇恶、宽容与忌妒、雅与俗、美与丑、欢乐与烦恼、浮躁与安详、世俗情怀与精英诉求、事业与家庭等。这些几乎都是我们每天要面对的，至少在每个人的一生中是无法完全规避的。既然生活本身就是一种哲学，那么我们真该用哲学的态度来对待生活。这种哲学的态度，至少应该是求实的、两点论的，而不应该是形而上的、偏激的，只有这样才会减少人生的曲线的弯度。

Twelve

我的处世哲学

我没有受过完好的学校教育，所读书卷也很有限。有时承蒙不弃，被认为还有点什么思想见解，并不随波逐流者也，首先是得益于生活实践的启示与好学好问的感悟。

就是说，我承认“实践出真知”的基本命题，同时也不否认基本之外的例外与变异。

马上就是我的六十岁生日了，积一个甲子之经验，我能够告诉读者们一点什么呢？

第一，不要相信简单化。

我到处讲一个意思：凡把复杂的问题说得像小葱拌豆腐一清二白者，皆不可信；凡把解决复杂的问题说得如同探囊取物易如反掌者，皆不可信；凡把麻烦的事情说成是一念之差，说成是一人之过，以为改此一念或除此一人则万事大吉者，皆不可信。

主要矛盾解决了，次要矛盾也就迎刃而解了——说实话我这一辈子还没怎么碰到过这么便宜的事情。大多数，绝大多数是主要矛盾解决了，次要矛盾反而更加突出激化、更加麻烦了。

所以我虽然赞扬针灸，却不相信点穴和咒语。

我知道世上没有万能药方，所以我也不为某味药的失灵而气恼或反目为仇。我常常不抱非分的期望，所以也很少过于悲观绝望。

第二，不要相信极端主义与独断论。

世界上绝对不是只有黑白两种颜色、善恶两种品德、敌我两种力量、正谬两种主张、资无两个阶级。

要善于面对和把握大量的中间状态、过渡状态、无序状态与自相矛盾的状态、可调控状态、可塑状态等。

世界上的事情绝对不是谁消灭了对方就可以天下太平光明灿烂。动不动把自己树成正确正义一方，把对方扣成错误乃至敌对一方，动不动想搞大批判骂倒对方——不论是依势的甲批乙还是迎潮的乙批甲，都带有欺世盗名自我兜售的投机商味道与小儿科幼稚。要学会面对真正的大千世界，而不是只“面对”被某种意图或者理论过滤过改绘过的简明挂图。

在没有绝对的把握的大量问题上，中道选择是可取的，是经得住考验的。

第三，不要被大话吓唬住。不要被胡说八道吓唬住。不要被旗号吓唬住。

因了发明一句话而搞得所向披靡者，多半大有水分。大而无当的论断下面不知道有多少漏洞和虚应糊弄。

过犹不及。过于伟大或过于卑微、过于高明或过于愚蠢、过于奇特或过于陈旧的话语，都值得怀疑。

不要陷于标签与旗号之争，不要认为一划类一戴帽子就可以做出价值判断。不要以为一划类一判决世界就井井有条了——多半是相反，更加歪曲了。

戴上桂冠的也可能狗屎，扣上屎盆子的也可能冤枉，这是一。桂冠云云可能本身就不可贵，盆子云云可能本身就不丢人，这是二。同一个类属或概念之下可能掩盖着各种不同的状态乃至于性质，这是三。你的分类法本身就没有被证明过，你的划类术又极低智商，因此不足为凭，这是四。

要善于使用概念而不是被概念所使用所主宰。

一般地说，在没有足够的根据的情况下，在常识与大言之间，我选择前者。但我也绝不轻率地否定一种惊人高论。对后者我愿意抱走着瞧的态度。

第四，不要搞排他，不要动不动视不同于自己的为异端。

特别是在文学与艺术问题上，以及在许多问题上，宁可相信别人与自己都是处于瞎子摸象的过程中，人们各有道理又各执一词。世间的诸故事中，没有比瞎子摸象的比喻更深刻更普遍更给人以教益的了。

所以，多年来我坚持一种说法：可以党同，慎于或不要伐异。最好是党同喜异、党同学异。可以老王卖瓜自卖自夸，不要王麻子剪刀别无分号。提倡多元互补，不要动不动搞你死我活。

我致力于提倡与树立建设性的学术品格。多数情况下，我主张立字当头，破在其中——立了正确的才能破除也等于破除或扬弃谬误的。事实已经证明，没有立即没有建设的单纯破坏，带来的常常只能是失范、混乱、堕落，这种真空比没有破以前还糟糕。

第五，我提倡理解，相信理解比爱更高。

甚至于批评谬误，也要先理解对方，知道他是怎么失足，怎么片面而且膨胀的，知道他的局部的合理性乃至光彩照人与总体的荒谬性是怎么表现与“结合”的，而不是简单地把对方视如妖孽。没有人有权利动不动把对立面视如妖孽、牛鬼蛇神。

我主张见到自己没有见过或弄不清楚的事情先努力去理解它体味它，确有把握了，再批评它匡正它。我不赞成那种凡遇到自己不明白的东西就声讨一番，先判罪再找理由的恶习。自己弄不懂的东西不一定就坏，对于自己闹不明白的东西，明智的做法是一看二研究，不行就先挂起来。

所谓理解也就是弄清真相的意思，先弄清真相再做出价值判断，这是最根本的原则。先做出价值判断再去过问真相，乃至永不去过问真相，这是聪明的白痴的突出标志。

任何人试图以真理裁判道德裁判者自居，以救世主自居，众人皆浊我独清，众人皆醉我独醒，都不要随便信他。

所以我提倡费厄泼赖，我不相信鲁迅的原意是让人们无止无休地残酷斗争下去。

所以我赞成不搞无谓的争论，对于花样翻新的名词口号，对于热点热门，对于咋咋呼呼，我常常抱不为所动所怒、静观其变、不信其邪、言行对照、比较分析的态度。

所以我常常怀疑关于自己已经发现终极真理的自我作古的宣告。

第六，我承认特例，但更加重视常态；我梦想某种瞬间，但更重视经常；我不相信用特例和瞬间来否定常态和一般的矫情，不管这种矫情以什么样的大言的形式出现。

所以我原谅乃至常常同情凡俗，认为适度的宽容是必要的。

待人，我喜欢务实的态度，我宁愿假定人是有缺点的，多数是平庸的。平庸不是罪，通俗不是罪，对于有毛病的人不必疾恶如仇。利己也不是罪，但是不能害人。害人害国，只知谋私利，我很讨厌。

用到学术讨论上，我认为百家争鸣之中必然会有大量的浮言、偏言、陋言、“屁话”。我也说过许多次，一“百家”中，有两三家深刻而又真实的论述，也就不错了。如果你认为这个“出金率”太小，并因而废除百家争鸣，说不定离真理更远而不是更近。不能因噎废食。

我当然承认特殊、承认特例，但是我不能苟同用特例否定一般规律。例如一谈到爱就强调不能爱结核菌，一强调业务就辩驳说某位烈士并非因了业务好而伟大等，这都是无聊的诡辩。我们重视特例，我们更应该着眼于一般，着眼于群体，着眼于正常情势下的状态。宽容云云，当然指的是常态，不是指与敌人拼刺刀的那一刹那。连这种废话都要说一说，我为此深觉遗憾。

第七，求学求知方面，我重视学习语言、外族语言、哲学、逻辑学和一般的数学科学常识。

我好读书刊报，喜思索，常对比，愿探讨，不苟同，不苟异，相信许多真理要经过实践的检验。相信生活之树常绿。相信真、善、美各自之间与相互之间有许多相通互补之处。

我有兴趣于那些表面如此不同而实际如此接近以及表面同属一类而实际如此不同的世间事物。看出这个，才是有趣的发现。

我特别希望能够培养自己的最不相同与相干的知识技能，至少是接受欣赏的范围。例如，直观的诗与逻辑的理论。例如，地方戏曲与交响乐以及摇滚乐。我每天都在警惕与破除自己的鼠目寸光故步自封，但仍然没有完全摆脱此种病魔的阴影。

第八，我重视结论，也重视方法。看一看他的方法，就可以看出他是不是以偏对偏、以暴易暴、以私易私。

我常常发现激烈冲突的双方用的是同一种有我无你的方法，抹杀事实的方法，六经注我的方法，先有结论而后雄辩的方法，乃至吹牛皮说大话装腔作势吓唬人的方法。

我得益于辩证法良多，包括老庄的辩证法、黑格尔的辩证法、革命导师的辩证法。我更得益于生活本身的辩证法的启迪。所以我轻视那种哩哩啰啰、抱残守缺、耍丑售陋、自足循环、只知其一而不知其二其三的死脑筋。

第九，在生活态度上，我喜欢乐生，喜欢对各种新鲜与陈旧事物感兴趣。

我相信，多种多样的兴趣与快乐，不仅有利于健康，也有利于学问、工作乃至处理公私事务。起码它有利于触类旁通，有利于发展想象力从而能够更好地选择，有利于举一反三，有利于从容讨论，有利于知己知彼，有利于细心体察，有利于海纳百川，有利于消除无知与偏见。

我最讨厌与轻视的是气急败坏、钻牛角尖、攻其一点、整人整己、千篇一律、画地为牢、搞个小圈子称王称霸。

第十，在知识分子的使命问题上，我主张每个人做好自己的事。只有做好自己的事才能使国家得到切实的发展，有了切实的发展才有一切。没有切实的发展而只有仓促引进的观念，成不了事。如果说我们国家有某些痼疾，那就和一个人一样，人人去给他治病，并为医疗方案问题争个头破血流，那个人是非治死不可的。人人讳疾忌医，或者反过来自欺欺人，也是不可以的。正确的方法只能是实事求是，循序渐进，注重积累，注重建设。

这里同样也有一个常态与非常态的问题。在非常时期，人们会扔掉自己的事，工农兵学商，大家来救亡。正像一个人应该一日三餐，这是常态，而非常态状况下，也许三天也不吃一顿饭。革命的结果究竟是让人们更多地过常态的生活呢，还是让人们都过非常态的生活呢？这本来不是一个深奥的问题。

第十一，在“做人”方面，我给自己杜撰了如下的座右铭：

大道无术：要自然而然地合乎大道，而毫不在乎一些技术、权术的小打小闹、小得小失。

大德无名：真正德行，真正做了有分量的好事，是不应该也不可能出风头的。

大智无谋：学大智慧，做大智者，行止皆合度，而不必心劳日拙地搞各种计策——弄不好就是阴谋诡计成癖。

大勇无功：大勇之功无处不在，无法突出自己，无可炫耀，不可张扬，无功可表可吹。

（上述种种，大体不适用于我的文学审美观。我认为，文学艺术是人类实践活动与学术活动的补充与反拨，正是文艺活动更需要奇想、狂想、非常态、神秘、潜意识、永无休止的探求与突破等。以为靠初中哲学教科书就可以指手画脚文艺，着实天真烂漫一厢情愿。）

综合上述诸点，我想换一个比较“哲学”的概括方式来讲一讲自己多年来虽有实践却并不自觉的几条原则：

1.中道或中和原则。认同世界的复杂性与多元性。认同世界的矛盾性与辩证法。认同每一种具体认识的相对性。认同历史的变动是由合力构成，而合力的方向是沿着平行四边形的对角线——中道——前进的。我一贯致力寻找不同的矛盾诸方面的契合点。我相信正常情势下的和为贵。

2.常态或常识原则。（不否认变态和异态，而是以常态的概念去包容异、变态。所谓异、变态是来自常态又复归常态的常态的变异，是常态的摇摆振荡，最后也是常态的一种形式。）

所以，我认同文化的此岸性、人间性，认同人类的世俗性，认同发展生产提高生活趋利避害的合理性，认同大多数人的最大利益原则，认同国家、民族、社会（包括国际社会）生活与政治努力的合理性，而对各种横空出世的放言高论采取谨慎态度。

3. 健康原则。什么样的是健康的，而什么样的是不健康的呢？

理性原则是健康的。气急败坏、大吹大擂、咋咋呼呼、一厢情愿是不健康的、病态的。

善意，与人为善，光明正大，胸怀宽广是健康的。恶狠狠，鼠肚鸡肠，与人为恶，动不动就好勇斗狠是病态的。

乐观原则是健康的。面对一切麻烦，不抱幻想，但仍然保持对于人、对于历史、对于人类文明乐观的态度是健康的。动不动扬言要吊死在电线杆上则是病态的。

健康原则是一种利己的与乐生的原则，但也是一种道德原则。我认同“君子坦荡荡，小人长戚戚”的总结。道德与智慧境界愈高，就愈能做愈要做那些有利于自己与别人的身心健康的事情，而不去做那些害人害己折腾人折腾己的事情。

健康原则同样是智慧原则。智者常能更健康地对待各种问题。其例无数。

这些原则互不可分、互为条件。例如，善意是指常态，中道多半健康。

这些原则实在是太平凡太软弱太正常了，绝无惊人之处。在一个刀光剑影、尔虞我诈、艰难困苦、积怨重重的世界里，我的原则是太窝囊了。但是我坚信，人们是需要这些常识性的原则的，希望在乎这些原则而不是相反。

如此等等。我其实更偏重于经验，偏重于生活的启悟，偏重于事物的相对性方面，偏重于事物的常态常理常识方面。我实在没有什么发明，也不喜欢表演黑马。而另一方面，如治学的严谨，体系的严整，旁征博引的渊博，杀伐决断的强硬，以及名词与论断的精确性方面，我都颇有弱点、疏漏。我的一些见解，与其说是学术，不如说是人生的常识。承认人生，承认常识，我们就获得了讨论与交流的基础。

我喜欢幽默

我希望多一点幽默，少一点气急败坏，少一点偏执极端。

从容才能幽默。平等待人才能幽默。超脱才能幽默。游刃有余才能幽默。聪明透彻才能幽默。

就是说，浮躁难以幽默。装腔作势难以幽默。钻牛角尖难以幽默。捉襟见肘难以幽默。迟钝拙笨难以幽默。

就是说，我希望多一点幽默，并不是仅仅为了一笑。当然也希望多一点笑容，少一点你死我活。

我更希望多一点清明的理性，少一点斗狠使气；多一点雍容大度，少一点斤斤计较；多一点趣味和轻松，少一点亡命习气。

也多一点语言的丰富、美感乃至于游戏，少一点千篇一律、倒胃口和干巴巴。

有一种人自己不幽默也不许旁人幽默，他们太可怜了。我想起了一位外国作家的话，他说如果人群中有一个危险分子，而你不知道是谁，那么请你讲一个笑话，有正常反应即有幽默感的人大体是好人，而一脑门子官司，老觉得旁人欠他二百吊钱，你愈说得可笑他愈是立目横眉的人，则多半是“克格勃”。

差不多！

有一种极高明的说法，是说按外国的标准特别是英国的标准，中国没有幽默。我不太相信这种有点吓人或者唬人的说法。一个没有幽默的国家是难以存活的，就像一个没有幽默的人是难以存活的一样。毫无幽默感，谁敢跟他打交道？谁敢与他共同生活？他还不早就杀了人或是自杀了？

我的另一个舌头

一九八七年晚秋，那一天午餐招待来北京演出的西藏歌舞团。民委主任司马义·艾买提讲话的时候，我鼓励他用维吾尔语讲，由我担任翻译，推辞了一下就这样操作起来了，大家笑成一团。

我爱听维吾尔语。我爱讲维吾尔语。我常常陶醉于各民族的同胞分别用着自己的语言淋漓酣畅地抒情达意，而同时又能很好地交流的祥和情景。还有，没办法隐瞒的是，我不愿意放过任何可以使用维吾尔语，可以练习提高维吾尔语，乃至可以“显摆”自己的维吾尔语的机会。一讲维吾尔语，我就神采飞扬，春风得意，生动活泼，诙谐机敏。一种语言并不仅仅是一种工具，也是一种文化，是一个活生生的人群，是一种生活的韵味，是一种奇妙的风光，是自然风光也是人文景观。它们还是世界真奇妙的一个组成部分，是我的一段永远难忘的经历。还是我的一大批朋友的悲欢离合，他们的友谊，他们的心。

在六十年代后期，当命运赐给我与维吾尔族农民共同生活的机会，政治风暴把我抛到我国西部边陲伊犁河谷的边缘以后，我靠学习维吾尔语在当地立住了足，赢得了友谊与相互了解，学到了那么多终身受用不尽的新的知识，克服了人生地不熟的寂寞与艰难，充实了自己的精神生活。

维吾尔语是很难学的，无穷的词汇。小舌音、卷舌音与气声音，这是汉语里所没有的。更困难的是那些大致与汉语的音素相近的音，如何听出说出它与汉语不同的特色来。语法就更麻烦了，什么名词的六个格，动词的时、态、人称附加成分，有时候一个动词要加十几种附加成分……真是怎么复杂怎么来呀！而它们又是那样使我倾心、使我迷恋。它们和所有的能歌善舞的维吾尔族人联结在一起。它们和吐鲁番的瓜与葡萄、伊犁与焉耆的骏马、英吉沙的腰刀、喀什的清真大寺与香妃墓、和田的玉石与地毯联结在一起……我欣赏维吾尔语的铿锵有力的发音，欣赏它的令人眉飞色舞的语调，欣赏它的独特的表达程序……一有空闲，我就打开收音机，收听维吾尔语广播。开始，我差不多一个字也听不懂，那也听，像欣赏音乐一样地如醉如痴地欣赏它，一听就喜笑颜开，心花怒放。两个农民小孩儿说话，我也在旁边“灌耳音”，边听边钦佩地想：瞧，人家有多棒啊！人家这么小就学会了维吾尔语！且慢！原来他们本来就是维吾尔族人，维吾尔语是他们的母语，他们之会说维吾尔语正如我们的孩子一学话就说汉语，实在也不足为奇……我学维吾尔语已经快要走火入魔了。

我学习着用维吾尔语来反应和思维，夜间起床解手，扶着床就说“karawat”，开开门的时候就说“ixik”，沿墙走路就说“tam”，小便了就说“suduk”，起风了就说“xamal”，再回到炕上便告诫自己

“uhlay！uhlay”（睡觉的第一人称祈使句）。后来，看到打上了数的算盘或者阿拉伯数字，我会立即用维吾尔语读出来，而如果当时突然有一位汉族同志前来用汉语问我这是多少，我会瞠目结舌，一瞬间茫然不知所措。

我终于可以说我多了一个舌头了。和维吾尔族人在一起我同样可以口若悬河滔滔不绝，也可以语言游戏、话外含音……不仅多了一个舌头，也多了一双耳朵，你可以舒服地听进另一种语言，领略它的全部含意、色彩、情绪……多了一双眼睛，读懂曲里拐弯由右向左横写的维吾尔文字。更多了一个头脑一颗心，获得了知识、经验、理解、信任和友谊。

其实多的不仅是一个舌头，也多了一双眼睛，你看得懂用这种语言出版的书籍了；多了一双耳朵，你听懂了那么多话语和歌曲；多了一颗心——你更多地关心和记住他们了。总而言之，是打开了另一个世界。

不是说“理解万岁”吗？为了理解，让我们学会学好更多的兄弟民族的语言文字吧，也学好更多的外国语吧。改革开放的时代应该有更多的语言知识与语言本领。而且，这个学习过程充满了奇妙的经验和乐趣。

劝善说

一直以为善恶报应是小儿科的幻想、自慰或说教。而好人没有好报是一切煽情通俗悲剧的故事核心，是三流作家赚取读者（或观众）眼泪的主要手段——同样的小儿科。

一直以为几种排列组合都是可能的：好人好报，好人坏报，恶人好报，恶人恶报，好人无报，恶人无报……

最近与友人闲谈，他忽然说起，当年一些整他的人、心术阴险的人、不择手段地拼命钻营的人——公认的恶人多没有好下场，大多现在已经“身与名俱灭了”。我一想，也差不多如此。我熟知的几个对别人动不动下毒手的人，有的早已自杀了，有的得了恶症，有的出了灾祸。当然不是百分之百，但是“报应率”已达百分之六七十。

便想，为什么？

我恍然大悟，恶是一种病态。性未必都善，但大致还是应该过得去的。性中也有恶，但也没有大恶，性情中的恶，自私而已私欲而已，当非恶恶或极恶。那么为什么有的人的恶远远超出了满足自我的范围，而是拼命地加害旁人，与人为恶，把一生的奋斗目标放在损人害人上，或者疯狂地自我膨胀，怎么摆也摆不下他了呢？他们或是心胸狭隘，嫉贤妒能；或是疑神疑鬼，坐卧不宁；或是阴谋鬼祟，伤神疲体；或是厚颜无耻，卑鄙下流，为了蝇头小利而不惜做出正常人做不出来的事；或是贪婪无度，违法乱纪……

这其实是一种心理疾患。表现为迫害狂、妄想狂，表现为幻听幻视幻觉幻影；表现为非理性的狂躁或抑郁即感情障碍型精神疾患；表现为顽固观念，钻牛角尖，自己与自己过不去而又永远无以自解；表现为自惊自扰，神经衰弱；表现为喜怒无常，行止无度；表现为高度紧张，抑制与兴奋功能失节失态；表现为反应过度，夸张咋呼；表现为杯弓蛇影，草木皆兵；表现为自大狂、自恋狂、自虐狂、夜郎自大、顾影自怜、自吹自擂、自卖自夸、自我感觉错乱、对外界的判断也完全错乱等。

身心是分不开的，试想一个具有上述症状的人是多么不幸呀！他必然常常怒气冲冲，贪婪红眼，头沉心悸，五行失调，阴阳难谐，消化不良，饮食无味，失眠盗汗，胸闷肉跳，牢骚满腹，老觉得别人欠自己二百吊钱，而又要滔滔不绝地表功表忠，表高表清，邀赏邀宠，邀名邀利，伤脾伤胃，如入炼狱，如坠火海……尤其是，你是人人家也是人，你有点聪明人家也未必没有——或者比你更聪明，你能整人人家也能反击你，于是恶人者人恒恶之，算计人者人恒算计之，疑人者人恒疑之，与人为恶者早晚有孤家寡人、四面楚歌、六月的韭菜臭一街的那一天，就更增加了一层思想负担。

再说以恶的方法一时一事得利取胜是可能的，岁月一天天过去，恶人终将受到社会的唾弃和历史的惩罚，民心向善，人心喜善，这是恶人们没有办法的事，这也是恶人们永远得不到心理平衡与光明喜悦的根本原因。他们什么时候能够不痛苦或者少痛苦一些呢？

奉劝世人还是要善良厚道一些，即使只是为了自己的身心健康。

善　良

善良似乎是一个早就过了时的字眼。在生存竞争中，在阶级斗争中，在各种各样的人际关系中，利益原则与实力原则似乎早已代替了道德原则。

我们当然也知道某些情况下一味善良的不足恃。我们听过不少关于善良即愚蠢的寓言故事。东郭先生，农夫与蛇，善良的农夫与东郭先生是多么可笑呀。故事告诉我们，如果你的对象是狼或者蛇，善良就是自取灭亡，善良就是死了活该，善良就是帮助恶狼或是毒蛇，善良就是白痴。

但我们也不妨想一想，那些需要帮助的人当中，那些等待着向他们伸出善良的援助之手的冻僵者或是重伤者当中，有多大比例是毒蛇或者恶狼？我们还要问，宇宙万物中，有多大比例是毒蛇和恶狼？为了有限的毒蛇和恶狼而不惜将一切视为毒蛇和恶狼，不惜以对付毒蛇与恶狼的法则为自己的圭臬，请问这是一种什么疾病？

我们还可以问一下，我们以对待毒蛇和恶狼的态度对待过的那些倒霉蛋当中，又有多少人是经得住时间考验的当真的毒蛇和恶狼？如果说，面对毒蛇和恶狼而一味善良便是糊涂的农夫或东郭先生，那么面对并非毒蛇或恶狼的人却坚决以对待毒蛇或恶狼的态度对待之，我们成了什么呢？是不是我们自己有点向蛇或狼靠拢呢？

善良与凶恶相对的时候，前者显得是多么稚弱而后者显得是多么强大呀。凶恶会毫不犹豫地向善良伸出毒手，而善良却处于不设防乃至不抵抗的地位。凶恶是无所不为的，凶恶因而拥有各种各样的武器。而善良是有所不为的，善良的武器比凶恶少得多。善良常常败在凶恶手下。

然而人们还是喜欢善良、欢迎善良、向往善良。善良才有幸福，善良才能和平愉快地彼此相处，善良才能把精力集中在建设性的有意义的事情上，善良才能摆脱没完没了的恶斗与自我消耗，善良才能实现健康的起码是正常的局面，善良才能天下太平。

这就是善良的力量。善良的力量就在于它是人的。它属于人，它属于历史属于文明属于理性属于科学。它属于更文明更高尚更发展得良好的人。它属于更文明更民主更发展更富强的社会。

凶恶每“战胜”一次善良就把自己压缩了一次，因为它宣告了自己的丑恶。善良每败于凶恶一次，就把自己弘扬了一次，因为它宣扬了自己的光明。

善良也是一种智慧，是一种远见，是一种自信，是一种精神力量，是一种精神的平安，是一种以逸待劳的沉稳，是一种文化，是一种快乐，是一种乐观。

善良可以与天真也可以与成熟的超拔联系在一起。多数情况下善良之不为恶非不能也，是不为也。善良的人不是不会自卫和抗争，只是不滥用这种“正当防卫”的权利罢了。往往是这样，小孩子是善良的，真正参透了人生与世界的强大的人也是善良的，而一瓶子不满半瓶子晃荡的人最不善良。

君子坦荡荡，小人长戚戚。恶人更是常常四面楚歌，如临大敌，其鸣也凄厉，其行也荒唐，其和也寡，其心也惶惶。而善良者微笑着面对现实，永远不丧失对于世界和人类、祖国、友人、理想的信心。

我喜欢善良。我不喜欢凶恶。我认为即使自以为是百分之百地代表着真理和正义也不应该滥恶。滥恶本身就不是正义了。我相信，国人终归会愈来愈善良而不是相反。例如在“文化大革命”中，凶恶不是已经出尽风头了吗？凶恶不是披尽了“迷彩服”了吗？后来又怎么样了呢？

不设防

我有三枚闲章：无为而治、逍遥、不设防。“无为”与“逍遥”都写过了，现在说一说“不设防”。

不设防的核心，一是光明坦荡，二是不怕暴露自己的弱点。

为什么不设防？因为没有设防的必要。无害人之心，无苟且之意，无不轨之念，无非礼之思，防什么？谁能奈这样的不设防者何？

我的毛笔字写得很差，但仍有人要我题字。我最喜欢题的自撰箴言乃是“大道无术”四个字。鬼机灵毕竟是小机灵。小手段只能收效于一时。小团体只能鼓噪一阵。只有大道，客观规律之道，历史发展之道，为文为人之道，才能真正解决问题。设防，只是小术，叫作雕虫小技。靠小术占小利，最终贻笑大方。设防就要装腔作势，言行不一，当场出丑，露出尾巴，徒留笑柄。设防就要戴上假面具，拒真正的友人于千里之外，终于不伦不类，孤家寡人。

不怕暴露自己的缺点，乃至敢于自嘲，意味着清醒更意味着自信，意味着活泼更意味着真诚。缺点就是缺点，弱点就是弱点，不想唬人，不想骗人，亲切待人，因诚得诚。不为自己的形象而操心，不为别人的风言风语而气怒，不动不动就拉出自己来，往自己脸上贴金。自吹自擂，自哀自叹，自急自闹，都是一无所长毫无自信的结果，都实在让人笑话。

从另一方面来说，不设防是最好的保护。亲切和坦荡，千千万万读者和友人的了解与支持，上下左右内外的了解与支持，这不是比马其诺防线更加攻不破的防线吗？

之所以不设防，还有一个也许是最重要最根本的原因：我们没有时间。比起为个人设防来说，我们有更多得多、更有意义得多的事情去做。把事情做好，这也是更好的防御和进攻——对于那些专门干扰别人做事的人。

因为不设防是不是也有吃亏的时候，让一些不怀好意的小人得逞——乱抓辫子乱扣帽子的时候呢？

当然有。然而，从长远来说，得大于失，虽失犹得，不设防仍然是我的始终不悔的信条。

逍遥

我不知道为什么从小就这么喜欢“逍遥”二字，是因为字形？两个“走之”给人以上下纵横的运动感、开阔感。是因为字音？一个阴平，一个阳平，圆唇与非圆唇元音的复合韵母，令我们联想起诸如遥遥、迢迢、昭昭、萧萧、淼淼、骄骄、袅袅、悄悄……都有一种美。

不知道对于庄周，对于“文化大革命”中不参加“斗争”的一派“逍遥”意味着什么，也不知道从《说文》到《辞海》对于“逍遥”有些什么解释，反正对于我个人，它基本上是一种审美的生活态度，把生活、事业、工作、交友、旅行，直到种种沉浮，视为一种丰富、充实、全方位的体验。把大自然、神州大地、各色人等、各色物种、各色事件视为审美的对象，视为人生的大舞台，从而得以获取一种开阔感、自由感、超越感。

自己丰富才能感知世界的丰富，狭隘与偏执者的世界则只是一个永远钻不出去的穴洞。自己好学才能感知世界的新奇，懒汉的世界则只是单调的重复。自己善良才能感知世界的美好，阴谋家的四周永远是暗箭陷阱。自己坦荡才能逍遥地生活在天地之间，蝇营狗苟者永远是一惊一乍、提心吊胆。

因为逍遥，所以永远不让自己陷入无聊的人事纠纷中，你你我我，恩恩怨怨，抠抠搜搜，嘀嘀咕咕，这样的人至多能取得蚊虫一样的成就——嗡嗡两声，叮别人几个包而已。

当然不仅逍遥，也有关心、倾心、火热之心。可惜，只配逍遥处之的事情还是太多太多了。不把精力浪费在完全不值得浪费的方面，这是我积数十年经验得来的最宝贵的信条。

安　详

我很喜欢、很向往的一种状态，叫作——安详。

活着是件麻烦的事情，焦灼、急躁、愤愤不平的时候多，而安宁、平静、沉着有定的时候少。

常常抱怨旁人不理解自己的人糊涂了，人人都渴望理解，这正说明理解并不容易，被理解就更难，用无止无休的抱怨、解释、辩论、大喊大叫去求得理解，更是只会把人吓跑的了。

不理解本身应该是可以理解的。理解“不理解”，这是理解的初步，也是寻求理解的前提。你连别人为什么不理解你都理解不了，你又怎么能理解别人？一个不理解别人的人，又怎么要求别人的理解呢？

不要过分地依赖语言。不要总是企图在语言上占上风。语言解不开的事实可以解开。语言解开了而事实没有解开的话，语言就会失去价值，甚至于只能添乱。动辄想到让事实说话的人比起动不动就想说倒一大片的人更安详。

不要以为有了这个就会有那个。不要以为有了名声就有了信誉。不要以为有了成就就有了幸福。不要以为有了权力就有了威望。不要以为这件事做好了下一件事也一定做得好。

有人崇拜名牌，有人更喜欢挑剔名牌。有人承认成就，更有人因为旁人的成就而虎视眈眈。有人渴望权力，也有无数只眼睛盯着你权力的运用。一个成功可以带来一连串成功，也可以因你的狂妄恣肆而大败特败。没有这一面的道理，只有那一面的道理，就没有戏看了。

安详属于强者，骄躁流露幼稚。安详属于智者，气急败坏显得可笑。安详属于信心，大吵大闹暴露了其实没有多少底气。

安详也有被破坏的时候，喜怒哀乐都是人之常情。问题是，喜完了怒完了哀完了乐完了能不能及时回到安详状态上来。如果动不动就闹腾，如果动不动就要拽住一个人论述自己的正确，如果要求自己的配偶自己的孩子自己的下属无休无止地论证自己是多么多么好，如果看到花没有按自己的意愿开没有按自己的尺寸长就伤心顿足，您应该寻求心理医生的帮助。

安详方能静观。观察方能判断。明断方能行动。有条有理，不慌不乱，如烹小鲜，庶几可以谈学问矣。

童年时常听到一句俗话，形容一个人气急败坏为“急得抓蝎子”。如果您对，急什么？如果您差劲，越躁越没有用。动不动摆出一副抓蝎子的样子，以为这种样子可以吓人唬人，实属可叹可恶。《红楼梦》里的赵姨娘就是个动辄“抓蝎子”的人，我要以她为戒。一个人的能力有大小，至少不必活得那么痛苦，给旁人带来那么多不快。

再说安详

为了安详，我的经验是：

第一，多接触、注意、欣赏、流连大自然。高山流水、大漠云天、海潮汹涌、湖光如镜、花开花落、月亏月盈、四季消长、三星在天。万物静观皆自得，世事“动观”亦相宜。到了对大自然无动于衷、只知道斗斗斗的时候，您的细胞就要出麻烦了。

第二，多欣赏艺术，特别是音乐。能不能听得进音乐去，这大体上是您需要不需要请心理医生咨询的一个标志。

第三，遇事多想自己的缺点，多想旁人的好处。不要钻到一个牛角尖里不出来，不要越分析自己越对旁人越错。不要老是觉得旁人对不起自己，不要像一个钻头一样钻了一个眼就以为打通了世界，更不要把风钻的所有的螺丝钉焊得死死的。那样的话，您能不碰壁吗？

第四，不管您是不是有一点点“伟大”，您一定要弄清楚，其实您百分之九十几与常人无异，您的生理构造和功能与常人无异，您的吃、喝、拉、撒、睡与常人无异（如果不是更差的话），您的语言文字与国人无异，您的喜怒好恶大部分与旁人无异。您发火的时候也不怎么潇洒，您饿极了也不算绅士……人们把您当成普通人看，是您的福气。您把别人看成与您一样的人，是您的成熟。越装模作样就越显出小儿科，人家就越不“尿”你。再别这样了，亲爱的！

第五，注意劳逸结合，注意大脑皮层兴奋作用与抑制作用的调剂，该玩就玩玩，该放就放放，该赶就赶赶，该等就等等……永不气急败坏，永不声嘶力竭。

第六，幽默一点。要允许旁人开自己的玩笑，要懂得自嘲解嘲。有许多一时觉得急如星火的事情，事后想起来不无幽默。幽默了才能放松，放松了才可以从容，从容了才好选择。不要把悲壮的姿势弄得那么廉价，不要唬了半天旁人没成，最后吓趴了自己。

第七，小事情上傻一点。该健忘的就健忘，该粗心的就粗心，该弄不清楚的就弄不清楚，过去了的事就过去了。如果只会记不会忘，只会计算不会大估摸，只会明察秋毫不会不见舆薪，只会精明强干不会丢三落四……您的心理功能不全——比二尖瓣不全还麻烦，您得吃药了。

第八，也是最重要的，要多有几个“世界”，多有几分兴趣。可以为文，可以做事，可以读书，可以打牌，可以逻辑，可以形象，可以创造，可以翻译，可以小品，可以巨著，可以清雅，可以不避俗，可以洋一点，可以土一些，可以惜阴如金，可以闲适如羽，可轻可重，可出可入，可庄可谐，尊重客观规律，要求自己奋斗，失之桑榆，得之东隅。您还要怎么样呢？

喜 悦

我不知道词典上是怎么解释汉语中表示快乐一类情绪的词的，我也不知道外语中是否有相应的词，反正对这些词我有一些不知道算不算独到的感觉，它们会唤起我一些特别的互不相同的情绪。

高兴，这是一种具体的被看得到摸得着的事物所唤起的情绪。它是心理的，更是生理的。它容易来也容易去，谁也不应该对它视而不见失之交臂，谁也不应该总是做那些使自己不高兴也使旁人不高兴的事。让我们说一件最容易做也最令人高兴的事吧，尊重你自己，也尊重别人，这是每一个人的权利，我还要说这是每一个人的义务。

快乐，它是一种富有概括性的生存状态、工作状态。它几乎是先验的，它来自生命本身的活力，来自宇宙、地球和人间的吸引，它是世界的丰富、绚丽、阔大、悠久的体现。快乐还是一种力量，是埋在地下的根脉。消灭一个人的快乐比挖掘掉一棵大树的根要难得多。

欢欣，这是一种青春的、诗意的情感。它来自面向着未来伸开双臂奔跑的冲力，它来自一种轻松而又神秘、朦胧而又弥漫的隐秘的激动，它是激情即将到来的预兆，它又是大雨过后的比下雨还要美妙得多也久远得多的回味……

喜悦，它是一种带有形而上色彩的修养和境界。与其说它是一种情绪，不如说它是一种智慧，一种超拔，一种悲天悯人的宽容和理解，一种饱经沧桑的充实和自信，一种光明的理性，一种坚定的成熟，一种战胜了烦恼和庸俗的清明澄澈。它是一潭清水，它是一抹朝霞，它是无边的平原，它是沉默的地平线。多一点、再多一点喜悦吧，它是翅膀，也是归巢；它是一杯美酒，也是一朵永远开不败的莲花。

做好你自己的事

前不久，在美国遇到一位中国访问学者。在谈了国内的一些改革开放的成绩和麻烦，流露了她对于国事的关心与利国利民的心愿之后，她问我："你说，我们能做些什么呢？"

我脱口而出的回答是："做好你自己的事。"

就是说，如果您现在在国外访问，希望您的讲学活动与学术交流活动成功，希望您用最大的努力去吸收各种有用的新知识，同时也尽您的力量去促进国外的人了解中国。回国以后，继续为促进我国的学术事业的繁荣与中外学术交流而努力。

如果您在国内是打篮球的，我希望您把球打得更好。

如果您是拉提琴的，我希望您拉得更好更好，最好和帕格尼尼一样好或者更好。

而我是个作家，我理应把自己的努力、把自己的注意力集中在为读者提供更多更好的作品上面。

做好您自己的事也包括私事。我祝愿每个人都愈来愈能处理好自己的生活，身体健康、家庭和睦、邻里平安。齐家并非就能治国，但齐家起码有利于治国而不是相反。

很简单，一个社会是一个分工合作的大集体，没有合作就没有社会，没有分工就没有社会，除了战争时期非常时期。如果希望安定与发展，就必须尊重社会的分工，起码多数人是各司其职、各安其业，而不能动不动搞全民总动员。如果把对于社会的总体关心与做好自己的事割裂开来，就会出现一大批夸夸其谈、大言欺世、眼高手低、清谈误国的野心者、卖狗皮膏药人才、口力劳动英雄。

我们过去常常有意无意地只讲大事情、整体的事情、万众一心云云对个体的决定作用，而从来不讲小事情、个体的事情、各人做好各人的事情对整体对大事情的不容忽视的作用。这就造成了一窝蜂、赶浪头，用政治空谈取代发展的硬道理之类的状况。如果人人关心政治关心国家大事的结果不是人人做好自己的事，而是全面内战经济崩溃百业俱废，那么“你们要关心国家大事，要把无产阶级文化大革命进行到底”的结果就只能是一场灾难。

其实以放弃各安其业为代价的共同关心一件大事，只能也只应该出现在国家的非常时期。例如，发生了战争、瘟疫、全面地震、政变乃至狭义的夺取政权的革命……

我们也常常宣扬一种以见义勇为、“多管闲事”为特点的模范事迹。例如，一个公共汽车售票员帮助了一位素不相识的农村老大娘寻找儿子，等等。这当然好，当然很好。但是这里同样也有一个问题，那就是说每个人应该首先做好自己的事。一个公共汽车售票员应该首先尽职尽责地把票卖好，把站名报好，把车内秩序疏导好，对乘客态度好……就是说，各人自扫门前雪，莫管他人瓦上霜当然不对，但专管他人瓦上霜，不扫自己门前雪，也很矫情可疑。应该是先扫必扫自己门前雪，然后尽量管他人的瓦上霜——这样似乎比较合乎逻辑。

在一个连起码的敬业精神还有待于进一步培养的国家里，离开了做好自己的事，离开了实干兴邦的提倡，而只谈救国救民、以天下为己任、以世界革命为目标、以专门利人为榜样等，总是让人觉得未免替自己也替人家难为情。

宽容与疾恶如仇

近年来学术界颇有人提倡宽容，与此相同，也有青年朋友提出拒绝宽容。对此，我的看法如下：

要提倡的宽容是指文化政策层面上，对于文化工作的领导层面上，学术与文艺上不同的思想、观点、风格、流派共存而又相争的层面上，一般宜宽容而不宜苛刻压制。简单地说，为了贯彻“百花齐放、百家争鸣”的方针，对待不同的思想观点流派，在宪法与法律的基础上，应该抱宽容的态度，以保证与学术文化命运攸关的合法的学术自由与创作自由。

宽容的提出是针对多年以来的连年政治运动，是针对意识形态领域里“左”的残酷斗争无情打击，是指“文革”中的万马齐喑的局面，是针对动不动给不同的学术观点或者艺术追求扣帽子打棍子抓辫子的错误做法，它是有感而发的有的之矢。

宽容的基本依据是基于如下的认识：在学术文化的一系列问题上，人们是不可能一次完成对于真理的认识的，考虑到学术文化问题上见仁见智、多元互补的规律，考虑到对于学术文化的建设与发展是一个长期的、全人类的、历史的、曲折的与逐渐积累的过程，考虑到世界各国特别是我们中国在发展学术昌明文化的正反两方面或多方面的经验，人们愈益认识到，在对待不同的学术文化思潮观点流派的时候，还是宽容一点民主一点为好。

宽容的对立面是文化专制主义、宗派主义、“意识形态领域里的无产阶级专政”等，而不是疾恶如仇的原则性与坚定性。

当然，不能离开了学术、艺术思想层面，离开了对于文化工作的领导与政策掌握层面泛谈宽容。例如，严打刑事犯罪，不能宽容；立法执法，不能宽容；反腐倡廉，不能宽容；检验商品质量，不能宽容；运动员训练，也不能太宽容；国防、外交、海关，一系列涉及国家主权与利益的事宜，更不能随便宽容。这些都是常识范围以内的不言自明的道理。

有时人们也把宽容引申到为人处世与个人涵养境界方面。作为私德，宽容也是褒词。“大肚能容，容天下难容之事”“宰相肚子里撑大船”“有气量”，这都是好话。小肚鸡肠，睚眦必报，则不足取。这里有气量、宽容云云，指的是要有容人、容言、容事的雅量——这是对于古书里所说的“大人”“先生”，即对于政治家或比较高层次的人物的要求。不能用这个标尺来要求一切人。小人物本来就心比天高而怀才不遇，伸不开胳膊蹬不直腿，再要求他宽容，太不宽容了！

个人修养上的宽容与做事情的严格并不矛盾。做事应该严格，待人应该宽容。律己应该严格而待人应该宽容，这大致是不错的。至于具体事宜，何者宜宽，何者宜严，因人因事因时因地而异。对于挑拨是非、两面三刀、落井下石、陷人于罪、背信弃义的宵小，对于违法乱纪、胡作非为、兴风作浪、不知悔改的恶人，一般不宜讲什么宽容。对于一般人可能有的弱点，如好出风头、抬高自己、维护私利乃至趣味与境界不高等，则不妨宽容一点。毛主席不是也讲“水至清则无鱼，人至察则无徒”的道理吗？为人处世是一门大学问，这里仅仅谈一个宽容或者不够宽容，都是太不够用了。不要幻想用一两个词就可以一抓就灵。

一个纯粹的个人，特别是一个情绪色彩比较浓厚的文人，他强调自己为人处世方面疾恶如仇绝不宽容的一面，是他的权利，也是他的个性选择。一个领导者、有影响的大人物，在强调稳定与建设的今天，就不宜讲得太峻急，正如不宜讲得太宽大无边。愈是正常情势下，愈是要多讲一点宽容。而在突发事件的情势下，如外敌入侵、自然灾害等，则应该强调事物的严峻方面，不能一味宽容下去。就是说，在宽容不宽容的问题上有常例也有变体，运用合宜，全在经验、修养、境界与智慧，用不着绝对化。

即使在应该宽容的层面上，宽容也不是绝对的与万能的，正像在坚持原则的问题上，在尖锐对立的问题上，坚持斗争与眼牙必还也不是绝对的。对敌斗争中也不无妥协，争鸣讨论也可能搞得十分尖锐，这又是问题的常识性层面了。该宽容则宽容，该严则严，这才是正确的，虽然这样讲像是说废话。“文革”之后，知识界有人讲了一点宽容，绝对没有叫大家都变成老好人、市侩、窝囊废、软骨症患者的意思，更不是为虎作伥之意。为了社会稳定、学术昌明、人尽其才，为了一个更好的人文环境，人啊，在明明可以宽容的层面上，还是不要那么不肯宽容吧。

杂多与统一

这方面我赞成黑格尔的命题——杂多的统一。

杂多，这是一种开放性。我们的理想人世并不是襁褓中的婴儿，并不是一面任人涂抹的白墙。我们活在这个世界上，就是要体验、包容、消化世上的一切，好的和不那么好的以及很坏的，然后做出我们的选择。

我们承认殊途的同归。我们不承认只此一家别无分店。我们承认条条大路通罗马，我们不相信动不动两条道路由你选。我们承认不圆满的现实，所以我们要努力创造好一些、更好一些的人生。很可惜，好的人生不可能是一潭清水。我很喜欢大海，大海不是蒸馏水。我们尤其要敢于面对和承认自己的不圆满，所以我们不打算充当精神裁判所的法官。

一九五七年我写过一首小诗，题名是《错误》：

赞美雏鹰的稚弱
迷恋眼泪的晶莹
盼望海洋里流着蒸馏水
大清早唠叨半夜的梦

我的诗还没有过时吗？开放就不能一味单纯，百家争鸣百花齐放就不能一味单纯，“博学鸿词”就不能一味单纯，世事洞明人情练达就不能一味单纯。这里划分单纯与幼稚、成熟与狡猾、丰富与芜杂是重要的。

统一，在这里指的是一种价值选择的走向、价值判断的原则和交流互补的可能性。随风倒，见什么人说什么话，蝇营狗苟，不负责任，机会主义，都是不可取的。

单纯

要求自己单纯的人是严肃的，或是天真的，或是神圣的。

要求旁人单纯的人是幻想的、峻厉的，或者是暴烈可怕的。

早在近四十年以前，我在《组织部来了个年轻人》中写道：“一个布尔什维克，经验要丰富，但是心要单纯。”我当时对于这句话非常自我欣赏。

为什么欣赏单纯呢？有感于人际关系中的钩心斗角，大事业中的个人利益动机（如那个时候我特别不习惯于听旁人议论级别待遇），某些言行不一现象的存在，各种不纯的思想意识……常常使我苦恼。我常常想，如果人人都永远保持着他加入共青团或是加入地下共产党时的激情与理想该有多好！

现在不然了。我仍然喜欢相对比较单纯的心，但是单纯也要单纯得清楚，单纯得有分量，单纯得有余力。不能只靠单纯，不能只靠纯洁，不能只靠烈性，不能只靠勇敢。如果讲单纯，未必没有人会说五十年代的青年不单纯不烈性不勇敢。后来呢？

单纯常常和天真联系在一起，而人不能一味天真，该长大就要长大，该成熟就要成熟。过了天真烂漫的年龄，还是一味地天真烂漫，不可爱，更没有用处。

世界是复杂的，即使复杂得那样不尽如人意，你也无法不承认它的复杂。以单纯去驾驭复杂有时候显得太不够用，有时候迷路上当，有时候被远远不单纯的势力所用。让我们想一想近百年来我国的单纯的一代又一代青年的命运吧。

智慧不是不单纯，但也不是那么单纯。经验不是不单纯，但也不是那么单纯。成熟不是不单纯，但也不是那么单纯。

我们过去常常提出捍卫马克思主义或者毛泽东思想的纯洁性的口号，在这个口号下面所做的斗争有许多经验教训、有许多可怕的故事。

希特勒的优秀民族理论，也要求过民族结构的纯洁，所以，我们很传神地兼顾意译与音译地把他的党徒称之为纳粹。

理想主义是不能没有的。没有一点理想我们就成了蛆虫成了猪。但是对于天堂的理想也可以把人们驱赶到地狱里，这是我积半个世纪所获得的宝贵经验。

再者，天堂并非纯洁得像真空一样。那样纯洁的天堂，我以为当如地狱——请看看例如《美丽新世界》《我们》《一九八四》这几本书吧。

道德的纯洁性，感情——例如爱情的纯洁性，空气和饮用水的纯洁性，这可能是可取的或者宝贵的，但是不能把类似的口号扩大开来，用来解决复杂得多得多的问题。再说，最清洁的空气完全不是纯氧。

雅与俗

我每天都吃三顿饭，睡八小时觉，大便一次，小便六七次，从来没有考虑过这样是雅还是俗。

我爱听柴可夫斯基、贝多芬、马勒、舒曼的交响乐，是因为我爱听，不是因为它们雅或是还不够雅。

据说，素食是雅的，而“肉食者鄙”，但是我还是鄙鄙地常常吃肉，除了吃肉要票的那些年。所以，我深为吃肉不要票而欢欣鼓舞歌功颂德，不论这有多么鄙。

我爱听梆子戏、相声、芭芭拉·斯特拉桑德与凤飞飞的流行歌曲，不害怕也不避讳它们的俗，因为我爱听，从中能够得到某种愉悦。

写文章，我要稿费，因为我有这个俗俗的需要，也就不怕其俗。我又不会专门盯在稿费上，不是为了雅，而是为了文章的最佳效果和我与编辑出版部门的友谊，还有我作为一个作家的自尊自信。

只有最俗的人才没有自信。只有没有自信的人才怕人家说自己俗。只有自恋不已的人才需要表白自己不俗。

最大的庸俗是装腔作势。最大的媚俗是人云亦云。最大的卑俗是顾影自怜。

什么是俗？世俗、通俗、庸俗、卑俗都是俗，却大不一样。

迎合旁人是可悲的。适当照顾旁人却是难免的，有时候是高尚的。坚持原则而不苟同，是可敬的。为了不媚俗而不媚俗，是一无可取的空洞。

考虑雅与俗或是考虑是否媚了俗，都是活得找不到感觉的标志。就像一个人，只有消化不良的时候才会没完没了地看自己的舌苔。

媚俗不好，媚外媚洋媚上媚下媚学者媚批评家媚潮流媚青媚中媚老，都同样不好。为什么不好？因为你正在装起来，你正在亮相，你成了花架子。生怕媚俗恐怕也是一种媚，就是媚那个批评媚俗的进口流行色。

该什么样就是什么样，不掩盖本色，然后才有了进行价值评价的前提。

革命·世俗与精英诉求

一九九八年十一期《读书》上有一篇极有趣的文章《暗夜里的星光》，作者吴增定在此文中介绍了十九世纪俄国贵族女子薇拉的自传，她策划刺杀了俄国沙皇。此文的最令人会心之处是它对于革命的“巨大魅力”的分析——应该说是描绘。我早就多次说过，对于青春，没有比革命和爱情更富有魅力的了，而在某个情况下，革命的吸引力比爱情强大。用我的比较简单化一点的语言来说，至少有一个因素，薇拉是由于对于旧俄已婚妇女的世俗生活的恐惧与拒斥才走向了决绝的革命。我想起杨沫的小说《青春之歌》，书中女主人公林道静在逃婚无望之际被余永泽所救，并从而与余同居。她后来与余决裂（现在更时髦的说法是断裂），不仅是基于政治的冲突，也有人生观的冲突。与余厮守下去，必然走向世俗化，生孩子、持家、算计收入支出、对付生老病死，人也就絮叨啰唆起来，等等。这样，没了浪漫，没了戏，读者也不答应。

这一点对女儿身尤其敏感。贾宝玉早提出过问题：为什么好好的一个少女，长大成婚之后就会变得那么庸俗可厌？他与林黛玉在大观园里是反世俗化的，但他们失败了。他们没有走向革命，因为在他们身后没有一个伟大的革命风暴做背景。他们对抗世俗化的选择是爱情和殉情。爱情和殉情亦不可得，便只有遁入空门。其实，与革命同样有力地抗拒着世俗化的正是宗教。

最后，逃避世俗化的唯一净土便是死亡。罗密欧与朱丽叶如果不双双身亡，如果有情人终成眷属，结婚五十年后，他们逃得脱世俗生活的腐蚀吗？

契诃夫的最后一篇小说《新娘》："新娘"之所以在婚前出走"革命"，也部分是因为对于世俗化的恐惧。您瞧，连契诃夫都由于害怕世俗而把自己的温柔的人物送去"革命"。在历史的某一个阶段，革命的种子革命的土壤就是那么饱满充溢。当然，新娘的动机用契诃夫自己的语言应该说是拒绝庸俗，而世俗毕竟不等于庸俗。"世俗"一词是中性的，庸俗是带贬义的。某种意义上，契诃夫全部作品的动机都来自对于庸俗的拒绝。在他的笔下，庸俗常常与醋栗、蚝、婚姻联系在一起。所以到了我国，遇罗锦的"童话"里，庸俗的男人没有去欣赏西山的秋光，而是只顾排队购买带鱼。大概，心比天高、命比纸薄的女子，最讨厌的就是男人的这种庸俗劲儿。

从反世俗而革命的作品还使我想起了已故日共总书记宫本显治的妻子、大作家宫本百合子，原名中条百合子。她在六十年代译介于我国的长篇小说《伸子》中细致入微地描写了一个对于婚姻生活的世俗性不能忍受的浪漫型、精英型女子伸子，小说描绘了伸子与丈夫、与世俗化断裂的心路历程。她写得真动人。

这里让我们查一下《辞海》，“世俗”的解释有二：一是风俗习惯，一是民间好尚。而“庸俗”的释义是鄙陋、凡俗。再查《辞源》，“庸俗”的解释同前，“世俗”的解释，一为世间通行的风俗习惯，语出《史记》；一为当代一般人，语出《孟子》。最后查《现代汉语词典》，“世俗”一词的解释，一曰流俗，二曰非宗教的。而“庸俗”，其解释为平庸鄙俗和不高尚——果然《现代汉语词典》的解释更现代些，《现代汉语词典》就是编得好。在这些解释里，除属于“庸俗”词条的鄙陋、鄙俗、不高尚等语有贬义外，看不出它们特别令人痛心疾首的要害所在，看不出“面向俗世”几个字一出就让有志者呼天抢地的道理。“世俗”的诸义与起源都无贬义，非宗教的云云，还挺进步。“庸俗”中的凡俗含义，也不带贬义。即使鄙陋云云，似也没有那么可怕可恶。

于是我反问自己的体验，失之于书只能求诸己，这是我的一贯伎俩。特别是在青年时代，我也是怕庸俗怕世俗如怕瘟疫的；我是常常将世俗与庸俗混为一谈的。我最怕的是自己湮没在俗众之中，怕自己的独一无二的生命重复着俗众的既定轨迹，怕激情与幻想熄灭，怕自己最后会“因一事无成而悔恨……碌碌无为而羞耻”（语出《钢铁是怎样炼成的》）。没有浪漫，还有什么青春？没有青春，还要什么生命？“何昔日之芳草兮，今直为此萧艾也……”我常常吟诵屈原的诗句，芳草，就是浪漫主义与理想主义。而萧艾，就是世俗化。我想一个人的生存和热情、头脑和价值是需要不断地证明给自己的。而世俗化，就会使精英意识极强极敏锐的知识分子失落对于自己的独特性的证明，就会失落自我。

当然，世俗与庸俗是两个概念，我这里侧重于探讨二者的共同性，侧重于从贬义上讨论世俗。至少二者都俗、都平庸，都缺少对于人文精神独立人格的强调和弘扬，缺少理想主义的火光，还有都形而下，缺少终极关怀，等等。再简单一点说，我曾经认为，世俗与庸俗的要害在于非精英化。

那么非世俗化呢，在中国则是有传统的，孔子的“贤哉回也”塑造了一个非世俗化的精神生活也可以说是彼时精英人物的典型，而孟子早就提出了义利之辩。春秋战国以降，言利都是太世俗了，而言义（或者言“道”、言“仁”、言“人文精神”）自是精英得多。毛主席在宣讲“过渡时期总路线”的时候引用了“群居终日，好行小惠，言不及义，其近道也，难矣哉”的古语，并且解释说，言不及义的“义”就是社会主义，而“道”就是党的总路线。

确实，毛泽东是反世俗化大师，他对于唯生产力论的批判，他对于价值规律与商品经济的不屑，他对于按劳取酬等原则的“资产阶级法权”性质的揭露，他对于“坛坛罐罐”“老公老婆”直到“和平主义”和“活命哲学”的嘲笑，乃至于他对于“苏修”的批判，堪称集反世俗化的大成。今人对于世俗化的批评还无法望毛泽东之项背。赫鲁晓夫不是因为在匈牙利提到了该国人爱吃的一种牛肉大菜（何等的形而下）而受尽嘲讽，并被总结为一大罪名：提倡“土豆烧牛肉的共产主义”吗？在一九五九年的首批反修檄文中，不断地出现“凡夫俗子”“庸夫俗子”的字眼，这透露修正主义的一个特点，正是它们的世俗性。

陈毅同志依据毛泽东思想提出不穿裤子也要造原子弹，这当然是激愤之语，但也反射出我们的不同凡响的非世俗化豪情。

毛泽东是以革命化为武器来拒绝世俗化的。党所领导的人民大革命是二十世纪中国乃至世界的最伟大事件之一。革命的严峻、彻底、巨大，造就了革命队伍中的崇高无比的理想主义精神、自我牺牲精神、坚定炽烈毫不妥协的斗争精神、极严格的组织性纪律性和空前的集中统一大团结，以及在俗人看来是不可思议的利他主义、禁欲主义、艰苦奋斗乃至苦行精神。这些比起世俗的追逐蝇头小利、物质享受、只求“做稳奴隶”不知强大更是伟大凡几！在这种精神下，不能解决的问题全部解决。蒋南翔同志很喜欢举学生运动的例子，他说在国统区，青年们是“大米白面反饥饿”，而解放区是“小米窝头扭秧歌”。他认为这是思想工作的功效。其实，这是革命化精神的功效。也许我们可以把革命化的精神总结为英雄主义精神吧。

不断革命也罢，在无产阶级专政条件下继续革命也罢，从生命体验的角度来看，就是要革命化，不要世俗化。革命成功，俗众很容易产生船到码头车到站，解甲归田，共享太平，过好日子，“老婆孩子热炕头”的思想。毛主席最最警惕此种事态的发生，因为它很可能通向修正主义。对付的办法就是政治运动，特别是“文化大革命”这样的运动，一家伙咸与革命起来，一家伙全民“不爱红装爱武装”，看你还怎么世俗下去！新中国成立后几十年，解决个夫妻两地分居问题不知麻烦何几，发动群众闹革命，则驾轻就熟，一点就着。革命化确实是个宝，可以设想，这个“宝”将长期为人们所用，例如一九九八年抗洪，革命化的威力再次呈现出来。

薇拉、林道静、宫本百合子的经验告诉我们，精英式的对于世俗化的拒斥，可以通向革命（革了命以后又会变成王实味式、美蒂克式的“叛徒”，这是另外的问题，这也是精英们的悲剧性和革命自身的悲剧）。而毛泽东的实践告诉我们，对于革命化的坚持，可以拒斥世俗化。他们殊途而同归。

或许我们可以假设，通向革命的动机要者有三：一是被侮辱与损害者为了生存为了拒绝死亡；一是精英们为了崇高为了拒绝世俗和庸俗；一是政治家为了掌权以实现自己的政治纲领，拒绝在野拒绝任人摆布。他们可以相交融相激荡三位一体，也可能发生龃龉。

当然，仅仅是知识分子的追求崇高并不足以激起一场革命，首先是社会的阶级的民族的各种矛盾打成了死结，除了浴血一战别无出路，这时候才会有革命，这时候也才会有拒绝世俗的知识分子走向革命，没有这个社会背景，再拒绝世俗也是革不成命的。

过分地膨胀革命化这一命题，过分夸大它与世俗生活的矛盾是不正确的。“宁要社会主义的草，不要资本主义的苗”就是谬论一例。“文革”是这一类荒谬的登峰造极。反世俗性不要反过了头，这是五十年来全民族的一个重要经验。其实毛主席并不是完全拒斥世俗化的。他批评王明不懂得人要吃饭、打仗要死人，这也是用世俗的常识来批评革命精英的空谈。毛泽东还在《关心群众生活注意工作方法》中提出要用百分之九十的力量给群众谋福利，以百分之十的力量向群众“要”这“要”那，这说得也很从俗。我还想说句笑话，斯大林式的“重工业优先”是高度革命化的，而我们的“农轻重”顺序就世俗多了。毛泽东在“文革”后期讲什么“水至清则无鱼，人至察则无徒”的古训，也说明了他老人家并不是一味理想一味形而上的，他老也有“低调”的时候。邓小平讲不管是黑猫白猫，捉住老鼠就是好猫，讲贫穷不是社会主义，讲社会主义的主要任务是发展生产力，讲摸着石头过河，以及搞市场经济，那就更符合世俗的常识，却不见得那么符合宏伟教条的自封守卫者的心愿了。

改革开放以来，生产发展，人民生活水平提高，然而同时我们面对的是一个愈来愈世俗化的社会。物欲、私欲这些长期以来装在瓶子里的魔鬼，在相当程度上解了禁，释放了，从而人欲横流起来啦。这使革命理想主义者、道德理想主义者、自由民主理想主义者都不舒服。其实，富有几千年的重义轻利道统和一个世纪以来的革命传统（把黄花岗七十二烈士等的传统也包括进去）的祖国内地，不可能完全彻底地世俗化，再化也永远化不成港澳台地区或东南亚国家那样。我们这里不是也报道过歌星的发烧友吗？曾几何时，发烧者的体温，不是已经大大地降下来了吗？

注意，世俗化在这里只是一个相对的概念，而且我不能注上它的拉丁语原文，因为我习惯于用原生的而不是翻译的概念。以商业广告为例，它唤醒的是一种消费的欲望，而不是革命的或道德的或终极的理想。所以我认为，商业广告的泛滥带来的是世俗化的压力与冲击力。这种情况下强调两手都要硬，强调精神文明建设，是匡正与平衡的一个措施，也是因应世风日下道德滑坡的指责的题中之意，虽然这些因应措施的效果如何还有待考察总结。惊呼与我当时理解的（以意大利文艺复兴中的解释为参照系）不同的人文精神的失落，强调发扬那种人文精神，则是精英们面对世俗化的抗拒与因应措施。我现在比三年前仓促卷入讨论时更加理解和同情这些朋友了。我想我所质疑的主要是“失落”而不应是“人文精神”本身，虽然至今人们对“人文精神”的诠释远远不能令人满意。他们的诉求有利于保持一种精神生活的张力，警惕某种新的堕落蜕变的可能，也是有启发乃至警号的意义的。但目前我们与林道静（薇拉、伸子）们面临的问题或有可比之处，背景却大不相同，他们处在前革命或革命高潮之中，而我们面对的是一个后革命（指“一个阶级推翻另一个阶级的暴烈行动”这个狭义解释）的中国。这样的人文精神的源泉到哪里去找，我们的探寻和讨论就比林道静们那时更复杂得多。人们其说不一，有的认为它存在于某个民族的某个教派中；有的认为它存在于野地和大自然中，存在于农业文明中；有的认为它存在于“民间”；有的认为它还得从不可企及的典范鲁迅那里去继承发扬。最近，更多的精英知识分子发现它储存于西方马克思主义、法兰克福学派或后现代主义之中，储存于社会民主主义之中。当然也有许多优秀的人文知识分子认为仍要到启蒙主义、到“五四”、到德先生赛先生那边厢去寻找人文精神的滥觞。更有认为这种精神要到东方文明、到天人合一、到儒道互补那里挖掘弘扬。众说纷纭，反映了知识分子缔造精神大厦或精神圣殿的努力，很庄重、很动人也很有趣，却很不成熟。

人文学者强调人文精神，这本来和商业家强调商业精神、科学家强调科学精神、政治家强调政治挂帅一样自然和合理。其实人文精神未必是人文知识分子的专利。日本百货业企业家五十岚由人提出著名命题：商道即人道，他本人灌唱片更著书立说，热衷于进行道德宣谕。而诺基亚公司的口号是“human technology”，我们译作“科技以人为本”。这说明，人文精神可以是纯精神的终极关怀，起码也还可能是包容着具体的物质内容的更亲切贴近得多的一种亲和而非排他的精神，即包容一种常识性世俗性的精神。认为经商或搞科技就一定背离人文精神，没有必然性。《现代汉语词典》解释得好，世俗的对立面是宗教，而不是一切精神财富或价值系统。至于宗教或信仰主义是否就体现了人文精神呢，这恐怕很可疑，因为它们（包括现代迷信）突出更多的是神或信仰，而不是人。认定世俗是注定要反精英的，那是我二十二岁以前的想法。意大利文艺复兴的要旨，恰恰是从彼岸的僧侣性向此岸的世俗性的转变。

二十世纪末人文知识分子也在树立新的榜样，例如陈寅恪和顾准。同时出来了一些人例如郭沫若不断责备和痛骂自己的父辈或整体中国知识分子特别是作家骨头太软。但是离开了中国革命运动的背景，这一切孤立的鼓吹或者责备都显得只知其一不知其二。

须知知识分子的革命化正是中国人民革命的一大特点。与十月革命后一大批人文知识分子出走不同，中国是一九四九年十月前后，大量知识分子冲破千难万险回归到革命胜利的中国。这不仅是一个价值选择，更是历史的必然，并不是权力意志强迫中国知识分子革命，而是一大批中国知识分子特别是中国作家（包括沈从文，请参看《纵横》杂志上的有关文章）选择了革命，义无反顾。设想那时候人们会以陈寅恪为楷模，那是隔代做梦。当时中国知识分子以理想化的心情走向革命，其壮美远远胜过上山下乡或者守护野地或者到欧美去服膺法兰克福学派。至于知识分子选择了革命，也经历了许多坎坷、许多尴尬，以至于给某些人以三十年河东三十年河西、疏离了主流才更行时之感，这是后话。中国知识分子在对待国民党的统治上从不软骨头。无视和不理解这一段历史，情绪化地涂抹这一段历史，从愤激到愤激，以为这样就是继承了鲁迅，这可能是把学习鲁迅简单化了，这可能与鲁迅的清醒无法相提并论。

近来关心中国的现状及知识分子的使命的讨论渐渐热烈和多样起来，这当然很好。谈中国，似乎无法不去碰一个基本的中国历史与中国现实，即中国经历了一场伟大与严峻的革命，中国是坚持共产党的领导和人民民主专政的社会主义国家，中国断然拒绝了全盘西化，从来不接受西方的话语霸权，从来对西方话语霸权深恶痛绝。中国的政治经济现状与西方发达国家相去不知凡几，与前苏联国家与东欧国家也相去甚远。中国这里从主体上说并没有存在（社会主义）历史已经或正在终结的问题。再有，近年来社会民主主义在欧洲也行时，英国、德国都已改由工党、社会党执政，更不必提北欧、加、澳、新这些传统上常常是社会党执政的国家了。断言中国的绝大多数知识分子已经心照不宣地接受了资本主义与自由民主的终结性霸权，起码不比断言中国的绝大多数知识分子热爱党和社会主义更靠得住。可以说福山是一厢情愿，但福山的语境毕竟与我们难以相提并论，这个区别实难略而不计。至于说中国知识分子已经听了福山的，因而需要挽狂澜于既倒，这种概括也不像是很切实。离开了特别的中国去分析一体化的人类与历史，这算是接受了还是拒绝了西方的话语霸权呢？认为中国经济既然正在融入世界，中国的问题就与世界其他地方没有二致，这是不是太“宜粗不宜细”了呢？这是不是太西方中心了呢？这究竟是在多大程度上与我们的现实我们的历史搭界呢？

对所谓民主自由我也有一些糊涂，民主自由不仅是一种政治理论，也是一种世界观，它似乎是应该以注重相对性与多元性为其哲学的基石的。说一句跟着感觉走的话，民主自由的概念以及社会公正、保护劳动者的利益的概念是世俗的概念，而不像是反世俗的概念——是否如此，请方家教之——它注意保护少数尤甚于服从多数——其实愈是不民主的地方愈容易出现以压倒多数、绝对多数乃至完全一致的名义对少数进行压制。一种痛恨世俗提倡绝对理念的排他的自由民主，是真的自由民主吗？

为什么我们的思想资源这样有限？为什么我们原创的东西这么不

足？为什么我们的概念与模式，包括批评“后殖民”批评“西方话语霸权”的模式多是引进的？以为全面民主的社会主义是我们创造的，那是误会。前面讲到了欧洲、澳洲等地的社会民主主义，其实戈尔巴乔夫也早就提出了民主的人道的社会主义的说法。至于说到人权，不仅是政治权力，更应该包含经济的与文化的内容。那我们一些朋友讲得还不如我国外交部讲得更透彻更鲜明。舶来也好，接受也好，也罢，见先进就学嘛。学到手了就是咱们自己的啦。问题在于怎么让引进的好东西和咱们的生活咱们的现实咱们的历史联系联系呢？一种理论的魅力难道不在于它意味着对于生活的某种新的发现吗？一进入现实、生活、历史，创造性不来也得来啊。我这样说，是不是太平庸了呢？我缺少从学理上参与讨论的能力，我只是说一点观感来求教罢了，请有学问的友人海涵。

再说，革命化、世俗性与精英诉求三者之间并不总是对立的。革命者和精英们理解人民大众的正当世俗愿望，并为满足人民的这种要求而努力而献身，实在无伤于革命和精英，而正是革命与精英之所以为革命与精英的题中应有之义。因为你再伟大，也还生活于俗世，离不开世俗呀。世俗化在经历了一次翻天覆地的革命之后，很多情况下是与正常化与和平与稳定与发展生产相联结的。当然，世俗化的局面下也会产生革命高潮中所没有的问题。世俗化的同时我们照样应该珍重与发扬革命化的传统精神，也要注意并尊重精英们的精神诉求，提高自己的与社会的精神品位。搞得好了，文明、富裕、进步、公正、繁荣……既是革命的与精英们的追求，也是世俗的民众的普遍企盼。世俗的对立面并不注定是道德，世俗也有世俗的道德，旧中国的买卖人也讲究言无二价、童叟无欺。至少，三者有时候可以并行不悖，三花齐放。在西方，更多的时候世俗与精英们是保持井水不犯河水的状态的。它们的社会比我们世俗化得多，但精英们的情绪好像并没有那样激动。至于一个国家一个民族彻底地精英化，营造一个君子国，则古今中外都是没有过的，虽然在这方面保持一定的批评态势是有益的。总之，我们对于世俗化，恐怕还得接受、包容、引导、提高或暂时挂起来，而不宜一味地咒骂拒绝。

当然，这里说的接受和包容是指接受包容“当代一般人”（义出《孟子》，见前）的过好日子的要求，指老百姓的物质利益与风俗习惯，指无害有益的大众传媒大众文化服务，指诸如居住权、迁移权、择业权、隐私权等俗人们的自我保护和自行选择的权利，而绝对不是指世俗化中恶性至少是负面效应这一面（这些究竟是世俗化的时症，还是在世俗化态势下更易暴露出来的宿疾，我还搞不明晰），不是指“人欲横流”中流出的邪恶、腐败、贪婪、掠夺、假冒伪劣、倒行逆施、言行分离和种种犯罪与堕落现象。对于这些新出现或改变面貌出现的问题感到激愤，口诛笔伐，当然是正义的。近年来我读过不少这样的文章，并感谢它们帮助我打开了眼界，提醒我注意这些新的问题，而不是只盯着老问题不错眼珠。我感到困惑的只是，把上述这些严重的问题归因于现代性、全球化、启蒙主义、科学主义、后殖民、亨廷顿或福山，并以法兰克福学派、福柯、马尔库塞……为处方抵抗之，能点到穴位上吗？说它们出之于权力崇拜、以权谋私、国民素质低下、体制和法制的不完备不成熟和缺失，以及社会经济文化急剧转型中的道德与价值失范——其中一些带有封建性即不现代、前现代或初现代的问题，会不会更贴切一些呢？我们的问题，当真有那么超前了吗？

至于革命化，要维护发扬，不能一笔抹杀，不能一厢情愿地无视这个大背景，也不能人为制造，不可把革命化的要求与人民群众的实际利益对立起来。对于精英诉求只能尊重理解思考，从容探讨，百家争鸣，不能一言不合就必欲除之，也不能要求这些诉求都具有可操作性，不管你是圈里的或圈外的人士。因为精英们的自由思辨，是以允许出现种种超前性，欢迎这种超前性和批判性，允许匪夷所思、种种片面的肤浅的表述乃至智力游戏为前提的。如果精英之间也搞听不得不同意见，如果学术意见的不同带来的是人际反目，那只证明我们侈谈很多好东西还都为时过早。人文知识分子可以致力于为天地立心，为生民立命……也可以致力于更切实和具体而微的工作。他们都可以是伟大的。世界上那么多作家得了诺贝尔奖金，并没有听说他们都是该国该人民该民族的良心。一个健康的现代人是不是那么渴望以巨人的良心为良心而不相信自己的现有良心，这还是一个问题。从精英中产生鲁迅式的精神巨人的背景现在在中国有所不同，再急再骂也是枉然。现在也会产生大作家，但绝对不是过往人物的克隆。到底现在理想的知识分子栋梁是什么样，出来了就知道了，经过一段历史的考验就知道了。与其责备别人不够硬骨，不如自己硬个样子。郭沫若起码在重庆留下过硬骨头的光辉记录。这方面宣言和责备的作用实在有限。以福柯的尺度为剪裁的依据，说不如何如何就不算知识分子，据方家告我，福柯的主张恰恰与我们的言必称福柯的朋友们的立论相反，说是福柯连“精英”“知识分子”这种概念也是怀疑和批评的。这种以所谓福柯的名义将不合意的学人逐出族门的做法，实际意义恐怕有限。对待知识分子的衡量判断，能不能搞一元化一刀切，最好考虑考虑。至于个人的品位节操，你当然可以坚强地保持着与俗鲜谐的高格调、极高格调，这是你自己的事，只要你不以此为尺度去剪裁和抹杀生活和公众，只能对你表示崇高的敬意。同时，可不可以大雅若俗、大洋若土呢？可不可以在亲和与理解世俗、珍重与传承革命的同时保持精英的高质量、对丑恶的不妥协与独立人格呢？谁说不可以？

诫贤侄

老友之子未及而立，最近就任副县长之职，应友人命，诫之曰：

把眼睛盯在工作上业务上，不要盯在别人服不服自己上。一个芝麻官，又年轻，人家没有必服的义务。不服就不服，不服也得按工作程序运转。

千万不要弄几个人去搜集谁谁说了你什么什么，尤其不要自己在会上为自己抢白，不要自己出马批判对你的风言风语。你如果这样做了，就等于自己传播流言，等于把大家的注意力吸引到自己头上，等于自我出丑。

不要动不动骂前任。骂前任你就给自己出了个难题，你必须处处反前任之道而行之，而且要干得比他好得多。骂前任就把自己摆在了处处与前任相比较的聚光灯下，这对你其实并不利。

不要到上级面前老是说你这个县的人民多么落后，这个县的干部的素质多么低下。骂自己的部属，只能暴露你自己的无能、无知，暴露你自己既不会团结人又发挥不了大家的积极性——一句话，暴露了你自己的不称职。不要老是到上面去呼救求援。周围十几个县都踏踏实实，就你这儿老出事，除了证明你不行又能说明什么呢？一点矛盾也不能消化，要你这个副县长做啥？

不要动不动在下属面前流露对上级的不满，专门有这么一些人，窥伺着上头的矛盾，以便利用矛盾达到自己的目的，这样的人很不正派。

不要搞十几个人来七八条枪的亲信，更不要走到哪里把他们带到哪里，谁也不是傻子。你那样做，在得到这十几个人的前呼后拥的同时会失去大多数。

各种大原则问题，自有组织和老同志教导，我这里说的供你参考。总之，大官小官，都是办事的官。用工作的成绩说话，则兴，则立，则吉；用说话来取代工作成绩，则败，则危，则凶。切切，切切！

最后再补充一句，能上能下，才见人品官品，下的时候切莫出洋相。任职期间也不要把业务全丢了，免得最后弄个一无所长、一无所成，武大郎盘杠子，上下够不着。

珍惜家庭

对于一些关于家庭终将消亡或正在消亡的理论与实践我一度是很钦佩的。五十年代后期大跃进那几年，宣传了一阵子家庭将随着私有财产的消亡而消亡的理论。但说实话，往往结合着自身再一想，当时见了这种理论我其实心里又真有点发慌——怎么能没有家呢？据说到了共产主义社会就没有家庭了，但是在没有到达共产主义社会以前，把家庭消灭大概让人接受不了。

西方发达国家也有些人对于家庭与婚姻（这是家庭的基础）持否定态度。虽然他们那种独身生活的个人性与坚持性令一些人佩服，但是我做不到，这固然与我不喜欢个人独处有关。另外，我也认为毕竟西方是西方，我们不是西方。

人总是和别人一起生活的。不论怎么珍重个人的独立性，一个人很难始终孤家寡人过一辈子。这里边有技术性的问题，生活、吃喝拉撒睡、读书做事是需要分工合作与互相帮助的。老了病了房塌了着火了都需要别人的帮助。这里边也有或者更有心理、情感的问题。人需要与人共处，需要与人分享自己的喜怒哀乐、见闻经验。人更需要爱，没有爱的人生是沙漠里的人生，是难以忍受的。家庭是爱的结果、是爱的载体、是爱的“场”，而爱是家庭的依据、家庭的魅力、家庭的幸福源泉。有了爱，生命是生存的见证，交流是活着的见证，夫妻、父子或母子、父女或母女，互为生存的依托与见证；没有爱，也就没有了生存，或者虽生犹不生。

特别是在严峻的日子里，家庭的功用实在是无与伦比的。我个人有一个发现——仅仅政治上的或者工作上的压力是不会把一个人压垮的，凡是在那不正常的年月自杀身亡的人，几乎无一不是身受双重压力的结果。即是说他们往往是在受到政治上的打击与误解的同时又面临家庭解体，在家里受到众叛亲离的压力。反过来说，身受政治与家庭两重压力而全然能挺过来的实在不多。

有许多宝贵的人才、可爱的人物身处逆境而最终活过来了，健康地活过来了，我想这应该归功于他们的家庭和家人。是家庭和家人使身受严峻考验的人得到了哪怕是暂时的温暖，得到了喘息，得到了生活的照顾，得到了无论如何要坚强地活下去的信心和耐心。历史应该感谢这样的家庭和家人。祖国应该感谢这样的家庭和家人。

家庭也像健康，你得到的时候认为一切你所获得的都是理所当然，甚至木然淡然处之；而当你失去以后，你就知道这一切是多么宝贵，多么不应该失去。

所以，当我们向别人发出祝福的时候，最常常说的是“祝你身体健康，家庭幸福”。

没有什么东西可以与健康相比，但是家庭可以。而且，一般的规律，家庭幸福的人身体也更有机会保持健康。而家庭不幸福的人呢，祝他们也时来运转，得到一个幸福的家吧。

感伤

少年时候，我似乎颇有几分感伤。

上小学当儿，喜欢养蚕。那时北京的桑树也多，上树或者连树也不用上，就立在树下，可以钩下很好的桑叶来，把桑叶洗净、擦干，喂蚕。眼看着蚕从蚂蚁状的小虫变白，一次蜕变又一次蜕变，吃桑叶吃得这么香、这么快、这么多，令人高兴。只是觉得它们生活得太紧张，争分夺秒，未有稍懈。

最后蚕变得肥壮透明，遍体有绿，于是它吐丝了。扬头摆头吐丝怕也是很累的吧。

变成蛹，觉得令人难过，觉得是把生命收缩起来了。变成蛾子，更令人痛惜。我有多少次想喂蛾子吃点东西啊，馒头也行，白糖也行，当然桑叶也行。可是它们根本不考虑维持生命了。它们忙着交尾、甩子。干巴枯萎，匆匆结束了一个轮回。第二年虽然又有许多蚕，但已经没有原来的蚕了。

桑叶呢？所有的树叶呢？多矣多矣，却也本是谁也不能替代谁的。

一片树叶枯萎了，落地了，被采摘走了，对于这一片树叶来说，就不再存在了。

所以春天繁花的盛开在使我惊叹的同时也使我觉得匆迫。我常常觉得与春天失之交臂。我常常觉得这盛开的繁花是凋零的预兆。我常常觉得春天最令人惋惜，最令人无可奈何，还不如没有春天。

甚至当我把一个木片、一个纸片扔到流水里去的时候也有一种依依念念，这木片会冲向何方？这纸片将沉向何处？这一切都不是我们所能知道的。

夏天，我特别心疼那些被捉住的蜻蜓，它们扑棱着翅膀却飞不出去。我也心疼黄昏的蝙蝠与夜间的萤火虫，因为它们寂寞，它们不出声，我总觉得它们的生涯太缺乏乐趣。

还有中天的月亮，是那样的遥远。还有婴儿的哭声，是那样的无助。还有算命的盲人吹笛子的声音，他们的步履是何等艰难。还有各式各样的民乐小曲，那里面总是饱含着悲凉。还有初秋第一次发现躺在床上没有那么暑热的时候，又是一个季节，又是一个年头，甚至还有春节时燃放的鞭炮，噼噼啪啪，然后，烟消声散，遍地纸屑……

哪儿来的这些感伤呢？

后来革命了。革命是最有力的事业。后来深知这种感伤的不健康，并笼统地称之为“小资情调”。其实真正的小资产者——如卖袜子与开餐馆的个体户，未必是感伤的。

后来碰到了真正的挫折和坎坷。感伤反而愈来愈少了。后来都说我豁达、乐观、潇洒乃至精明，反正绝不感伤了。

感伤究竟是什么？是一种幼稚天真，是对心劳日拙的计算争斗的一种补充？是一种心理的轻微的疾患？是一种天赋？是一种享受？是一条通向文学的小径？据说外国人也说“感伤”早已经“过时”了。

那就老老实实地承认吧，我有过，现在也还有过了时的那点叫感伤的东西。活到老改造到老吧，路还长着呢。

一笑

月前去广州，见到《羊城晚报》的同志，便说起一九八八年二月给他们发表过几首近乎“打油”的诗。我迄今未收到样报，究竟写了什么，忘得光光的了。这也是“老化”的一个表现吧。想早先寄出一份稿子，起码两个月以内是能够背诵下来的，两个月以后也绝对忘不了内容。

承蒙编辑同志好意，在我返京后把当年的诗作复印件寄了过来。读已遗忘的旧作给人一种恍然大悟的感觉——敢情我还写过这个！

一诗题曰《社会福利券》：

求福应有福，梦财未必财；
得失成一笑，盍不兴乎来？

那时广州大街上到处卖头奖多少多少万元的“福利券”。后来以这种抽奖方式吸引兜售的花样越来越多了。今年春节前，我就收到了数十个有奖明信片贺卡。明知中奖的机会微乎其微，仍然为之哈哈大笑，为友谊，也为了朋友赐予了我十万分之一又十万分之一的中大奖的机会。

这一笑，也就够（好的）了。

（后来公布抽签结果，我得了一个三等奖、三个四等奖，我并没有去领奖。）

世界上除了为必然的逻辑所决定的诸事以外，也确有一些事决定于机会。得了机会值得一笑，失去了机会也不妨一笑。因为，机会只是机会，它的命中率本来就微乎其微。好在失去了这个机会还会有另外的机会。而且，除了像中奖一类碰运气的事以外，我们毕竟还有自己的本事和勤奋，靠本事与勤奋得到成功的机会，不知比靠纯然的机会取胜的机会大出几百几千几万以及更多更多更多倍。

就是说，我们不讨厌机会，不拒绝机会，却绝不依赖机会。

那年写的几首诗中还有一首题曰《商品意识》：

使君且为商，财源似大江。
书生数老九，爬格夜未央。

此诗虽不无自嘲，却并不愤愤不平。爬格子的乐趣是无法用钱来衡量的（不过，我仍然认为应该提高稿酬标准及改革计酬办法），人各有志，道不同不相为谋，也不必相为忌妒。一位人物在听说某歌星一首歌得了多少多少钱后，大怒，曰："我一个月才挣多少钱！"噫，何此人物之鼠肚鸡肠也！您有意见可以要求增加自己的月薪，可以建议增加个人收入调节税，却大不该这样拉出自己来比歌星。如果您到体育馆卖唱，有听众吗？再说，您是什么级别什么待遇什么威风什么格儿什么（压人不知凡几头的）自我感觉，人家怎么能跟您比！

商品经济刚刚发展，分配渠道在多样化的过程中会出现意想不到的机会与失衡。确实有许多矛盾应该解决，有许多不合理现象应该消除。一个矛盾解决了又会出现新的矛盾，一个不合理的现象消除了又会出现第二个不合理现象。面对这种令人亦喜亦忧的现实，不妨注意一下自己的心理平衡。面对许多琐屑的吃亏或相对不如人家得脔（益），最好的办法是付之一笑。

烦　恼

谁能够没有烦恼呢？夸张一点说，生存就是烦恼。

烦恼又是生存的敌人、生存的异化、生存的霉锈。

痴人多烦恼，妄人多烦恼，野心家多烦恼，虚妄的欲望与追求只能带给自己痛苦。长生不老的仙丹、点石成金的法术、一帆风顺的人生、永远属于自己的美貌、光荣与成功，一句话，对于绝无烦恼的世界与生存的渴望，恰恰成为深重的烦恼的根源，这不是一个无可奈何的讽刺吗？克服了过分的天真，克服了软弱的浪漫，摒弃了良好到天上去的自我感觉，勇敢地面对现实的一切艰难，把烦恼当作脸上的灰尘、衣上的污垢，染之不惊，随时洗拂，常保洁净，这不是一种智慧和快乐吗？而那被克服了的被超越了的烦恼，也就变成了一个话题、一点趣味、一些色彩、一片记忆了。

亲爱的朋友，你的烦恼不过是入口的醇酒的头一刹那的一点苦感，真正的滋味还需要慢慢地品尝、细细地回味呢！

忌 妒

忌妒是一种微妙的情感，强烈而又隐蔽，自己对自己也不愿意承认，却又时不时地表现出来。忌妒很伤人，很降低人，使自己变蠢变得可笑、可悲、可厌。一个人越是掩饰自己的忌妒，就越容易被别人觉察出来。忌妒是弱者的激情，因为他除了忌妒还是忌妒，做不出什么能使自己感到自豪、使自己的心理变得平衡的事。强者以理智以道德以大局为重的心胸把握自己、克服自己，以竞争心进取心改造和取代忌妒心，用光明的奋斗驱散忌妒的阴影。弱者以冠冕堂皇、滔滔不绝、气急败坏的说辞掩盖自己的报复心、恶毒心、败坏心。诽谤和中伤是他们的生活方式，渐渐地他们活着的目的不是为了自己要做什么，而是为了不让别人做事。不是为了自己要做出成绩，而是为了不叫别人做出成绩。据说在南亚流行着这样一个故事：上帝告诉某人，上帝可以满足他的要求，赐给他所要求的任何一样东西。条件是：给他的邻人双倍的同样的东西。这个某人想了一想，说："神圣的上帝呀，请挖掉我的一颗眼珠吧！"

亲爱的忌妒者呀，您的眼珠可否平安？

恭喜声中话轻松

新春伊始，祝君轻松。

人活得不可能太轻松。要上学，要做事，要竞争。生也有涯，知也事也思也欲也无涯，要与时间赛跑，要加油，叫作未敢稍怠也。

这里说的不是这个，这样的奋斗是出成绩的，所以是有意思的。可怕的是人际关系的人为的紧张，明枪暗箭，钩心斗角，陷阱地雷，计谋韬略……成事不足，败事有余，两败俱伤，同归于尽，谁也别想出息。

最可怕的是人为的与虚妄的紧张，为虚妄的目标而紧张，为虚妄的对手而紧张，为虚妄的言语而紧张，吓人吓己，气急败坏，一惊一乍，被自己的影子追着猛跑。

上述的紧张都是无效劳动，结果都是零，如果不是比无效和零更坏的话。

为了把紧绷了多年的心情与关系缓解下来，我建议：

第一，各人做好各人的事。盯住你自己的事，而不是盯住别人的疏漏。

第二，充分地把握今天，而不是把希望寄托在明天的辉煌胜利上。设若你有健康的身体、正当的职业、相爱的情侣或配偶……你已经十分幸福。你有权利争取更好的，但是你必须充分享受你已有的，并为此而感谢。

第三，当主客观不一致的时候，采取一种健康的自我批评态度。别人的不好大多数情况下都不是自己不好的合理的或足够的原因，只有不可救药的弱者才需要时时找出替罪羊和出气筒。

第四，没有不散的筵席。多好的事也有过去的时候，多坏的事也有过去的时候。拾得起来放得下去记得住也丢得开，这才是“大丈夫”。“西瓜皮擦屁股——没结没完”，车轱辘话翻过来倒过去，对不起，您是鼻涕虫。

第五，与其忌妒别人的成功，不如自己去做出成绩。与其因狭隘而“坐”出慢性病来，不如因实干而出点实绩。

第六，做一个普通人，多一点普通的乐趣。老大不小的脑袋，不能只有一个兴奋灶。位卑未敢忘忧国，这话对。大家一起“忧”，未必就能把“国”忧好了，不忧了，各人做好各人能做的事情，说不定“国”情反而会好得多。所以说，地球离了你照样转，这话也对。妄自膨胀与妄自菲薄同样无益。在野心家与凡夫俗子之间，我宁愿选择后者。

第七，劳逸结合，该玩儿就玩儿。保持心情的一种健康从容状态是做出正确抉择的前提，是想象与创造的前提，是大手笔的特征，也是健康的人际关系的前提。

第八，有所不为。不该管的事不管，管不了的事不管。不应做的事不做，做也做不成的事不做。得不出结论的问题干脆束之高阁。弄不明白的事只好留待以后。万能者最痛苦。万应灵丹最出洋相。包治百病的大夫最容易自己先害病。

第九，对一切采取一定程度的审美观照态度。大千世界，无限风光，空间时间，中国外国，善恶美丑，成败利钝，甘苦险夷，贵贱通蹇，尽收眼底，能记则记，该忘就忘。多乎哉，不多也；乐乎哉，其乐何如！

等等。

一个健康的社会是人们在诸多方面觉得轻松而在做出业务成绩方面觉得紧张而又有意思的社会。一个不健康的社会是在各方面都紧张，特别是在人际关系方面与政治方面觉得紧张，而在业务成绩方面觉得松懈，甚至觉得可有可无的社会。一个不健康的社会往往是不讲轻松、无法轻松，不讲娱乐、无娱可乐，从而一个个“乌眼鸡似的”社会。我们的社会正在日益健康化。让我们以健康、从容、轻松的姿态开始新的一年吧！让我们在春节拜年的时候不但说“恭喜发财”，而且说“恭喜健康”“恭喜快乐”“恭喜轻松”吧！

本命年

我生于一九三四甲戌年，今年又是甲戌年了，就是说，六十了，古人叫作年已花甲。下一个花甲，则是等我一百二十岁的时候。如果那个时候我与《新民晚报》都还平安的话，届时我将给“晚报”再写一篇文字。

王蒙老矣，尚能饭也，能酒也，能吟咏也，能哭能笑也。乐以忘忧，不知老之将至（或已至），乃是我的写照。至于发愤忘食，没有我的事。第一，不愤，改革开放，歌舞升平，能写能走，不惧跳梁，何愤之有哉？“忘食”更是没有的事，民以食为天，吃都没有兴趣了，这人的世界观还有救吗？

至于本命年云云，从来都是麻木不仁处之。第一个本命年一九四六年，十二岁，升至初中二年级，无异常，开始与地下党同志联系，矢志革命，很好也。第二个本命年一九五八年，错定成右派，但是我也从来没有想到这是本命年的干系，那一年属狗的人当中也有好多人没有错划成右派而是官运亨通。第三个本命年一九七〇年，在伊犁蔫着，好在脑袋屁股完整，没触及皮肉，没抄家，乃不幸中之大幸。古人云："大乱避城，小乱避乡。"诚金玉良言也。"文革"者，大乱也（也并不是光乱属狗的），避北京而趋伊犁农村，非吉人天相乎？一九八二年，则是第四个本命年，是年召开了党的第十二次全国代表大会，本人忝列候补中委，非凶也，惭愧而已。

那么今年呢？今年还是照旧，好好写作，好好做事，好好保养。老了就是老了，用不着不服和勉强做自己做不到的事。老了，一切量力而已。只是要警惕自己，不要僵化，不要老看着年轻人不顺眼，更不要忌妒年轻人的成就。世界是我们的，也是你们的，但归根结底是你们的。"本"与"命"都是好词儿。"本"是根本，也是本分。不浮不躁，不亡不贪，不痴不迷，不嗔不怨，知道自己知道什么，更要知道自己不知道什么；知道自己能够做到什么，更要知道自己不能够做到什么——方以固本，方以知命。

"命"是生命，也是命运——规律，生气勃勃，知白守黑，风物放眼，世事可赏，清水微波，梦中你我，身心地天，是曰知命。乃能养生，乃能快乐，年年固本，年年知命，何红裤带之须耿？

珍惜生命

都说电视片《9·18大案纪实》拍得好。我也说好。

里面有一个情节令我心里“咯噔”一下。首犯刘农军即刘进，在听到对他的死刑宣判的时候，不但没有任何恐惧悔恨求饶，反而无所谓地——甚至于可以说是轻蔑地冷冷一笑。

“脸不变色心不跳”，我立即想起了这个熟语。当然，我说的只是最最表面的现象，我并没有发昏，我知道这句话是来自伟大的革命烈士江姐，而我现在在荧屏上看到的是穷凶极恶的盗窃文物的犯罪分子。

但是你仍然无法否认罪犯也可以——竟然可以——视死如归这一客观事实。不仅是刘进，回想起来，近年来看到的严厉打击犯罪分子贪污分子公开宣判处以死刑的电视新闻实在不少，我见过的几乎全都那么“强硬”“大胆”得不可理喻。

这实在是太可怕了。

我想这与我们给犯罪分子的人道主义待遇有关。但更可怕的是犯罪分子的轻生。他们不怕死！

有多少杀人犯是为了最最不值得的小事犯下了弥天大罪。许多年来，有因为抢军帽而杀人的，有为了抢鸽子而杀人的，有因为玩笑话而杀人的，有因为争酒喝而杀人的……轻生已经轻到了不近情理的程度。如果他们能够“贪生怕死”一些，也许不会犯那么大的罪。

最近看到一个资料，讲近年来自残断肢的愈来愈多。例如，一个青年，请几个朋友在家喝酒，喝得太多了，他妻子便从桌上撤去了酒瓶，此青年大怒，挥刀一举斩掉了自己左手的中、无名、小三个手指。

他“胜利”了，因为他自残的结果是妻子跪在地上求饶。

这是一股邪气，一股流氓亡命徒之气、嗜血之气、暴徒歹徒乱人乱己乱国之气，实在危险。试想如果读者的哪一位邻居是这种乖戾而又轻生之人，你还能夜里睡上踏实觉吗？“民不畏死，奈何以死惧之？”这话很有名，而且很英雄正面。但这话是革命者引用针对反动统治者所讲的。如果你志在稳定发展建设改革开放而不是其他，当然就不能这样一味宣传这个不怕死。对于普通老百姓来说，畏死求生在正常情况下是理所当然的。对于素质极差、很可能成为犯罪分子的人来说，以死惧之更是完全必要的。畏死畏刑，这是约束某些人使之受到震慑，不敢以身试法的一个重要因素。杀人者死，犯重罪者死，处而决之的目的除了惩戒罪犯以外，当然是为了“惧”那些潜在的可能犯罪者。这就叫杀鸡吓猴。如果鸡愈杀愈多而猴一个也不怕，那可就了不得了。如果刑事犯个个视死如归，你说可怎么得了？

我联想到一个问题，就是我们应该呼吁珍惜生命。生命只有一次，不应毁伤。活着，才有幸福才有希望，才能领略世界的奇妙、人间的风光。活，是一切生命的强烈愿望和正常状态。珍惜自己的生命与身体，才能珍惜别人的生命与身体。

如果在完全不值得为之去死的事情上动不动就拼命，你还能指望他珍惜什么负责什么爱护什么呢？如果人人都没有责任心怜悯心爱惜心，这个国家这个社会该有多么悬！

长期以来我们偏重于进行勇于牺牲需要牺牲的教育。我们提的口号有：甘洒热血写春秋；抛头颅，洒热血；视死如归；砍头只当风吹帽；

砍头不要紧等。传统文化也是非常推崇壮烈牺牲的品德的，一些著名的说法有：杀身成仁，舍生取义；人生自古谁无死，留取丹心照汗青；男儿重义轻七尺等。加上民间还有一些轻生的说法：活着干，死了算；拼一个够本，拼俩赚一个；二十年后又是一条好汉；要钱没有，要命一条……所有这些，汇合起来，变成了一股不怕死不怕玩命的烈性潮流，浓烈胜过了白干酒。

反过来说，在我们这里，贪生怕死、胆小鬼、懦夫是最最可耻的恶名。死了，似乎很占理很光荣；活下去，总是理不直气不壮见人矮三分。

如果发生战争，可以想象中国士兵会是或已经证明是非常勇敢的。但日常生活中动不动就不怕死，用得着吗？比如说，我们能提以必死的精神发展市场经济、改善企业管理、提高产品质量与生活质量吗？

我们与古人的正义口号中，牺牲是有前提的，死是有“重于泰山”有“轻于鸿毛”的。古人是瞧不起“匹夫”之勇的。我们说的“砍头不要紧”的前提是“只要主义真”，这些伟大的正义的口号当中当然没有让大家无谓地去死，更没有让人们去犯罪、去蔑视人民法院的死刑的意思。

真理有时多前进一步就会变成谬误。如果我们只是宣传英雄的死亡与死亡的英雄，即只讲死的价值，而不讲生的价值生的意义；如果只讲牺牲的必要与伟大，不讲牺牲是一种特例，是在万不得已的情况下进行的，尤其是不讲珍惜生命尊重生命的大道理，不讲生命与生活的意义与美好，那么，客观上会不会形成一种片面的过激的、向前多走一步就变成了违背理性的亡命之习气呢？

壮烈牺牲的机会与情势并非随时可见可遇，那些毕竟是一种非常状态。除此而轻言牺牲、轻言赴死，这究竟是希望稳定希望天下太平，还是要天下大乱呢？我国有十二亿人，十二亿人中有多大比例注定了或确实需要他们去壮烈牺牲的呢？如果搞得很多人“民不畏死”的话，这是治国平天下之道还是自乱阵脚呢？

革命烈士的榜样是坚决要树的。树的目的首先是希望大家珍惜革命的成果，包括珍惜你自己在革命胜利基础上赢得的生命的权利与生活的希望，珍重你作为一个活人的价值。我们还应该以革命烈士的大公无私的精神做好自己的事、活好自己的一生，并使别人也活得更加美好。学习烈士，更要珍惜生命珍惜生活，下大力气刹住乖戾亡命的邪气，以慰烈士的英灵于九泉。如果某个人一时还没有烈士的胸怀，你就做个奉公守法，保全自己的老实老百姓吧，那比做一个刘进式的亡命徒要好得多。

后 记

什么叫人生哲学？人生哲学是可以谈论的吗？

有道是“天机不可泄露”，有道是“只可意会，不可言传”，佛家的说法是“不可说”，孔子比较好商量一点，但也坚持“述而不作”。

为什么？

是的，人生哲学，这是天机，这是石破天惊的感悟，这是“绝密”，这是头破血流的代价换来的一点明白。岂可寻常道哉！岂可用语言述之！

一切语言都是得力的工具，但同时是陷阱。特别以一定的受到时间空间和文化限制的语言，去谈去写千变万化的人生，这多半会是妄语乃至诳语。这样的话语，在传达出某些信息的同时会遗漏更多的信息；在描绘出某种真实的经验的同时会使处境不同的人觉得隔靴搔痒；在强调了善良和高尚的同时会显得陈旧酸腐；在强调效用与成功的同时会显得机会主义；在传达出智慧和高明的时候会被认为是缺少诚实，会被认为是轻视与污辱蠢俗之人；在强调原则与清高的时候会被认为是作秀；在表达出认同与适应的同时会被看作软弱无骨；在强调有所不为的时候会显得呆板。总之，不论你讲得多么洋洋洒洒，实实在在，美轮美奂，引人入胜，一旦成为白纸黑字，它就可能变得僵化、勉强、疏漏、空泛……它就极容易被滥用、被庸俗化、被挑剔、被歪曲、被驳斥，就同样进入如同前面的文字已经讲过的那个“狗屎化”过程。总之，一切无懈可击的语言都是有懈可击的，只有如老子所言“大音希声”，如西方名言“沉默是金”。

为什么还要写？

敝帚自珍，野人献曝，不敢自专，此其一也。责任编辑约此稿约得早约得诚，重然诺的作者不敢食言，此其二也。不管读者怎样理解，不管有些人意见怎样不同，反正这些经验之谈、这些艺术、这些感悟与哲学对人应该还是有益的，叫作未泯济世之心，并无道穷之叹，此其三也。

谈人生就要来真的来明的，就要现身说法，叫作“站出来”，而小说作者是最不需要忌“站出来”的。所以说现身说法就是“我不下地狱谁下地狱”，就是“地狱未空誓不成佛”，就是明光剔透，接受考量。越是难做的文章越是非做不可，有话不说，如苍生何？艰难文字，舍我其谁？此其四也。

于是有了此书。

亲爱的读者，我等待着与你们做进一步的切磋和讨论，我期待着此书的进一步修订与完善。